ラルーナ文庫

仁義なき嫁　群青編

高月紅葉

三交社

CONTENTS

Illustration

高峰 顕

仁義なき嫁　群青編

本作品はフィクションです。
実際の人物・団体・事件などにはいっさい関係ありません。

1

夕暮れの風に涼しさが増して、晩夏も初秋へと移り変わっていく。

その日、離れの縁側で周平《しゅうへい》と将棋を指していた佐和紀《さわき》は、じりじりと負けた。賭《か》けていたものがあるのだ。互いの『左側の乳首』だ。実力に大きな差はないはずだったが、賭けるものがこれだと周平は絶対に負けない。

へそを曲げた佐和紀は縁側を飛び降りて、組屋敷の庭へ出た。本格的な日本庭園には池も築山もある。

大滝組《おおたきぐみ》は関東一の大組織で、その中核にあるのが大滝組直系本家だ。本拠地は横浜で、広大な敷地に母屋と三つの離れを有している。それぞれの離れには、組長、若頭夫婦、若頭補佐夫婦が暮らしていた。よそでは聞いたこともない特異な例だ。

散策路を歩いていた佐和紀は、振り向きながら胸の前で腕をクロスさせた。周平から左の乳首を守るためだ。

「勝ったのは俺だ」

嬉《うれ》しそうに言われると、ますます怒りが募った。

「ずるい……。絶対、いかさまだ」

「言いがかりじゃないか」

笑っている周平からさらに距離を取って歩く。

暮れかかった空の下。東屋《あずまや》のそばで袖を摑《つか》まれた。さらりとした紺地の浴衣《ゆかた》だ。

つれなく袖を引くには、旦那《だんな》を愛している。

くちびるを尖《とが》らせて睨《にら》みつけると、あっという間に抱きしめられた。突き出したくちびるを上も下も一度に吸われ、顔をしかめて文句をつける。

「ちゃんとするから」

手の甲で頰《ほお》をなぞられ、ぞくりと腰まわりが痺《しび》れた。

大滝組若頭補佐である岩下《いわした》周平と結婚して五年。チンピラなのに初心《うぶ》でまっさらだった佐和紀は、甘いささやきにどんどん弱くなっている。背中をなぞられながらキスされると、腰を押しつけてしまうぐらいだ。

周平の手が器用に裾《すそ》を乱し、イージーパンツの柔らかな生地が膝《ひざ》の内側をこする。

「ん……」

「いやらしい声だ」

腕を引かれ、東屋のテーブルに座らされる。頑丈な陶器でできていたが、こんな使用方法は想定されていない。

「もう勃《た》ってるんだろう」

左胸に伸びてきた周平の手は、浴衣の上からでもピンスポットにそれを見つける。指先で乳首をかりっと掻《か》かれて、佐和紀はのけぞって息を呑《の》んだ。熱い吐息が意図せず漏れる。

「これは俺のご褒美だ」

「……いつも、してるくせに」

「それでも、勝負に勝つのはいいもんだろ」

ゆっくりと円を描きながら撫《な》でられ、布地の下でぷくりと膨らんだ乳首が、親指と人差し指に挟まれる。もどかしい快感がじわっと広がり、佐和紀は後ろ手に身体《からだ》を支えた。

「こんなところで……」

夕暮れが来たばかりの屋外は、まだ明るい。

「少しだけだ」

肩を抱かれ、油断した隙《すき》に、もう片方の手が合わせの中へ忍び込んだ。

「あっ……」

直接、肌に触れられ、身体が痺れた。背中をそらして、片手を周平の背中に回す。カットソーを握りしめた。

「佐和紀。見られるかもしれないと思って、興奮してるんだろう？　コリコリに勃起《ぼっき》している。エッチな乳首だ」

耳元にささやく周平の指のほうがもっと淫《みだ》らだ。小さなつぼみを捕らえ、くりくりといじってくる。

「あ、あ……」

思わず、いつもの甘い声が出た。

「ダメ、だ……」

拒んで身をよじると、手はするりと抜けていく。しかし、それであきらめる周平ではない。いきなり合わせを引っ張られ、左前がずりあがる。胸元がはだけた。

「や、だ……」

本気で拒めば突き飛ばせるはずだが、できなくて顔を背けた。まるで乳房を摑むように、周平の手が佐和紀の胸筋に触れる。周平は戸惑うことなく顔を伏せた。

生温かな舌がぬめりを帯びて這《は》う。離れると、空気に触れた先から、肌がひやりと冷たさを感じた。その直後には強く吸いつかれる。

「好きだろう。こうされるのが……。こっちも触ろうか」

手のひらが太ももをたどる。ボクサーパンツの裾から、周平の指が忍び入った。

「ふっ……ぅ……」

そのあいだも音を立てて乳首を吸われ、佐和紀は戸惑う。意識が朦朧《もうろう》として、吐息がくちびるから漏れ出た。こんな場所で、と思うからなおさらだ。このまま抱かれても文句は言えない。いっそ……と思う気持ちもあった。

冷たい陶器の上でイかされる背徳感を妄想すると、股間《こかん》がズキンと跳ね、質量が増す。

「ここじゃ、やだ……」

急にこわくなり、周平の髪を乱して抱き寄せた。

自分からキスを求め、互いの眼鏡《めがね》を避《よ》けて首を傾《かし》げ、くちびるを合わせる。それでも欲情が募るほどに眼鏡はぶつかり、互いの唾液《だえき》を混ぜ合う音に煽《あお》られた。どちらからともなく息が乱れる。

「……お願い」

「戻ったら、両方の乳首とも、俺のものだ」

「いつものことだろ、バカ……。俺は、こっち……」

手を伸ばして、もうすっかり硬いものを掴む。周平は悠然と微笑《ほほえ》んだ。

「たっぷり、かわいがってくれ」

暮れていく秋夕の中で見る周平はいっそう涼しげで、あけすけなまなざしが淫靡《いんび》で艶《つや》っぽい。眺めた佐和紀の心は、夜露にしっとり濡《ぬ》れる秋草のように、せつなく震えていた。

＊＊＊

ソファに座った京子《きょうこ》が、細い足を組み変える。

「由紀子《ゆきこ》の居場所は、突き止めてあるのね」

佐和紀と秋の夜長を堪能《たんのう》した三日後。周平はレストランバーの個室にいた。

同伴者は大滝組若頭・岡崎《おかざき》の妻であり、組長の娘でもある京子だ。

今夜の密談は、高層ビルの飲食フロアにあるオシャレな店で、夜景の美しさが『売り』のデートスポットだ。傍《はた》から見れば、似合いのカップルにも見えるふたりだが、泥酔していたって間違いを起こしたくないと心底から思い合っている間柄だ。

シェリー樽《たる》の香り漂うウィスキーを揺らし、周平は京子の質問に答えた。

「悟られないように、監視をつけてあります」

「そう。それで……、知世《ともよ》はどうなってるの」

京子は物憂い顔で、ソファの背に腕を伸ばした。

北関東の暴力団『壱羽組《いちばぐみ》』の次男坊・壱羽知世が佐和紀の世話係になったのは去年のことだ。岡村《おかむら》に惚《ほ》れたとデートクラブへ現れ、大滝組に転がり込んだのを佐和紀が拾いあげた。

そして、カタギに戻すと決めたのも佐和紀だ。

「……かわいそうに思っているのよ」

京子が水割りの氷をカランと鳴らす。周平は静かに答えた。

「弁護士が決まったので、来週中には警察に書類を回します」

構成員であれば脱退の届けを警察へ提出するのだが、実家でも大滝組でも盃を交わしておらず構成員の名簿に載っていない。しかし警察側の準構成員リストには入っていることが確認できたので、暴力団側から警察に対して回す絶縁通達の書類を出すことにした。

通常は問題のある構成員を追い出す手段だ。絶縁した者が犯罪に加担しても組長に使用者責任はないことを証明するためのもので、知世の場合は実家と縁を切るために利用する。

「知世の兄にも、同じ書類を送ります」

「これで、彼が知世をあきらめてくれたら、何事もないのよね」

「……そうです」

「ありえないのね」

知世の兄・貴和《きわ》は、弟を都合よく利用してきた。

自分のために乱闘させることに始まり、友人たちとの性交渉、そして借金返済の肩代わりだ。知世は、裏風俗で働いた挙げ句に、周平をたらしこんでこいと命じられ、大滝組へ潜り込んできた。兄から逃れる絶好のチャンスだったのだろう。いままでは、本心から望んで佐和紀のそばに落ち着いている。

世話係にする際、岡村が金を出し、兄との話はついているはずだったが、貴和の嫁・愛《あい》美《み》が生活費をせびりに来たことを発端に、兄もまた金の無心を再開した。

完全なる契約違反だ。大滝組の看板を背負っている岡村が報復に出ることはできたが、知世は望まなかった。貴和の背後に由紀子がいると知ったからだ。

「あの女が糸を引いているんじゃ……ねぇ」

京子の憂鬱《ゆううつ》な表情には、あきらめと怒りが混在している。

かつて周平と京子に地獄を見せた悪女は、ふたりが望んだ通り、佐和紀によって追い詰められ、表舞台から姿を消した。京都のヤクザ・桜川《さくらがわ》とは離婚となり、ほうぼうで繰り返した悪行の報復から逃れるために身を隠していたが、いつのまにか知世の兄・貴和をたらしこんでいたのだ。

周平と岡村に知らせた知世は、ふたりの仲に手を出さないでくれと言った。

「佐和紀は知らないのよね。岡村から話しているの？」

「いえ、口止めしています」

周平は首を左右に振った。岡村は元々、佐和紀を守ろうとして知世を引き入れたのだ。周平の舎弟ではない、佐和紀だけの関係者。それを傷つければ、佐和紀が痛手を負うと由紀子は思う。岡村は知世の精神的な強さを見込んで、わざとスケープゴートを置いたのだ。

知世も役割を理解している。佐和紀からカタギに戻れと言われて従ったのも、すでに由紀子の標的が自分になっていると知ってのことだ。

「怒るでしょうね」

佐和紀は純粋に知世のことを想ってカタギに戻すのだ。捨てるわけではない。なのに、周平たちは知世を餌《えさ》にして、由紀子を泳がせている。

知ればもちろん怒り、知世を手元へ引き戻すだろう。しかし、いまはまだ時期が悪い。京都から追い出された由紀子には関西ヤクザの後ろ盾があり、佐和紀の古巣であるこおろぎ組を追い出された本郷《ほんごう》もついている。

ふたりが北関東へ流れてきたのは必然で、壱羽組組長代理を務める貴和に取り入ったのも、佐和紀へのいやがらせだけが理由ではない。

「京子さん。知世のことは別として、由紀子の処分については、いくらでも変更できますよ。不満があるのなら……」

「いいのよ。もう納得したわ。あの女への復讐なんて、元から興味ないから」

答える京子は、薄く笑った。

あの女には苦汁を飲まされたが、すべては過去だ。京子もそう思えているのなら、由紀子への報復は互いの手を汚さず法の裁きに任せるべきだと周平は進言した。

受け入れたときは強がっているのかと案じたが、興味ないと言った表情に偽りは感じられない。私怨《しえん》にこだわれば事をし損じる。女侠客《きょうかく》の京子は、それをよく理解している。

「北関東の一派。この頃、金回りがよくなったって噂《うわさ》ね。銀座《ぎんざ》あたりにまで飲みに出てるらしいわよ。……もう証拠は出てるの？」

「ある程度は揃《そろ》えています」

今夜の本題はこちらだ。北関東に流れた由紀子と本郷は、桜河会《おうがかい》が横浜でおこなっていた薬物売買のルートのいくらかを横取りし、壱羽組を隠れ蓑《みの》に薬物をさばいている。売り上げた金は別のヤクザへ流れていた。

京子と周平が『北関東の一派』と呼ぶ、反岡崎の一派だ。

「知世は拾いものだったわね」

かわいそうだと言ったのと同じ口調で、派手な化粧に素顔を隠した京子が眉《まゆ》をひそめる。

グラスをテーブルに置き、タバコを摑んだ。一本抜いて、くちびるに挟む。

立ちあがった周平は、ライターの火を向けた。

知世は、北関東の一派の動向を探る協力をしながら、由紀子への餌にもなっている。実害があったときは、実行犯とともに由紀子も警察に引っ張らせる算段だ。そのまま余罪を追及するための被害者集めも済んでいる。

「あんたのことは虫が好かないけど、こういうときのやり方は嫌いじゃないわ。そうじゃなかったら、顔も見たくない」

不機嫌を隠そうともせず、京子はタバコをふかした。

「褒める気がないなら、素直にけなしてください」

笑ってソファへ戻った周平もタバコに火をつける。

無名だった周平を見出し、力を与えたのは京子だ。引き換えに、周平は『協力』を約束した。そのひとつが岡崎を次期組長に就任させることだ。

そして、もうひとつが、角谷昌也《かどたにまさや》の延命だった。

昌也は、由紀子にそそのかされて京子を暴行した加害者のひとりだが、京子は彼と愛し合い、子どもを産んだ。そのあと、昌也は刑務所へ入り、京子は岡崎と結婚した。

あれからずっと、昌也は入退所を繰り返している。京子はいまだに面会へ行き、昌也は由紀子への復讐だけを考えて生きていた。

由紀子が死ねば、目的を失った昌也も死ぬ。京子はそう考えている。だから、八つ裂きにしたいほど憎い女を野放しにしてきたのだ。

しかし、互いの人生を奮い立たせてきた女狐《めぎつね》の存在は、いまや些事《さじ》に過ぎない。岡崎を次期大滝組組長に据え、あと半世紀、大滝組を内部抗争で疲弊させずに存続させる。それが、周平と京子の大きな目的だ。

「知世は、自分の兄がなにかしでかすことを、期待しているのね」

「確信していますよ。縁を切るための決定的な出来事を探しているのか。それとも、自分自身のために、深手を負いたいのかもしれませんね」

「傷を隠すための傷……？」

ふっと息をつく京子の横顔を見つめ、周平は指に挟んだタバコをくちびるに近づけた。煙を吸い込み、静かに吐き出す。白いもやが視界に広がった。

知世は、自分の兄の凄惨《せいさん》さを知っている。

弟は『壱羽の白蛇』と呼ばれているが、兄の二つ名は『蛇使い』だ。壱羽組の美しい兄弟は、他人から都合よく利用される一方で恐れられていた。貴和は軽度の知的障害を持っていて、気性が荒く貪欲《どんよく》だ。自分を邪険にする人間を許さず、取り入るためにも、傷つけるためにも、弟を使う。

そういうことが子どもの頃から繰り返され、母親も耐えかねて蒸発した。父親は貴和の尻拭《しりぬぐ》いをすべて弟の知世に押しつけて見ないふりだ。貴和と違い、知世は『限度』を知っている。あとは『実家がヤクザだから』と周りが勝手に納得したのだろう。

貴和にとって知世は、どんなふうに扱っても痛まない『分身』だ。自立することは裏切り以上の衝撃を彼に与えるに違いない。そのとき兄がどうなるのかを、知世は熟知している。おそらく、周平の理解を超えるだろう。

しかも、『なぶり殺し』が性癖の由紀子がそばにいる。

本当なら止めてやるべきだ。知世は現役の大学生で将来もある。佐和紀のことを思えばなおさら、こんなことに巻き込んではいけない。

「悪いことを考えている顔……」

京子がグラスを揺らす。赤い爪《つめ》につけたスワロフスキーがきらめいた。

あくどいのは、周平だけではない。若い知世の覚悟を利用する京子も、清濁すべてを飲み干している。

「約束は果たしますよ、京子さん」

岡崎を組長に据えると誓い合ったとき、周平は泥の中から救われた。

もしも京子がいなければ、過去に囚《とら》われたまま、復讐心さえ由紀子にもてあそばれていたかもしれないのだ。そうやって打ち砕かれた自尊心を元に戻すには、過去の自分自身を慰撫《いぶ》するだけではダメだった。

その先にある闇《やみ》の中を探って、影も形もない未来を選び取る必要がある。

だから、周平は知世を止められない。美しいままの自尊心で生きてきた佐和紀には、わからない世界だ。知る必要もなく、遠ざけるためならどんなことだってする。

知世も岡村も同じ気持ちだろう。喪失のいびつな苦しみを知っている人間にとって、佐和紀の涼やかな存在感は黄金律の美しさに等しい。苦労知らずの無垢《むく》ではなく、もがきながら守り抜かれた純粋さだと知っているからなおさら、ひれ伏したくなる。

「あんたの義理堅さだけよ。佐和紀にふさわしいのは……」

静かに笑う京子の言葉が、胸に刺さって沁《し》み込む。

佐和紀の存在の美しさは、同時に苛烈《かれつ》だ。男の覚悟を試し、いっそう男であれと自己に対する責任感を求めてくる。無自覚で無差別だから始末に負えない。

知世も煽られたのだろう。だから、岡村と周平に『邪魔をするな』と宣言したのだ。佐和紀のためだとしても、自分を助けないでくれと釘《くぎ》を刺した。

兄もろとも破滅したとしても、自分の人生のケジメを自分の手でつけると覚悟している。それは自分自身のためであり、ふたたび佐和紀の前に立つとき、清廉潔白でいるためだ。

どんなことがあっても、知世は佐和紀のもとへ戻ってくる。

たとえ、組織の外にいても。生きてさえ、いれば。

＊＊＊

左足を軸にして沈み、身体をひねりながら地面を蹴《け》る。遠心力を味方につけた白い右足が宙を切り裂いて、男のこめかみを直撃した。鈍い音が、道幅のある路地に響く。

「ケンカを売ってきたのは、そっちだろ」

木綿の着物を尻っぱしょりにした佐和紀は、倒れた男の胸ぐらを摑んだ。すっきりと伸びた足の先、からし色の足袋《たび》の裏側はコンクリートをにじって黒く汚れていた。

男に対して、佐和紀が拳《こぶし》を振りあげる。すかさず止めたのは、殴られてくちびるの端を切った知世だ。佐和紀を見つめたまま、知世は男の肩を蹴り飛ばす。

軽い仕草だったが、佐和紀の指がはずれるにはじゅうぶんだ。男はごろりと転がった。

「忘れものだ！　仲間ぐらい、回収しろよ！」

すでに逃げ出した仲間の男たちに向かって知世が怒鳴る。転がった男の尻を蹴りあげると、ひぃひぃ鳴いて仲間たちを追った。慌てて逃げる後ろ姿は滑稽《こっけい》だ。

身体が大きく、格闘技の心得もありそうだったので、佐和紀が嬉々《きき》として受け持ったのだが、遠野組《とおのぐみ》の能見《のうみ》がやっている道場の門下生より貧弱で拍子抜けした。

「止めんなよ」

引きあげていた裾をおろし、消化不良な佐和紀は目を据わらせる。

「殺してしまいますよ」

怯《ひる》むことなく、にこりと笑い返した知世はすっきりと整った顔だちだ。透けるように白い頬に、血の跡が伸びている。佐和紀が指先で拭ってやると、頬がほんのりと上気した。淡い紅を刷《は》いたみたいになり、少年の初心さが見える。

しかし、ケンカの勘どころはよく、佐和紀が驚くほど人を殴り慣れていた。

「ちょ、ちょっ……ッ！　目を離したら、これだよ！」

ドタドタと走ってきたのは三井《みつい》だ。うなじでぎゅっとひとつに結んだ髪が激しく揺れ跳ねる。体格のいい男ふたりが、追って走ってくるのが見えた。顔はいかついが、まるで頼りにならないボディーガードたちだ。

「おまえな！　こっちの身にもなれよ！」

三井に怒鳴りつけられる佐和紀は、草履を拾ってきた知世の肩に摑まった。汚れた足袋の裏を払ってもらい、草履をひっかける。

「聞いてんの！　姐《あね》さん！」

人通りのない路地に怒鳴り声が響く。近道をしようと出てきたサラリーマンが慌てふためいて引き戻す。賢明な判断だ。

「だって、ケンカを売ってきたのはあっちだ。なぁ、知世」

「『なぁ、知世』じゃねぇよ！」

「護衛なんて頼んでない」

「ガキみたいなこと言うな！　知世！　おまえもおまえだ。止めるならまだしも、一緒になってやってんじゃねぇぞ」

「止めましたよ……。姐さん、回し蹴り決めてんのにまだ殴ろうとするから。殺しちゃいますよね」

「あああああっ！」

頭をかかえた三井が地団駄を踏み、両隣に並んだいかつい男たちは右往左往する。

佐和紀の親衛隊を名乗る幹部たちが勝手につけた非公式の護衛だ。

「控えて、って言ってるだろ！」

ぷりぷり怒る三井に腕を摑まれ、連行される。タイミングよく滑り込んできた車の中へ知世ごと押し込まれた。

大通りでやれば警察を呼ばれかねない絵面であることは、三井もよくよく承知している。佐和紀も知世も、暴力団関係者に見えないからだ。

車はすぐに走り出し、護衛たちを乗せた車が後ろに続く。行き先は大滝組の組事務所だ。エレベーターは事務所のフロアを通り過ぎ、佐和紀は上階の応接室へ入れられた。

「おまえがケンカを買うから知世が殴られるんだ。わかってる？　ケガは？」

ソファに座った佐和紀の目の前で、三井はテーブルに腰かけた。手首を摑まれ、拳を検査される。応接室にはふたりきりだ。知世は汚れた足袋を洗うため、退室している。

されるに任せた佐和紀は、物憂く眉をひそめた。

「あいつらは邪魔だよ。寺坂《てらさか》に言って引き取らせてくれ」

横浜信義会瀬川組《しんぎかいせがわぐみ》の幹部・寺坂は、スキンヘッドで固太りの、いかにもヤクザな中年男だ。佐和紀の美貌《びぼう》と気風《きっぷ》に惚れ込み、別の組の幹部四人と非公認の親衛隊を結成している。

「俺への連絡が入るだけ、ましなんだよ。これ……」

手をひっくり返した三井が、ぎょっとする。手首に散っているアザは小さな鬱血《うっけつ》の痕《あと》だ。

「それは、キスマーク」

周平が朝につけたものだ。派手に残されて、見るたびに落ち着かない。

「あんたらは、なにをしてんの」

はぁ〜っと息を吐き、三井はうなだれた。

「あいつが朝からサカっただけだ。挿《い》れさせたらこれだもん。やめときゃよかった」

「うっせぇよ……。されてなかったら、もっと暴れてただろ。……ほんっとに……」

結んだ髪をほどき、ぐちゃぐちゃとかき混ぜて唸《うな》る。

周平からは黙認されている親衛隊が、三井を通して連絡してきたのは九月の初めのことだ。佐和紀のことを嗅《か》ぎ回る不審な連中がいること。そして、彼らを探った結果、由紀子が北関東にいることがわかった、と伝えられた。

周平と京子の過去に由紀子が関与していることは、ごく一部の人間だけの秘密だ。

寺坂たちは、由紀子と佐和紀の因縁しか知らない。

「なにが嫌なの。なぁ……」

三井が身を屈《かが》め、その隣に裸足《はだし》を投げ出した佐和紀は不機嫌に視線をそらす。

「俺とシンさんが勝手に決めたからか？　こういうことは、上にあげないもんなんだよ。いちいちお伺いを立ててたら、出遅れるだろ」

「むかつくんだ」

「……はいはい。意味はないのね」

肩をおおげさに上下させ、髪を結び直す。

護衛を受け入れたのは三井と岡村だ。佐和紀は完全に蚊帳《かや》の外に置かれたが、それは仕方ない。腹立たしいのは、行動を制限されたことだ。お行儀良くしろと言われると、暴れ回りたくなる。

「……なぁ、佐和紀」

姐さんと呼ばないときの三井は、友人の立場で発言する。

「おまえのさ、自由にやりたい性分は知ってる。でも、上に立ったら、そうはいかなくなるんだよ。おまえになにかあってみろ……。いや、なにかあるかもしれないと、そう思うだけでも下はザワつく。それはいいことじゃない。おまえだって、組長《オヤジ》さんが狙《ねら》われてると聞いたら、心配になるだろ。でも、わちゃわちゃ動いてちゃダメだろ？」

「……俺は、上になんか立たない」

「なにをガキみたいなこと言ってんだよ。おまえが乗る神輿《みこし》は、着々とできあがってんだぞ。……そのつもりじゃねぇのかよ」

古巣のこおろぎ組を継がないかと松浦《まつうら》組長から打診され、いつかは……と、思った。それは確かだ。しかし、周りから急《せ》かされると億劫《おっくう》になる。束縛が嫌なのだ。フットワークを軽くしていたい佐和紀にとって役職は重い。しかも『組長』だ。

「おまえにはわからない」

三井を突っぱね、佐和紀はくちびるを尖らせる。

世話係だった石垣《いしがき》が渡米して一年。誰《だれ》もがこのままでいられないと理解して石垣の背中を押したが、そのあと堰《せき》を切ったように物事が変わりだした。世話係の筆頭だった三井さえ、周平について回る仕事が増え、各所へ顔を売っている。

大滝組の若手を締めあげる飴《あめ》と鞭《むち》の役割も、岡村と三井の仕事ではなくなった。

そこへきて『由紀子』だ。めまぐるしさに心が置いていかれそうな状況で、一番聞きたくない名前だった。

「三井さん、事務所に呼ばれていますよ」

ドアがノックされ、知世が顔を見せる。三井がテーブルから立ちあがった。

「この話は、またあとでな」

「もうしなくていい」

佐和紀はそっぽを向いて答えた。三井に代わって入室した知世は、テーブルをキレイに拭《ふ》き、緑茶の湯のみを置く。

佐和紀の足元に膝をつき、ポケットから足袋を取り出した。

「予備がありました。……三井さんが禿《は》げるんじゃないかって、下で言われましたよ」

テーブルからおろした佐和紀の足首をそっと摑み、立てた膝の上で足袋をあてがう。

　このビルは全体が大滝組の所有物件だ。一階は駐車場。二階は各部屋を備品置きとした倉庫フロア。三階が壁を取っ払った広い事務所になっていて、その上は会議室や応接室に分けられている。

「どうでもいいよ。あいつも、俺の味方じゃなくなってきたしな」

　佐和紀がそっけなく言うと、足袋のこはぜを留める知世の表情が曇った。

「佐和紀さん。それは、口に出さないでくださいよ。三井さんが傷つきます」

「……知るか。そんなの」

「知らなくないでしょう。……同じ目線で景色を見てくれるのは、三井さんだけなのに。友人は貴重なんですから」

「……おまえ、そういうの、いる？」

　友人という響きに、佐和紀の胸が痛む。忘れたい過去の面影が脳裏をよぎり、また暴れたくなった。束縛がストレスだと思うのは、自分自身へのごまかしだ。問題をすり替えているに過ぎない。

　佐和紀の鬱屈《うっくつ》の原因は、周囲の変化でも由紀子の影でもなく、変わっていく景色の中に自分だけが取り残されていく感覚のせいだった。友人という言葉に思い知らされる。

「大学の友達ならいます。でも、ちょっと違いますよね。彼らは、俺がこんなことしてるのも知らないし……。仲良くなりすぎないようにしてるところ、ありますね」

「兄貴のせいか」

「いえ、兄は関係ありません。ヤクザに片足突っ込んでるのは、生まれたときからです。打ち解けられないことには、慣れてますよ」

それもあと幾日かのことだと佐和紀は思った。

周平が用意したお仕着せの世話係たちとは違い、知世は気に入って手元に置いた男だ。なおさらにかわいい。なんとしても家族と縁を切らせ、まっとうな生き方をさせたいのだ。

大学卒業まで、あと一年半。そのあとは就職だ。恋をして、結婚して、幸せな家庭を築いて欲しかった。その相手が男でも、知世が選ぶのならかまわない。

「……わかったよ。三井とも仲良くすればいいんだろ」

わざとくちびるを尖らせ、知世を安心させるために言う。

「あとは佐和紀さんが気に入ってくれる世話係が見つかればいいんですが」

肉づきの薄い肩をひょいとすくめ、知世は首を傾げる。さらさらした前髪が額を覆って、目元にかかった。

「佐和紀さん。俺が離れたらケンカは控えてください。歯止めが利かない感じがします」

「……手加減してる」

「まぁ、そうなんですけど……」

眉をひそめた知世は、くちびるを少しだけ曲げた。

「手加減しながら追い詰めるのは、なぶり殺しっていうんですよ。知ってます？　結婚する前から、そんなケンカの仕方だったならいいんですけど。いや、良くはない……」

言われて初めて、そうなのかと気づいた。ケンカの内容について考えたことはなかった。

「昔は、オヤジとか岡崎とかが、うるさくて……」

こおろぎ組は格式ばかり高い弱小組織で、侮られることは日常茶飯事だった。そういう扱いをされると頭にきて、金属バットを手にひとりで『カチコミ』をかけにいく。

傷を負うことは平気だったが、担ぎ込まれた病院のベッドを取り囲み、年長者たちから口々にどやされるのは身体的にも精神的にもこたえた。まだこおろぎ組に構成員がたくさんいた頃の話だ。

次第に無用なケンカを避けるようになり、日頃の鬱憤《うっぷん》はチンピラを狩ることで発散してきた。話して聞かせると、その場に膝をついた知世は、けらけらと笑い出す。

「それは相手も不幸ですよね。……ケンカを売られても買わないでください。佐和紀さんが心配だから言うんじゃありません。三井さんはともかく、岡村さんに十円ハゲができたら嫌なんです。お願いですよ。そうじゃなかったら心配で心配で、大学へ行けません」

「バカか。行けよ。おまえにはその頭がある」

「本当に利口なら、もっと違う人生だったと思うんですけど」

「これからがあるだろ」

口にした途端に知世が眩《まぶ》しく見える。佐和紀は眼鏡越しに目を細めた。

背格好や顔の雰囲気が似ていると言われても、ふたりは別々の人間だ。知世には『佐和紀に似ている青年の人生』ではない彼だけの人生がある。

「知世。おまえは俺なんかには似てない。よっぽど、きれいな顔をしてる。掃きだめの鶴なんかでいるな」

ソファから身を起こし、そっと手を伸ばした。手の甲で撫でた頬は、吸いつくようになめらかな肌だ。ひやりと冷たい。

「佐和紀さんだけです。……そんなふうに言ってくれるの」

「ヤクザなんかに言われて喜ぶな。おまえを待ってる男が、絶対にいる……」

ケガをしている口元にそっと親指で触れる。線を引いていた血は洗い流されていたが、少し腫《は》れているのがわかって、胸が苦しくなった。三井の言う通りだ。佐和紀が自制すれば、知世がケガをすることはない。

それでも、ふたりで組んで暴れるのは楽しかった。楽しかったから、もう終わりにする。

「俺を待ってる男なんて、いるんでしょうか」

知世の視線が揺れた。これからは遠くで見守るしかない佐和紀の胸もかすかに痛む。

そばにいて導いてやれる自分ならよかったのにと心底から思った。

「おまえにはおまえの道筋があるんだよ。だいじょうぶ。保証する」

たわいもなく、いい加減なセリフだ。絶対なんてないことはお互いに知っている。けれど、佐和紀は責任を持って請け負いたかった。信じることが力になることもある。

「……はい」

揃えた膝の上に拳を置き、知世は身体を硬直させた。いまにも震え出しそうなのをこらえているのか、声を絞り出して答えた瞳《ひとみ》はしっとりと濡れている。

「そうでした、佐和紀さん」

涙になってこぼれる前に、知世は話を変えた。

「例の呼び出しの件。場所が決まりました」

にっこりと笑う顔に憂いはない。佐和紀の気持ちも静かに凪《な》いだ。

＊＊＊

佐和紀が呼び出されたのは、都内の『かに料理店』だ。

初めて訪れた店舗は、繁華街のざわめきの中にあった。雑居ビルに囲まれ、旗竿地《はたざおち》の入り口は見落としてしまいそうなぐらい質素で、小さな格子戸があるだけだ。

看板もなく、営業しているかどうかもわからない。奥を覗《のぞ》くと、ひっそりと地面を照らす足元灯が見える。格子戸はからりと開いた。

濡れた飛び石を踏んで先へ進む。通りからは見えなかった庭木に挟まれ、奥へ続く道はくねっている。まるで『露地』だと、茶道を嗜《たしな》む佐和紀は思う。茶室に続く通路のことだ。夜の暗さに注意しながら進むごとに、夜の喧騒《けんそう》が遠のいていく。やがて、苔《こけ》むしたつくばいが、淡い光の中に浮かびあがった。その向こうに、平屋の日本家屋が建っていた。

振り向いても、繁華街の通りは庭木に隠れて見えない。

間口の狭い日本家屋の、雨戸に似た入り口がガタガタと音を立てて開き、恰幅《かっぷく》のいい女が現れる。店の女将《おかみ》だろう。格式の高い和服が板につき、厚化粧の顔には品のいい笑みが貼《は》りついていた。

たじろいだ知世が偽名を告げる。すると、無機質な能面の微笑みが、生身の笑顔に変わった。佐和紀も、思わずホッとする。

さぁさぁ、どうぞ、と誘い込む女の声は関西のイントネーションだ。またしても現実感が乏しくなり、まるで関西にいるような錯覚に陥った。

狐につままれた心地で草履を脱ぎ、奥へ奥へ案内される。磨きあげられた廊下はひんやりとしていたが、どこからともなく陽気な三味線が聞こえ、雰囲気は悪くない。

そして小上がり付きの部屋に着く。女将が声をかけた襖《ふすま》の向こうには、すでにふたりの男がいた。わざわざ知世を介し、内密に佐和紀を呼び出した張本人たちだ。

なにの冗談なのか。平伏の姿勢で迎えられ、知世を従えた佐和紀は、思わず舌打ちしそうになった。グッとこらえ、結城紬《ゆうきつむぎ》の衿《えり》をしごく。

どうやら、楽しい宴会に呼ばれたわけではなさそうだ。わかっていたが、こうもあからさまでは気が萎《な》える。

男のうち、ひとりは大阪のヤクザだ。高山組系阪奈会石橋組組長《たかやまぐみはんなかいいしばしぐみ》・美園浩二《みそのこうじ》。がっしりとした体躯《たいく》に、四十代半ばの凄味《すごみ》ある顔つきをしている。分裂騒動で揺れる日本一のヤクザ組織・高山組のキーマンだ。

そして、もうひとり。美園の隣に並んでいるのが、京都市内を牛耳る桜河会若頭補佐・道元吾郎《どうげんごろう》。美園より一世代下の若手だが、高山組の圧力に屈せず独立を守る桜河会の逸材と名高い。

そのふたりから平伏で迎えられる佐和紀を、女将はどう思っているのか。振り向くのも怖い。動けずにいると、空気を読んだ知世に上座を耳打ちされた。床の間にひとり分の席が作ってある。テーブルには土鍋《どなべ》が用意され、向かい側にはふたり分の席があった。

まず佐和紀が上座に落ち着き、手の届く位置に知世が控える。

酒の用意と知世の分の座布団を女将へ頼んだ美園に続き、道元も座った。佐和紀から見て、右が美園、左が道元だ。待つほどもなく、ビールが運び込まれ、江戸小紋を着た仲居が酌をして回る。

そして、乾杯の音頭を美園が取る。ぐっと飲んで、佐和紀はグラスを置いた。

「あとは、お好きなものをどうぞ」

道元が言うと、仲居からドリンクのメニューを渡される。小さな和綴《わと》じの冊子だ。毛筆で酒の名前が書き連ねてある。

「知世」

声をかけてメニューを渡す。座布団を敷いた上に行儀良く正座している知世は、涼しげな顔でさっと一通り眺めた。

「北陸のものがいいかと思います。辛口でよろしいですか」

小声で確認を取り、選んだ酒を仲居に告げる。佐和紀の向かい側に座るふたりは神妙な面持ちのまま同じものをと言った。テーブルの土鍋では『かにすき』の準備が進んでいた。

「なにの冗談だ。いきなり呼び出して、悪ふざけもいいところだ。ヤクザごっこなんか、おもしろくもない」

ふたりを順番に睨みつける。頼んだ酒と、山盛りのかにが運び込まれてもまだ、ふたりはきちんと膝を揃えたままだ。知世だけが、粛々と佐和紀の分のカニを茹《ゆ》で始める。佐和紀は落ち着かず、手酌で日本酒を飲んだ。

「おふたりとも、そろそろ足を崩してください。うちの姐さんは気が短いですよ」

カニの身をはずしながら知世が言う。むき身は、佐和紀の取り皿へ置かれた。半生でいいと仲居が説明した通り、見るからに新鮮そうだ。

「改まって話がしたい。まずは食べてもらって」

いつもは威圧的な美園が今日に限って控え目な物言いをする。

「メシがまずくなる」

そう言って、佐和紀は摑んだばかりの箸《はし》を置いた。

「周平の目を盗んでヤクザの話がしたいなら、俺は帰る」

友人の誘いだと思うから旦那には言わず出てきたのだ。

「申し訳ない！」

がばっと頭を下げたのは道元だ。勢いに驚いた知世が、カニを取り落とす。

関西で有望視されている道元は一時期、道を踏みはずしかけていた。親分の嫁だった由紀子に翻弄《ほんろう》されていたのを、佐和紀が荒療治で引きずり戻した経緯がある。頼んできたのは、親分の桜川自身だ。結果、由紀子は離縁され、道元はここにいる。

佐和紀の扱いにくさを身に染みて知っている都会的な色男は、すぐに足を崩す。促された美園も、しぶしぶ従った。

「雰囲気、出してやったんやないか」

いつもの口調に戻り、おもしろくなさそうに膝を叩《たた》いた。佐和紀はずけずけと言い返す。

「うっせぇよ。持ちあげられて喜ぶほどガキじゃない。どうせなら、きれいどころを用意しとけよ。弾むものも弾まないだろ。だいたい、真幸《まさき》はどうした。目と鼻の先で無視して帰るつもりか」

横浜で匿《かくま》われている伊藤《いとう》真幸という男は、美園の十年来の愛人だ。

「真幸さんなら、都内の高級ホテルにいます」

知世がさらりと言う。

「ご存じなかったですか。昨晩と今晩と。ゆっくりされているはずです」

「連れてこいよ」

佐和紀はまた不機嫌になった。来るに来られない理由があることは想像に易《やす》い。久しぶりに会った恋人同士だ。美園が足腰の心配をして手加減するとも思えない。

「明日までは俺だけのもんや」

美園がにやつきを隠して答える。佐和紀は鼻で笑いながら、矛先を変えた。

「で。道元は誰に会いに来たわけ？　岡村なら呼ばないからな」

「岡村さんは、横浜で忙しくされています」

知世が、またさらりと口を開く。抑揚のない声にはトゲがあった。

「そんなつもりで来てません」

佐和紀に向かって答えた道元が、知世へ視線を向けた。

「仕事の都合で連絡を取ってるだけだ」

「そうですか。いいんじゃないですか。相手にされてないことを自覚しているなら」

「知世。いじめてやるな。……それは、俺の楽しみだ」

佐和紀が含み笑いでたしなめると、知世は申し訳なさそうに肩を落とした。

岡村を巡る微妙なつばぜり合いだ。明らかに惚れている知世と違い、道元の感情はグレーゾーンだ。人生がひっくり返るほどの衝撃を与えられ、まとわりつかずにいられないのだ。整合性が取れるまで放っておけと佐和紀に言ったのは、人生経験豊富な周平だ。そんなものかと思った。

道元の中にある物悲しさは、佐和紀だけでなく、もっと若い知世にも理解できない。

「おまえらも食べろよ。場所代だけでも、バカみたいに高いんだろ？」

勧めると、美園が土鍋の中のカニを引きあげた。佐和紀は日本酒をくいっと飲む。

「で、本題はなに？　由紀子のことなら知ってるよ。おかげで、護衛なんかつけられて迷惑な話だ。今日も車で待ってる。来月にはこいつもいなくなるし、秘密で会うのは難しくなるかもな。……そうか」

知世が抜けることを知っていて、いまのうちに来たのだと気がつく。

「そこのようできた学生さんが抜けたら、もう、でけへん話や」

美園が言う。佐和紀は、ついっと目を細めた。ひそかに繋《つな》ぎを取る手段はほかにもあるだろう。たとえば、真幸だ。簡単で手っ取り早い。だが、彼を利用する気はないのだ。

「言っとくけど、こいつもわりとザルだよ。岡村に、すぐ抜ける」

佐和紀がふざけて言うと、美園は小さくうなずいて答えた。

「抜けるんは百も承知や。前にも言ったやろ。しばらく大阪へ遊びに来たら、どないや」

軽い口調の誘いを聞き流そうとした佐和紀に向かい、道元が間を置かずに言った。

「真柴《ましば》の嫁も腹が大きくなってきた。あんたがいると、安心するだろう」

「すみれ、か……」

佐和紀は思わず穏やかな気持ちになって、その名前を口にした。

知世と同じ年頃の、まだ少女めいた笑顔が思い出される。名前と同じ、すみれの花をあしらったウェディングドレスは記憶に新しい。この春のことだ。花嫁姿もきらめいていたが、妊娠を報告したときの涙はそれ以上に印象的だった。喜びと覚悟が入り混じり、純潔とは失われるものではなく再生を繰り返すものだと、そう思った。

「真柴もついているだろうけど、無理をさせないでくれよ」

「だから、御新造《ごしんぞう》さんが……」

「それは禁じ手だろう」

道元の言葉を、佐和紀はすっぱりと切り捨てた。すみれを盾に引き込もうなんて甘い。

彼女の旦那は佐和紀の知り合いでもある真柴だ。桜河会会長の甥《おい》であり、阪奈会生駒組《いこまぐみ》組長の息子でもある。病床にある桜川会長が次期会長として指名済みで、いまは就任の時期を待っている段階だ。

その就任の際に道元は若頭へ昇格する。彼とともに桜河会を盛り立てていくためだ。時期はおそらく、高山組が分裂し、千成組《せんなりぐみ》が独立するのにまぎれるだろう。

「なぁ、美園。俺を遊ばせようってのは、ありがたいんだけど……」

「そういうつもりで言ったんやない。あの女がそっちに流れて、どっちみち居心地が悪いんやろう。それやったら、しばらくこっちへ来い、って話や」

「……行けると思って言ってんの？」

飲み干した猪口《ちょこ》に、知世が酒を注《つ》いでくれる。

確かに、いまの暮らしは窮屈だ。知世もいなくなるし、気の利かない護衛に囲まれるぐらいなら、いっそ身軽な関西暮らしも悪くはない。

ただ、そこには、肝心の周平がいないのだ。

「二、三日の気軽な旅行じゃないだろ。……俺は、責任取れないよ」

佐和紀が答えると、美園はふっと息を吐き出して笑った。周平の恐ろしさを知っていても平気でいられる、数少ない人間だ。

「あんたが浮気するような尻軽やなんて思ってへんやろ。こっちでなんかあっても、家に押し込められたまんまは、つまらん。そう思わんか？　関西の騒ぎも一瞬の花火や。このご時世やしな。昔ほど長引くことはない」

そのあとは、道元が継ぐ。

「俺たちは、あんたの腕っぷしを利用したいわけじゃない。桜河会は火の粉をかぶりたくないし、美園さんは、独立するだろう千成組に流れる組の数をできる限り減らしたいと思ってる。そういうそれぞれの思惑の上で、御新造さんの、その……」

「なに？　言葉なんか選ぶなよ」

佐和紀の視線を真正面から受け止めた道元は、ごくりと生唾《なまつば》を飲んで背筋を正した。

「……だから、色気と人たらしの絶妙さで……、うっとうしい年寄りを、言いくるめてもらいたい」

「言ったなぁ……。腕っぷしを頼りにするのと変わらないと思うけど」

笑ってしまった佐和紀は、ちらりと知世を見た。

「どうしようか」

ふざけて聞くと、座布団の上にちょこんと座った知世はうっすらと微笑んだ。

「男なら行くべきです」

臆《おく》せず言い切る。意外な味方の登場に驚いた男たちには目もくれず、つらつらと続けた。

「このおふたりは、関西ヤクザのエースですよ。今後を握る立て役者です。上へ手を回さず、じきじきに頭を下げて迎えられるなんて、整いすぎているほど完全なひのき舞台じゃないですか。……と、結婚されていなければ、言いたいです」

「言いたい放題だな、知世」

そこも気に入っていたところだ。佐和紀の気持ちさえ勘定に入れずに現状を把握する冷静さが惜しい。

「ここで答えを出さなくてもいいと思います。今夜のことは、俺の胸に留《とど》めておきますので。話だけは伺ったということでどうでしょう」

「ほな、そういうことにしよか」

あっさりと美園が引く。破談にするぐらいなら、宙に浮かせておきたいのだろう。

「御新造さん、彼にも飲ませたらどうですか。食事の用意もさせましょう」

道元が立ちあがり、次の間へ消える。

「飲んでいいよ、知世。どうせだし、美園の部屋に泊めてもらおう」

佐和紀が笑うと、美園は猪口の酒をグイッと飲み干した。

「アホ言いさらせ。誰が泊めんねん。俺はあと一時間もしたら、帰ってあいつの機嫌を取るんや。数ヶ月分は抱く」

あけすけな美園を土鍋越しに見つめ、佐和紀は目を細める。

「セックスのヤリ溜《だ》めって……。美園、おまえね、そこだよ。そういうとこが、ダメなんだ。たまになんだから、濃厚なのは、ひと晩でいいんだよ」

「なんでやねん」

「昨日も今日も抱き潰《つぶ》される身にもなれって言ってんの。だいたい、この前会ったのは七月だろ？　二ヶ月しか経ってない。来月も来るんじゃないだろうな。仕事しろよ、仕事」

佐和紀の説教に、美園は顔を歪《ゆが》めた。気安いやりとりだ。

美園は聞きたくないと言わんばかりに首を振り、手酌で酒を注ぐ。その顔に幸福の甘い色が見え、佐和紀は席を立つ。

「トイレ、行ってくる。……道元、トイレまで連れていけ」

戻ってきた男を捕まえて客室を出た。用を済ませているあいだも外で待たせ、ついでにタバコを吸おうと誘った。ふたりで庭へ下りる。

「おまえら、やり方が汚い。人の結婚生活をなんだと思ってんだ」

「せっかくのお祭りだから誘おうって話になったんですよ」

抗争で死人が出るかもしれないと報道されているのに、当事者たちは気楽なものだ。

「本音はどっちですか」

取り出したタバコを一本、佐和紀のくちびるへ差し込み、スーツ姿の道元はライターの火を向けてくる。ジリジリと先端が燃えた。

「制圧される快感って、存在するだろ？」

佐和紀は遠回しに答える。

形は違えど、道元も感じたはずだ。圧倒的な存在感で有無を言わさずに従わされる瞬間、形なく奪われていくものがある。そして、剝《む》き出しになった場所は、敏感に人生を感じ取ってしまう。生まれ変わったように、ものごとの新しい側面が見える。

佐和紀にとって、それは周平だ。

「……従う快感は、ないでしょう」

道元もタバコを吸った。ふたりの煙が重なって、景色がかすむ。

強いばかりでは生き残れないのが、この社会だ。独りでも無理がある。

打たれ強いしなやかさと人を巻き込む弱さと、そして、快感に流されるしたたかさがなければ、他人の思惑の渦で溺《おぼ》れてしまう。どぎつい世界だからこそ、誰かのためと決めなければ生きられない。そうしなければ、自分のことさえ見失う。

「ひとつ、頼まれてくれ」

佐和紀はタバコをふかして言った。

「真柴の結婚式で、木下《きのした》って男の使いが来てた。真柴への祝い金を持ってきたヤツだ。名前は『西本直登《にしもとなおと》』。このふたりを調べてくれ」

「木下と西本ですか。どこかで聞いた気がします。真柴の知り合いなら、大阪に住んでいるのかもしれません」

「うん。特に、西本って男が、関西へ流れた経緯が知りたい。元は関東にいたはずだ」

「わかりました」

事情を探ろうともせず、道元は素直に請け負った。

「道元、携帯電話……」

出せと命じる代わりに手のひらを見せると、おとなしく乗せてくる。片手でタバコを遠ざけ、佐和紀はジッとそれを見た。

「結果は俺に直接連絡して。組事務所に伝言してくれたら、折り返す。……おまえさ、今夜もどうせ、横浜に宿を取ってんだろ。岡村とはどういう段取りになってんの？　ここで俺が電話しなくても会うことになってんじゃない？」

「……断られてますから」

低い声が唸るように答えた。アプローチはかけたということだ。

「いったい、なにして遊んでんの？」

顔を覗き込むと、道元は黙りこむ。

「セックスしてんの？」

「ちが、います……」

息を詰まらせた道元は目を泳がせた。おいそれとは言えないことをしているのだろう。

しかし、セックスでないことは事実だ。佐和紀の第六感が閃《ひらめ》く。

「岡村にストレスかけられるのも困るんだよな……。イジめるほうも疲れるだろ。あいつ、SMが好きなわけじゃないと思うよ」

「してませんよ。なにも」

「じゃあ、会うことないだろ」

そのまま携帯電話を返そうとすると、

「あ、あ、あっ……」

スーツをスタイリッシュに着こなした男が情けない声を発した。慌てふためいて取りすがられ、佐和紀は身をかわした。道元はぐったりとうなだれる。

「ただ、話してると落ち着くんです。信じないでしょう。そんな憐《あわ》れむような目で……」

「なんかさ、おまえもかわいそうな男だよな。わかった、わかった。電話してやるから」

そう言って、電話をかけるように促す。あとの段取りはつけた。


「佐和紀さん、道元と岡村さんを会わせないでくださいよ」

連絡したことは知っていますと、知世が眉を吊《つ》りあげる。

夕食会はそのあと二時間弱続いて散会になり、佐和紀はやはり美園についていった。さすがに部屋に押しかけてはいない。真幸を呼び出し、ラウンジで一杯飲んだだけだ。幸せそうなふたりのやりとりを満喫して、上機嫌で護衛の運転する車へ乗った。

もう少し遊んで帰ろうと知世を誘い、地元に戻って行きつけの焼き鳥屋へ入る。

「セックスしてるわけじゃないいんだって」

軽い口調で言うと、酔った知世の眉がぴくぴく動いた。

「知ってます……っ」

イライラした口調で答えながら、焼き鳥屋のカウンターをさする。都内を出る前に連絡を入れたのでカウンター奥の定席が空けてあった。陽気な笑顔がトレードマークの若い女性店員が、いつもの元気さでチューハイを運んでくる。つまみがいくつか並んだ。

「おまえのこと、よくできた『お付き』だって」

利用できるなら手元に置いておけと暗に言われ、『どうにもならないんだ』と答えた佐和紀の心はかすかにきしんだ。

ヤクザの言いざまを嫌悪したわけではない。佐和紀も同じ思考回路を持っている。それでも悲しい気がしたのは、知世が単なる駒《こま》として見られてしまうことに対してだ。知世のこれまでの人生は、まさに、その『駒』として生きることだった。兄に利用されているだけじゃない。父親や親族、兄の嫁、そして周りの男たち。すべての人間が、知世を利用価値の高い『駒』だと思っている。そんな気がするから物憂い。

「余計なお世話だよな。おまえの優しさはさ、俺なんかのために使うものじゃない」

枝豆を歯でしごき、中身だけを食べて皮を捨てる。

「そんなふうに言わないでくださいよ。俺は好きでやってるんですから」

若い横顔にも憂いが差し込み、しんみりした雰囲気になる。佐和紀は酔っぱらいの仕草で手を伸ばした。

「ひとりになることを、あんまりこわがるな」

知世の指に触れると、やはり、ひやりと冷たかった。

「石垣さんのところへ行かせてもいいって、岩下さんに言ってくれたんですね。三井さんから聞きました」

「あぁ、うん。……タカシにも怒られたけど」

そこまでお膳立《ぜんだ》てするのは、さすがに甘やかしすぎだと止められた。三井からだけではなく、周平からもだ。うまくいかなかったときのことは、舞い戻ってきたときに改めて考えるべきだと諭された。わかってはいるが、佐和紀の心配は尽きない。

「来年の学費も振り込んでもらってますし、ちゃんと卒業しますから」

「ごめんな。勝手なこと言ってて」

「勝手じゃないです。俺は、嬉しいですよ。……佐和紀さんのおかげなんです。ひとりになってみようと、そんなふうに思えたのは」

知世は、顔を伏せたまま話し続ける。

「いつも、逃げたかった。終わりにしたかったけど……。どうしていいかわからなかったし、俺がいなくなったら兄が困るし、周りも困るし。家族なんだからって言われるのが、どこか苦しくて。だから……、俺たちのことを知らない客と寝るのが、すごく楽でした。

顔を褒めてくれるし、やればやるだけ喜んでくれる。でも俺は、客じゃなくて、兄や、兄の友人たちに褒めてもらいたくて。そうじゃないと許してもらえないと思ってたんです」

知世の息が細くなり、苦しげに胸元を押さえる。

「聞いてくださいね、佐和紀さん。……、岡村さんを『この人だ』と思って、岡村さんに喜んでもらいたくて世話係を始めました。兄に会わずにいることがこんなに楽なのかと思って。そんなふうに思う自分を、ひどい人間だと思って……」

「家族だからか」

「俺がいないと、兄は人を殺してしまうと思ってました。ずっと……。でも、俺がいないと本当にダメなのか、わからなくて。周りに聞いても、みんながみんな、俺がいないとダメだって言うんです。どうして納得したんでしょうね。俺と寝る男はみんな、兄のことが好きで、俺を身代わりにしてるんだと思ってたし……。俺自身、兄よりもいいと、そう思われたくて寝てたところがあって。だから結局、誰も、俺自身がいいとは言ってくれなかった。兄と比べたほうが、俺が必死になるし、都合がいいんですよね。……俺と兄は『共依存』なのかもしれません。気づかせてくれたの、佐和紀さんです」

「なにもしてない」

「居場所をくれたじゃないですか。佐和紀さんがいてもいいと言ってくれたからです。だから、みんな親切で……嬉しかった。でも、今度は佐和紀さんに依存しそうな自分がいて、こわいです」

「おまえは『いい子』すぎるんだよな。難しいことはわからないけど、おまえはかわいいよ。俺に似て美人だし。……ここ、笑うとこ」

知世の拳を揺すりながら顔を覗きこむ。苦々しく顔を歪めた知世は、笑っているつもりだ。いつも貼りつけている微笑みが、いまは吹けば飛ぶように、心もとない。

「だけど、それはさ、俺とおまえがそれぞれ美人なだけだ。別の人間だ。わかってるから、岡村はおまえを抱かない。……ほんとうにヤらなかった？　あんまり信用してないけど」

「してません！　そこは疑うとこじゃないです！」

知世が飛びあがって叫んだ。

「佐和紀さんは岡村さんにひどすぎます。もう少し、人間らしく扱ってくださいよ」

「そうすると、もっと惚れるだろ。あれぐらいがいいんじゃねぇの」

「割り切りますよね……」

「おまえも割り切れよ。岡村とのことは叶《かな》わない夢だ。兄貴とのことも悪い夢だ。どっちも目が覚める。でも、おまえはそこにいる。自分の人生を歩いてくれ。選べるんだから」

ふいに涙が溢《あふ》れた。まるで涙腺《るいせん》が壊れたみたいに、着物の上へ、ぼたぼたとこぼれる。

「あれ……」

声を出した途端に、佐和紀の息が詰まった。知世が驚いて固まる。飲みすぎたと言えるほど飲んでいない。まだまだ序の口だ。なのに、感情がセーブできなかった。

「違う……。こんなの、引き留めるみたいだ……違う」

「佐和紀さん」

「違うんだ。……道を、選べない、人間も……」

言葉が途切れ、深く息を吐く。涙は止まらなかった。

この世の中には、道を選べない人間もいる。意に沿わぬ環境に生まれ、理不尽を抱えたまま死んでいく。生きることも死ぬことも管理され、自由に人を愛することも許されない。そういう人間もいる。

それは、佐和紀の母だ。佐和紀に用意されていた人生も同じはずだった。なのに、佐和紀は自由を手にしている。少なくとも三人の人間を犠牲にして得た自由だ。ひとりは、死因も思い出せない母。そして、突然死だった祖母。最後が、友人・西本大志《たいし》だ。

「悪い……」

眼鏡をはずし、知世が差し出すハンカチを受け取って涙を拭う。

「誰のための涙ですか」

知世が冷静に問いかけてくる。

「あの男ですか？　親衛隊の人たちが言っていた、佐和紀さんの周りを探っている人間の中には『西本直登』も混じっているんじゃないですか。彼が『由紀子』と繋がっている可能性も……」

「本当に、おまえは」

手放すのが惜しいほど、頭がキレる。そして、他人のためにしか使えていない頭脳だ。自分のことは計算に入れない癖がついている。

西本直登は、佐和紀が見捨てた大志の弟だ。佐和紀と関《かか》わったことで、彼らの人生は大きく狂ってしまった。

「俺も、そんな気がしてる」

不本意な結婚を強いられたと勘違いしている直登は、自分が佐和紀を救い出さなければならないと思い込んでいた。自分たち兄弟への償いをさせたい気持ちもあるのだろう。

「おまえはさっき、自分と兄貴が『共依存』だって言っただろ。それって、お互いに依存してるってことだよな。直登は、俺に対して依存してるのかもしれない。きっと、死んだ兄の代わりにしてるんだろう……」

「佐和紀さん。答えなくてもいいんですけど質問させてください。二度と聞きません」

知世の声が沈んだ。

「……そばへ、行ってやりたいんですよね？」

言葉を聞いた佐和紀の時間が止まる。

有線放送の音が遠ざかり、笑い声も、店員のかけ声も、すべてが静寂に呑まれる。

「岩下さんはわかってくれると思います」

知世の発言に、ハッと我に返った。

音が耳に戻り、すべてが元通りになる。しかし、佐和紀の心の中だけは違っていた。

「……バカなこと言うなよ」

視線が泳ぎ、なにを見ていればいいのかさえ、わからない。

「俺には、説明できるほどの言葉がない。頭が足りないんだよ。絶対に傷つける。周平《あいつ》のことは、……大事にしてやる、って決めてるんだ」

「でも……」

言質を取ろうとする知世の手を握りしめ、黙らせる。

「このことについては、口を出すな」

睨みつけると、知世はなにも言わずに口を閉じた。悲しげな表情でうなずく。

西本直登の兄・大志は、佐和紀が見捨てて逃げたあと、十五年間もの長い時間を病院のベッドの上で過ごし、再会まで、去年、亡くなった。まだ小さかった直登は、佐和紀が戻ると信じていたのだ。再会まで、十五年もかかるとは思わず、いまも呪縛《じゅばく》の中で生きている。

解いてやるには、佐和紀がそばへ戻るしかないだろう。本人が納得しなければ、直登の時間は止まったままだ。それがあの日の償いになると思うたび、佐和紀の気持ちは乱れた。

周平と過ごす現在《いま》と、直登に対する過去を天秤《てんびん》に載せたくはない。けれど、日に日に胸が疼《うず》く。

直登からの接触はなくなったが、週に一度か二度、直登は現れる。声をかけるでもなく、佐和紀の視界にひっそりと姿を見せ、自分の存在を知らしめた。

終わったことだと、思う。子どもの頃のことに責任は取れないと、繰り返し考えた。ほんのわずかな期間だとしても、周平から離れるなんて考えられないことだ。ひとりにできないのか、ひとりになれないのか。それを考えることもしたくない。

どんな答えも、ふたりの関係を傷つける。だから、ただひたすらに、心がつらい。

「佐和紀さん、俺……。こうして飲んだこと、ずっと忘れません」

知世の指が佐和紀の手を握り返してくる。

「……自分の道は、自分で決めます」

いつもと違い、知世の指は先端までほんのりと温かった。

それを不思議だと思う自分の気持ちさえも、佐和紀は胸の奥に押し隠す。新しいことはなにひとつ知りたくない。そんな気分になった。

＊＊＊

送り出すための特別な会は開かれず、佐和紀のそばで一年を過ごした知世は、大滝組の屋敷をひっそりと後にした。

周平が付き添ってタクシーに乗り、山の手にある邸宅レストランへ入る。

案内された個室にはひとりの男が待っていた。洗練されたスーツと細いふちの眼鏡が洒《しゃ》脱《だつ》な雰囲気だ。三十代の若さと落ち着きが絶妙のバランスを保っている。

紅茶とケーキが運ばれ、それぞれが円卓につく。ウェイターが出ていくのを待ち、周平はふたりを引き合わせた。

「俺の舎弟分で田辺《たなべ》だ。こっちが、壱羽知世」

紹介すると、眼鏡をかけた田辺は静かにうなずいた。

投資詐欺でシノギをあげてきた舎弟だ。県警の組織対策部に情報源を持っているので、知世の今後を一任することにした。佐和紀とは過去に因縁がある相手だから、まだ詳しく話していないが、まずは田辺を通じて組対への保護を求める段取りだ。

「確かにお預かりします。壱羽くん、さっそくだけど、これをつけてくれる？」

柔らかな物腰の田辺が取り出したのは、デジタルの腕時計だ。

「セルラータイプのウォッチだけど、ＧＰＳで居場所を追えるようになってる。完全防水だから、風呂《ふろ》のときも基本的にはつけておいて。寝るときも。もしも問題が起こったら、どのボタンでもかまわないから長押しして。すぐにセンターから折り返しの電話がかかる。自動で通話状態になるから、なにもしなくていいよ」

「向こうに声は聞こえるんですか」

「聞こえる。会話に問題があれば、すぐに人が駆けつける」

「……大学で間違って押してしまっても、会話で判断してくれるってことですか」

「そうなるね。駆けつけるのは警察じゃないよ。ヤクザが怒鳴り込むわけでもない。現場を確認して都度、対処する」

田辺の言葉に、知世は戸惑っている。周平をちらりと見て、かぼそい声で言った。

「こんなことをしてもらうほどじゃ……」

「俺がしてるわけじゃない」

申し訳なさそうに振る舞っていても知世の思惑は別のところにある。どのタイミングで危機を知らせるかさえ、胸先三寸だ。

「おまえの実家には絶縁の連絡を入れた。それでも動きがないのは、大滝組から離れるのを待っているからだろう」

「……あきらめたのかもしれません」

「俺たちに邪魔されたくないことは、わかってる」

知世は、兄との直接対決を望んでいる。だからこそ、兄と由紀子の関係をリークして、なおかつ、ふたりの関係を見逃してくれと言った。周平がそれを受け入れたのは、知世のためでも佐和紀のためでもなく、大滝組のためだ。

「それなら勘弁してください。俺は、自分で……」

「できることとできないことがある」

はっきり言って立ちあがる。知世のそばへ近づいた。

「おまえが望んだからなんて言い訳は、佐和紀に通用しない。俺にも立場がある。嫌なら、このまま監禁する」

「……なに言って……。だって、岩下さん……」

知世の視線が泳ぐ。知世の行動の邪魔をしない。それが情報収集の見返りだった。

「おまえを野放しにはできない。組のためにも、だ。自分で決着をつけたいなら、俺の言うことは聞いておけ」

田辺が用意したデジタルウォッチを突きつけて、睨むでもなく見下ろす。

「俺は、おまえがかわいくて好きにさせるわけじゃない」

冷たく言い放つと、知世はデジタルウォッチを手首へ巻きつけた。

「言うことを聞きます」

「知世。約束は破るなよ。わかってるな？」

テーブルに手をつき、身を屈めた。

知世の思惑を佐和紀に漏らさない代わり、知世も自分から兄を傷つけにいくことはしない。これは取り引きではなく、約束だ。知世の状況を知れば、佐和紀は激怒する。その矛先は、順当に貴和へ向かい、そして、由紀子との全面対決になりかねない。

もちろん勝つのは佐和紀だ。わかりきっている。

だからこそ、知世は佐和紀に黙っていてくれと言ったのだ。佐和紀と由紀子の争いに発展すればなおのこと、知世と貴和の兄弟は、巻き込まれただけの存在になってしまう。知世は自分の手で兄との悪縁を断ち切りたいのだ。決着をつけるつもりでいる。

「いいか。無駄に傷つくな。それは相手を悦《よろこ》ばせるだけだ」

答えを待たず言い聞かせると、知世はさらにうつむく。

承知したくないのだ。元が利口な分だけ、自分に強いられた理不尽さを痛感している。

ここしばらく周平のために動いたことが新たな刺激となり、知世は客観的に自分の置かれた状況を省みたのだ。兄に強いられた、他人とのセックスの意味も考えたに違いない。

周平と約束をかわしたときも、不可抗力ならいいのかと知世は繰り返し食い下がってきた。初めはたわいもない確認だった質問がいつしか執拗《しつよう》さを帯び、知世の目はうつろに光った。そんな精神状態で、今日までよく耐えてきたと思う。知世の自尊心はボロボロだが、どうにか生きようと悶《もだ》えている。そして、這いあがろうと道を探している。

知世に未来を見せたのは佐和紀だ。なにが特別だったのかはわからない。

周平や岡村が見るのとは違う佐和紀を、若い知世は見ている。たとえばそれが思い込みによるまやかしだったとしても、知世が『生きる価値』を見いだしたことに偽りはない。

だから、周平は言葉に出した。

「佐和紀の顔に泥を塗るなよ」

声が届き、知世はうつろな瞳で振り仰いでくる。陽気な演技をする必要はもうない。

組屋敷を出る間際、佐和紀と別れの抱擁をしたときは意気揚々と笑っていたが、その顔を思い出すことも難しいほど、いまは硬く心を閉ざし、表情を失っている。

周平の言葉の意味を、知世は理解するだろう。先制攻撃はせず、ふたりを誘い出して罪を犯させる。それが周平と京子の望む犠牲だ。兄弟の決着はそのあとで、どんなふうにでもおこなえばいい。後始末は請け負った。

これは知世と貴和の兄弟ゲンカではない。巻き込まれた矮小《わいしょう》な存在としてではなく、主体性を持って挑む、由紀子を巡っての代理戦争だ。知世が犠牲になれば、確実にあの女を追い詰めていける。逮捕と起訴、そして裁判。周平側の下準備は着々と進んでいる。これから時間をかけて責任を取らせていくための罠《わな》だ。

「あとは頼んだ」

田辺に声をかけた周平は苦々しく顔を歪めた。若い頃の自分がどうやって立ち直り、ボロ雑巾にされた自尊心を繕ったのか。それを思い出す。そして、すべてを心にしまった。

眼鏡をついっと押しあげて、知世の骨張った肩を叩く。

過去は遠く、なにひとつとしてリアリティがない。もうすべては始まっていた。

おそらく知世は戦えないだろう。そんな気がして、周平は目を伏せる。

あんなにうつろな目をしていては、由紀子の悪意には勝てない。壱羽兄弟の確執は、あの女の慰みになって消費される。

しかし、同情も憐憫《れんびん》も感じなかった。筋書きはもうできている。配置した駒がどう動いても、知世は犠牲になり、由紀子を法の下に裁く準備は進む。いまさら止めることはできない。この件に関わっている被害者は、周平たちだけではないからだ。

組屋敷へ取って返し、「気晴らしをしよう」と佐和紀に声をかけた。

知世を手放したことを、内心では誰よりも寂しがっている佐和紀は無邪気にうなずく。

コンバーチブルの助手席に乗せ、周平は葉山《はやま》のマリーナへ向かった。

知り合いに借りたクルーザーに乗り込み、澄み渡った秋空の下、思うままに小波を越えていく。沖合からは富士山が見えた。

そろそろ知世は警察へ行った頃かと時計を確認し、周平はまた胸騒ぎに襲われる。運転席の隣に座った佐和紀は、ぼんやりと海を見ていた。

「……行っちゃったなぁ……」

クルーザーはゆらゆらと揺れて、秋の海が柔らかく光る。春のみずみずしさも、夏のきらめきもなく、どこかひっそりとしてもの寂しい輝きだ。

過ぎ去っていく季節を嫌でも感じる。

「連れ戻すか」

ふいに、言葉が口をついて出た。佐和紀が驚いて目を丸くする。

「意外だな。けっこう好みのタイプだった？」

「……おまえが憂い顔を見せるからだ」

肩を抱き寄せて、眼鏡の蔓《つる》がひっかかる耳のそばへキスをする。くちびるをぎゅっと押しつけて離れた。

「あいつのためだから、我慢する。……我慢できる」

周平の撥水性《はっすいせい》ジャケットを握りしめた佐和紀が目を閉じた。着物の上に、色違いのジャケットを無理やり着ているのが、どこか幼く見えて愛らしい。

誘われた周平は、互いの眼鏡を押しあげ、佐和紀の身体へと優しく腕を回す。くちびるは柔らかく押し当たり、舌はゆっくり這い出て、互いを求める。

触れたぬめりの熱さに、佐和紀の身体がびくっと小さく揺れた。そこにある憂いの意味を、周平は心の中で問う。行ってしまった者を惜しむのは、喪失の孤独なのか。それとも、旅立つ者への憧《あこが》れなのか。

太陽が傾くように、心へ、鈍色《にびいろ》が差す。

「そばにいて」

甘えてしがみついてくる手が、周平の心の憂さを拭おうと動く。背中をさすられると、愛が塗り広げられ、身体の奥から生きる喜びが滲《にじ》み出す。

よがり狂う佐和紀の姿を想像した周平は、身を引いた。細いあご先を指でつまみ、じっくりと顔を覗き込んだ。

「きれいになったな。出会った頃より」

「なに……？」

照れて笑う顔にも、幸福が広がる。

知世の未来を輝かしいものだと信じて疑わない佐和紀の優しさが胸に痛い。そして、若く幼い知世のわがままを利用し、無謀と知って見逃した自分の罪がのしかかってくる。

わかっていた。

知っていて、許した。

知世が引くトリガーのもたらす結果を、周平は知っている。

「周平も、前よりずっと男前だ」

「おまえがどれぐらいいやらしくなったか。テストでもしようか」

「バカじゃないの？　すぐ、それだ」

「じゃあ、俺がどれほどおまえを愛してるか、試してくれ」

「……なに、それ」

力のない声で言って、佐和紀は前を向いた。横顔は凜《りん》として涼やかだ。

また同じ言葉を繰り返そうとして、周平は黙る。言えばしらじらしくなってしまう。

佐和紀は確かにきれいになった。身体の内側に秘めた生命力は伸びやかで、表情には自信が漲《みなぎ》っている。

自分らしくあって欲しいと、いつも願ってきた。佐和紀を保護した男たちのようにカゴには入れないと決めたのも、それゆえだ。自由に飛び回らせるために、羽を広げる練習まではさせた。なのに、最後の一押しができない。

佐和紀が傷つく。そのことがこわいのではない。帰ってこないことを恐れるわけでもない。それならどうして、と周平は自問自答を繰り返す。

もしも隣にいられなくなったら、ふたりの愛は終わると、佐和紀はそう思うのだろうか。ただそれを聞けないでいる。それだけのことだ。知世がなにげなく投げた小さな石が生み出した波紋は、周平の胸にどこまでも広がり続ける。

秋の夕暮れが西の空から急速にやってきて、まばゆいグラデーションが薄雲をバラ色に染めていく。

佐和紀の苦しみは、ぜんぶ自分が代わってしまいたい。そう周平は考えた。

それと同じく、佐和紀もまた、周平の苦しみをすべて背負いたがる。

この愛をどう口にすればいいのかわからない。一方的に愛するだけで満足できるならまだよかった。しかし、そんな時期はもうとうに過ぎてしまったのだ。互いを行ったり来たりする感情が、溢れていく。

それぞれの過去も未来も、個人のものだ。どんなに愛しても、分かち合ったつもりになっても、動かしたり背負ったりはできない。そして、そんなことをする必要もない。

愛とは、そういうものでないはずだ。なのに、愛し合うたびに境界線が消えていく。喜びも悲しみもひとつのものになってしまう。

「周平。拗《す》ねるなよ。……な？」

機嫌を悪くしたと思っている佐和紀が身を寄せてくる。白檀《びゃくだん》の香りが鼻先をくすぐった。

「ほら、キスしてあげるから」

足が膝に乗りあげ、くちびるが笑いながら頬をかすめた。あどけないイタズラだ。いつまでもこうしていたくなる。だから、周平は佐和紀を強く抱きしめた。

「周平の匂《にお》いがする……」

腕の中ですんと鼻を鳴らす佐和紀は、先ほどまでの憂いをすべて忘れて、ただ幸せそうにうっとりとささやく。周平も、佐和紀に染みついた香りを、胸いっぱいに吸い込んだ。

佐和紀は許すだろう。この先、なにが起こっても。

それが周平の決めたことなら、あきらめる。

もう引き戻すことはできない。いまさら、知世を連れ戻しても、無駄だ。ことは起こる。

佐和紀の知らないところで、それはもうチリチリと導火線を焼いていた。

周平は覚悟をするでもなく、ただ佐和紀を抱く。ほかに、することはなにもなかった。

2

護衛を撒《ま》いて逃げた佐和紀が、ひとりくつろぐカフェで捕獲されたのはつい先ほどのことだ。知世に言われたのでケンカはしていない。退屈しのぎの鬼ごっこだ。

だが、護衛の反応はいつもと違った。さらに逃亡を図ろうとした佐和紀を涙ながらに呼び戻し、両際をしっかりと取り押さえたまま、組事務所へ移動した。それも不思議だったが、フロアの雰囲気もまた通常とは異なっていた。騒然としており、怒声が飛び交い、電話が鳴り響く。構成員たちはのんきな表情をかなぐり捨て、右へ左へと動き回っている。

眉をひそめて立ち尽くす佐和紀の姿を見るなり、フロア中は水を打ったような静けさに包まれた。電話だけがけたたましく鳴り続ける。

「佐和紀ッ！」

緊張の糸を切って叫んだのは三井だ。迂回《うかい》するのも、もどかしく、デスクを乗り越える。

「……なにの騒ぎだ」

問いかけた声を無視して飛びついてくる。両肩を摑まれたかと思うと、両頰をバチンと勢いよく挟まれた。

「痛いっ！」

思わず、平手打ちを返してしまう。

「なにの騒ぎだって聞いてるだろ！」

がなり立てたが、頬を叩かれた三井は怯まない。佐和紀に負けない声で怒鳴った。

「おまえ、外には出るなよ！　姐さんから、絶対に目を離すな！」

佐和紀の質問には答えず、護衛の男たちへ指を突きつける。彼らは、三井の部下でもなんでもない。ほかの組の人間だ。それでも、緊迫した空気を感じ取り、表情を引き締める。

佐和紀に背を向けた三井は、フロアの中央へ戻っていく。テーブルをくっつけた上に広げられているのは大きな地図だ。

「うちの姐さんの線はこれで消えた」

三井の声を皮切りに、電話応対が再開され、あちこちから怒号が飛ぶ。

「表に出て行動してるやつらを戻せ！」

「騒ぎにするな！　連絡！　連絡！　さっさとしろ！」

まるで火事場だ。殺伐とした雰囲気のヤクザたちがせわしなく動き回る。

「知世の居場所は押さえたか！」

誰かが叫んだ。

「壱羽組に人をやれ！」

「誰か、土地勘のあるヤツいないのか！」

怒声の内容が次第に耳へ入ってくる。どうして知世の名前が出るのかと、佐和紀は護衛を振り払った。三井を追う。

「どういうことだ」

すでにカタギへ戻った知世の名前が出るのはおかしい。その上、壱羽組の名前まで出ていた。組の情勢から距離を置いている佐和紀でも、なにかが起こったのだとわかる。

「いまは忙しい」

「どういうことだって聞いてんだよ！」

苛立《いらだ》ちに任せて殴りつけると、三井は簡単にすっ飛んでいく。テーブルの上の書類や電話をなぎ払って転がり、デスクの足にぶつかって止まる。

「落ち着いてください、御新造さん」

見知った顔の構成員が近づいてくる。

「ついさっき、これが届きました。時間指定の宅配便で、差出人の住所は偽物でした。それで、もしかしたら、と……」

見せられたのは一枚の紙だ。マジックの殴り書きは乱雑だが、かろうじてカタカナが読み取れる。

「チ、ン、ピ……」

一語ずつ読もうとする佐和紀に代わり、構成員が一息に読みあげた。

『『チンピラきれい。チンピラおいしい。おくまでずっぽり』』

「なに、これ」

ゾクッと寒くなる。怪文書もいいところだ。

字の乱れ具合にも異常さが感じられ、気味が悪い。人の心をかき乱す不穏さがあった。

「一緒に入っていた毛が、どうも陰毛みたいで。だから、御新造さんがターゲットになったんじゃないかと……。うちのきれいなチンピラと言えば、その……」

言い淀《よど》んだ構成員に向かって佐和紀は目を細めた。

「俺か？」

「あとは、知世……かと……」

「あいつはカタギだ」

間髪入れずに切って捨てる。構成員は言いにくそうに眉をひそめた。

「三日前までは、うちに出入りしてたんですよ。目をつけられても、おかしくない」

「だからって、こんなものを送りつけるか？　意味がわかんねぇだろ」

「事実、来てんだから仕方ねぇじゃん。おまえ、本気で殴っただろ」

頬を押さえた三井が、よろよろと立ちあがった。

「別に考えられないことはない。揉《も》めたいやつはどこにでもいるんだからな。大滝組《うちち》の中でも、高山組のどっち側と仲良くするかで割れてるんだ。表に出てないだけで」

三井に続いて、構成員も口を開く。

「外へ出る真正会《しんせいかい》と合流したい組も、ないわけじゃありません。あっちのケンカに乗って、独立を狙ってるヤツらも……」

「どこの嫌がらせかは、これから探るとこ。いま情報を集めてんだよ。とりあえず、あんたはここにいるし、知世の無事が確認できれば『きれいなチンピラ問題』は一安心……」

三井がイスを引き寄せて座る。口調のわりに、顔は青ざめていた。吐き出す息も細い。乱れた髪をほどき、両手で撫であげる。

怪文書が単なるいたずらであって欲しいと願っているのだろう。そこへ、新しい情報が入った。耳打ちされた構成員は、ぐっと息を詰める。三井だけでなく、佐和紀からも睨みつけられ、ぶるぶるっと肩を震わせた。

悪い報告だと一目でわかる。それでも、報告は義務だ。構成員は青い顔で口を開いた。

「……知世の衣服が、見つかりました。栃木の、山の中です。靴から時計からすべて。携帯電話だけは見つかりませんが、電源が入っていない状況です」

「……あいつの兄貴は。壱羽組の跡取りだ。どこへ行った」

佐和紀が問うと、構成員は首を左右に振った。

「壱羽貴和の行方はわかりません」

そこへ新たに若いチンピラが飛び込んでくる。

「知世の実家が、燃えてるって……っ！」

「あぁっ!?」

驚きを通り越して憤った三井が叫ぶ。苛立ちまぎれにデスクを蹴りつけた。

一度だけではなく何度も繰り返すのを見て、佐和紀は逆に冷静になる。腕を伸ばした。

暴れる三井を力任せに引き寄せる。デスクが壊れる前に、三井の足がダメになってしまう。

片手を身体に回して、引きずるようにデスクから離す。それから、若いチンピラと構成員を見据えた。

「なにが起こってる」

「わかりません」

構成員の顔も青ざめている。

抗争の真っ最中ならまだしも、大滝組はこれまで、渉外を担当してきた周平の手腕もあって表面上の平穏を崩さなかった。こんな乱暴な事件が起こるはずもない。

構成員のくちびるがわなわなと震え出し、フロア中に憤りの気配が広がる。大滝組に転がり込んだ知世は、しばらく事務所で寝起きをしていた。その頃から好かれていたし、カタギになると知った多くが安堵《あんど》していたのだ。

その知世が消え、実家が燃えている。正体不明の攻撃に構成員やチンピラが色めき立つ。

佐和紀の腕の中で三井が舌打ちし、収拾がつかなくなるとつぶやく。そのとき、手を打ち鳴らす音が、騒々しいフロアに響いた。

荒くれ者たちを黙らせながら現れたのは、支倉《はせくら》だ。

細身のスーツを一分の隙もなく着こなしている。周平の秘書役だが、構成員ではない。大滝組では『風紀委員』と呼ばれて、忌み嫌われている男だ。

「ここの指揮を岩下から命じられました。情報を精査します。会議室を開けて地図はそこへ。情報を集める人間、運ぶ人間に分けなさい。そことそこ、それから、そこ！」

佐和紀の隣に立つ構成員がピシリと指を差される。

「あなたがたは私と一緒に会議室へ」

鋭い視線がそのまま佐和紀を見た。

「ご無事でなにより」

「知世が……」

「いま聞きました。……まずは、外部からの攻撃なのか、壱羽組からの飛び火なのかを見定めます。補佐もすぐに到着されます。そのときには、同席を」

次々に指示を飛ばした支倉は、騒がしいフロアから出ていく。

「姐さん、あんたは応接室にいろ」

苛立ちを腹に収めた三井は護衛を呼び寄せ、佐和紀を任せる。

「どうして、俺も……」

「邪魔だから」

三井はそのまま背を向けた。あっという間に、構成員たちの波へまぎれていく。

取り残された佐和紀は黙って足元を見つめた。なにかを考えようとしたが、なにも考えられない。仕方なく、護衛を連れて応接室へ向かった。


一時間ほどして、若頭の岡崎と若頭補佐の周平が駆けつけ、幹部たちと一緒に会議室へ入った。周平とまともな会話ができないまま、佐和紀も同席を許される。支倉からの現状報告を受けた。

怪文書は、壱羽組が単独で起こした揉めごとの飛び火であると結論が出され、急ぎ、県警の組織対策本部へ連絡を入れることになった。警察と付き合いのある幹部の仕事だ。

大滝組としては、より早い段階で関わりのないことをアピールしておく必要がある。

カタギになった知世の捜索と保護も、警察の仕事だ。支倉は佐和紀に向かって嫌味なほど丁寧に説明をして、怪文書の送り主と事件の因果関係がはっきりするまでは組屋敷から出るなと提案してきた。佐和紀は拒んだ。秘密裏に知世の捜索をするものだと思っていたからだ。それに対し、岡崎が声を荒らげる。

身ぐるみを剝《は》がされた知世と佐和紀を重ねたのだろう。

知ったことかと言い返した佐和紀と岡崎が怒鳴り合いになり、ついには周平が立ちあがった。佐和紀がつまみ出される。

「こんな非常事態に、若頭と嫁が取っ組み合う修羅場はごめんだ」

周平の表情はいつになく厳しいもので、廊下に出た佐和紀の鼻先でバタンとドアが閉じる。まるで冷静になれない佐和紀は、苛立ちを防火扉にぶつけた。殴ったところが丸くへこむ。体格のいい護衛たちも、さすがにあとずさった。

「なにやってんだよ。……アイス買ってきたから、来いよ」

廊下に現れた三井がおおげさに眉をひそめた。腕を摑まれ、同じフロアの応接室へ押し込まれる。ふたりきりになると、三井はコンビニの袋を持ったままでソファへ寝転がった。

「たまんねぇな」

心底から嫌そうな声を出し、袋からアイスもなかを取り出す。ひとつを佐和紀へ投げ、自分は横になったまままむしゃむしゃと食べながらぼやいた。

「だいたい、なんであいつは言わなかったんだ。兄貴とあんなにこじれてるなんて、初めて聞いた。……うちにいたほうが、よかったじゃねぇか」

食べている途中のもなかをテーブルに置き、両手で顔を覆う。重いため息が部屋中を満たし、ドアをノックする音がした。三井は起きあがらず、岡村が入ってくる。

「補佐はこのまま北関東の緊急幹部会へ出ます。一通りの説明は聞いてきましたので、質問があれば」

直立の体勢で言われ、佐和紀はあごをしゃくって三井を示した。

「……もなか、食べないのか」

落ち込んでいる仲間をじっと見つめた岡村が声をかける。三井は顔を覆ったまま答えた。

「あげる」

「あげる、って……」

笑いながら三井を乱暴に引き起こし、隣へ座った。溶けてしまう前にアイスを食べきる。佐和紀も食べた。冷たさと甘さが、心と身体の両方に染みていくようだ。

頭が少しだけ理性を取り戻し、余裕が生まれる。

「知世は、こうなることがわかっていたのか……」

大島紬の袖を撫でて、つぶやく。

「怒っていないんですか」

問いに答えていなかったが、佐和紀はそれを責めなかった。

「怒ってどうなる。考えてみれば、あいつはすべてがおかしかった。騙《だま》された俺が悪い」

謎《なぞ》のピースは簡単に埋まり、佐和紀は物憂く顔を歪める。

いつだって、そういうものだ。答えを知ったあとなら、筋道を立てることはたやすい。

「怒ったってさ、取り返しはつかないだろう。シン、おまえはどの程度で済むと思う」

「正直、兄の貴和という男がわかりません。壱羽組の火事は、敵対していた組がやったんじゃないかと噂されてます。補佐は薬物の隠ぺいの線を疑っています」

「あの組、そんな取り引きしてたのか」

想像もしなかったことを言われ、佐和紀はぽかんと口を開いた。岡村は、隣で落ち込む三井をちらりと気にかけて続ける。

「誰かが持ち込んで、さばかせていたみたいです。かなり手広くやっていたようで……。ほかの組と揉めたのも、そのあたりが原因かもしれません」

「持ち込んだのは、由紀子だな。北関東って、そういうことか……」

隠されていた真実が、うっすらと見えた。

北関東に現れた由紀子の目的は、佐和紀への嫌がらせだけではないのだ。京都の桜河会は、関東での薬物売買を大滝組から黙認されている。

離縁された由紀子は独自のルートを作ろうと、壱羽組の組長代理である貴和に近づいたのだ。弟の知世に佐和紀がぶら下がってきたのは、都合のいい偶然だったかもしれない。

「会議室では話に出ませんでしたか。本郷さんが嚙《か》んでいるからですね」

「うちへの飛び火を警戒したのか」

本郷は、佐和紀の古巣である、こおろぎ組の元若頭だ。中華街のあたりをシマにしている横浜信義会が総入れ替えになったとき、下手を踏んで横浜にいられなくなった。

「それよりも若頭《カシラ》です。元こおろぎ組の幹部が絡んでいるだけでも、足を引っ張る理由になり得ます。関西でなら、本郷さんがなにをしても問題ないですが、こちらでは……」

「それって、最悪、うちが看板を下ろすとか、そういうことに……」

いまだに本郷との繋がりがあると思われたなら岡崎の立場は危うくなる。反岡崎派はこぞとばかりに責めてくる。潔白を証明するためには、疑惑の目を向けられたこおろぎ組の解散が手っ取り早い。

「心配しなくても、それだけはカシラも補佐も承諾しませんよ」

岡崎と周平ならそうだろう。佐和紀の実家を消滅させることはしない。

わかっていても不安なのは、ようやく落ち着いた松浦組長の生活を乱したくないからだ。

「大滝組は今夜中に方針を固めて、声明を出します。補佐を含め、幹部はみんな、この問題から手を引くことに。……あとは北関東支部が、尻拭いすることになります」

「北関東って、支部だったのか」

「反岡崎派が強いので、いまだに連合という形を取っています」

だから、横浜あたりではできないことができてしまう。隙があるのだ。

「支部の上部組織は岡崎派が占めていますから心配はいりません。ただ、知世を探すのには使えません。組の問題とはすでに切り離されています」

岡村がはっきり言い、頭を抱えたまま三井が続けた。

「だから、俺のツレを動かしてる。警察に頼っても仕方ないしな」

「そういうことなので、警察はしばらく動きません。そう頼んでいるのが現状です。大きく報道されでもしたら困りますから」

「……わかった」

佐和紀はそっぽを向いて、食べ終わったアイスの袋をテーブルへ投げる。

どうしようもない閉塞《へいそく》感で叫び出しそうになり、いっそ三井と同じく顔を覆って転がりたかった。知世は完全なる私怨で拉致《らち》されたのだ。兄からの執着以上に、由紀子の怨念《おんねん》が危ない。知っていたら、手放さなかった。兄の後ろに、あの女がいると知っていたら、絶対に目を離さなかったのに。

知世は、わかっていて言わなかったのだ。

胃の奥が煮えて、佐和紀はギリギリと奥歯を噛んだ。

「まさか、燃えた家の中に……ってことは」

ハッとして思いつきを口にする。

「そーいうこと、言うかっ！」

ギャーっと叫んだ三井が立ちあがる。佐和紀も床を蹴った。

「うっせぇよ！　可能性を消せば、安心できるだろうが！」

「するか！　バカかよ！　てめぇがいなくなったときも、俺は……バカか。バカかよ。いくらケンカが強くてもな……、恨みを買ったらおしまいなんだ。わかるだろ！　見てみろ。知世は、自分の兄貴からの……、恨みだか、なんだか知らねぇけど……こんなっ……」

「タカシ。落ち着け」

岡村が肩を抱いてなだめる。その腕を振り払い、三井はどすどすと応接室を歩き回った。

「あんたは覚えてないだろうけどな！」

佐和紀をビシリと指差す。

「支倉を守って刺されたときだ！　血がぼたぼた落ちて、俺は、死ぬと思った。死ぬんじゃないか、って……。知らねぇだろ。おまえ、ダチが死ぬときの……知らないだろ！」

泣き出す手前の声が頼りなく震え、佐和紀は動き回る三井を目で追った。

「知らない」

返す言葉は、ポロリとこぼれ落ち、無表情で息を吸う。

友達が死ぬ。

その現実を、佐和紀は実感として知らない。あとで聞いただけだ。なにもかもがもう終わっていて、ただ罪悪感だけが残っている。

「もうそれ以上は言うな、タカシ」

佐和紀側の事情を知っている岡村が鋭い声を出し、三井を止めた。

「佐和紀さんを責めてるように聞こえる。今回のことは、知世自身の責任だ。問題があるなら、佐和紀さんにも話すべきだった」

「ふざけんな！　そういうわけわかんねぇことを許すのは、アニキだろ……！　わかってんだよ！」

三井はぎりぎりと歯を嚙み合わせ、全身をよじらせた。言葉を探そうして探し出せず、苦痛の表情で涙を流す。

佐和紀にはわからなかった。どうして、ここでアニキ、つまり周平が出てくるのか。

天井を仰ぎ見た三井が吠える。

「誰も幸せになんねぇんだよ！　自分で決着をつけるなんて、きれいごとだ！　そういうとこだけは、許せねぇ」

岡村が動いた。三井の腕を摑み、頰をひっぱたく。

「その人に守られてここまで来たんじゃないのか！」

「うっせぇ！　許したことなんか、ねぇよ！」

もう一発殴られ、摑みかかろうとして蹴り飛ばされる。岡村は静かに怒っている。ふたりが殴り合うのを佐和紀は初めて見た。

壁まで転がった三井は、そのまま応接室を飛び出していく。追いかけようとした佐和紀を、岡村が引き留める。

「いまはなにも耳に入りません。座ってください。……あいつが岩下さんに拾われたいきさつを知ってますか」

「……友達を助けるためだって聞いた」

「あいつは、自分の弟分の代わりになって、事務所へヤキを入れられにきたんだそうです。その前に、暴走族……といっても、数人が集まって悪さをする程度の集団ですが、そのグレた集団同士の抗争で三井の親友の妹が犠牲に。結局、妹は自殺して、兄は交通事故で死にました。おそらく後追い自殺だと思います。それが、あいつの中にずっとある傷です。だから、さっきの言葉は許してやってください」

「……ダチが死ぬのを見たことないのは、本当だ。周平がいけ好かないのも事実だろう」

周平は恨まれ役を買っても平気な性分だ。舎弟のためにならない、その友人を見殺しにだってするだろう。一度にふたりは救えない。ひとり救うのだって、本当は難しい。

「タカシが若手を痛めつける役をしていたのは、あいつにとっての償いになるからです」

佐和紀をソファに座らせ、岡村は向かい側へ移動する。

「周平が言ったのか」

「そうやって心のバランスを取っていないと、無意識に破滅行動に出るんですよ。誰かが傷ついて、そのことに自分が傷つく状況を再現しようとするんです。たとえば、自殺願望のある女と心中しようとしたり、薬をやめられない女に入れ込みすぎたり。実際、相手が死んだことはありません。あぁいう手合いは、一緒に落ちてくれる相手を探しているだけです。それに、タモツが見ていたので……。三井の悪癖に気づいていたんだと思います」

「……そっか」

「そういう意味では、タカシもあなたに出会って変わりました。喚《わめ》き散らしたのも、甘えてるからです。まぁ、死ぬほど殴られたいだけなんですけど」

「冷たいな、おまえ」

「……すごい甘え方だと、思って」

「うらやましいの？」

「やめてくださいよ。こんなときにからかうのは」

「からかってない」

真顔で睨んで、ぷいっと顔を背ける。

ドアがうっすら開いていることに気づいた瞬間、飛びあがるほど驚いた。細い隙間から三井が覗いている。

「こ、わっ……ッ！」

「……俺の話、しちゃったでしょ……。シンさん」

「してない」

さらりと嘘《うそ》をついて、岡村はソファにもたれた。佐和紀を見て、ほんの少し笑う。

「知世は生きて帰りますよ。死にたくて、こうなったわけじゃない」

しらじらしい嘘を自信満々につく。どこか周平に似ていたが、周平にはない気休めの優しさに、肩の力が抜ける。岡村はやはり岡村だ。

「……あ、っそ」

息を吐き出し、天井をぼんやりと見つめる。岡村と同じように少しだけ笑った。

「実家がヤクザだからヤクザになるなんて、かわいそうだと思ったんだよな……」

「生まれとか育ちは関係ないんですよ。ただ、ヤクザな人間は、カタギになれない。それだけのことです」

「まぎれることはできるだろ」

「そうするには、あいつの中に溜まった鬱屈は大きすぎたんです。……奪われた自尊心を、取り戻しに行ったんです」

「……バカが」

面影の中の知世に言う。なぜ、本心を打ち明けなかったのかと、問い詰める気にはならない。助けてくれとすがる相手なら大切には思わなかったからだ。

どこかがおかしいと引っかかりを感じながらも、してやれる最大限のことをした。騙されたことも、そのうちのひとつだと考えるしかない。

佐和紀は気だるいあきらめを覚え、ぐりっと首を動かして三井を見た。

「タカシ、こっち来い」

「嫌だ」

「いつまでもそんな隙間から見てるつもりか。いいから、来い。……三秒以内」

そう言うと、ピュッと飛んでくる。

「早漏かよ」

「ふざけんな」

ソファの横にちょんと正座して、大人のくせに頬を膨らませる。佐和紀は身体を傾け、手を伸ばした。肩まである三井の髪を指ですく。

「なに、してんだよ」

不満げに言われ、目を細めて返した。

「慰めてんの」

「いらねーわ。シンさんに妬《ねた》み殺されるっつーの」

「じゃあ、俺のほうが慰められてる。おまえの、不思議なキューテクルに」

「キューティクルね、キューティクル」

三井に言い直されて、佐和紀は眉根を引き絞る。

「きゅ……きゅ、たくる……」

「……おまえ、違う意味で、シンさん、喜ばしてんじゃねぇか」

「きゅうたくる」

岡村を振り向いて言うと、静かに肯定される。

「かわいいです」

「かわいいんだって」

三井に向き直り、にやりと笑いかける。あきれたような表情が苦笑に変わった。

「はいはい。かわいい。かわいい」

「……おまえ、知世にも笑えるよな？」

いまは、待つしかない。そして、戻ってくると信じるだけだ。

三井は鼻の頭に皺《しわ》を寄せた。

「俺を誰だと思ってんだ。バカと書いて三井だ。悲しいことも、三歩で忘れちゃう鳥頭なんだっつーの」

「えらいな、タカシ。おまえも、かわいいよ……な……」

ふっと息を吐き、佐和紀はまた毛先をすく。時間は息苦しくなるほどゆっくり進んだが、三人でいれば、不安は最小限で済む気がした。

＊＊＊

翌日も大滝組の事務所は落ち着かなかった。

組の方針を守る幹部たちは寄りつかないが、有志による知世の捜索は黙認されている。

参加しているのは、知世と親しくしていた数人の構成員たちだ。解散を命じられて、一度は事務所を出たが、こっそりと舞い戻った。情報が一番早く入ってくるからと、泊まり込んでいる者もいれば、北関東へ向かった者もいる。

それぞれの知り合いが手分けをし、衣服の見つかったあたりを中心に廃工場や倉庫を捜索している。一番の問題は、その範囲が妥当なのかさえわからないことだ。

昼を過ぎるまでフロアで過ごした佐和紀は、応接室に戻って仮眠を取った。一時間ほど寝て、起き抜けのタバコに火をつける。新しい情報が入らず、疲労感だけが溜まっていく。

周平とは連絡を取っているが、たいした話はしていない。昨日の夜と、今朝《けさ》のことだ。

下部組織の統制を取るために奔走している周平は忙しい。

壱羽組が薬物売買に首を突っ込んだ事実は、ありもしない憶測を呼ぶ。北関東支部でクーデターが起こったと思われたら、ほかの地域も揉め出す可能性がある。そのことは岡村から説明を受けた。

知世の行方が知れないことは、壱羽組の問題とは切り離されているが、組長代理の貴和は探す必要がある。だから、事務所に集まった構成員たちは表向き、壱羽組組長代理を探しているのだ。そのあたりが、組としての落としどころなのだろう。もしも貴和が見つかり、弟の居場所を知らないと言えば、事務所の構成員たちはいよいよ自宅待機だ。

くわえタバコで窓辺に寄った佐和紀は、ブラインドを指でずらす。

事件はまだ、マスコミにも漏れていない。事務所の周りは静かだ。表では普段通りの行動を装い、下っ端たちが清掃活動をしている。

それを眺めながら、佐和紀は怪文書の出所を考えた。貴和が知世を拉致したのなら、あんなものは必要ない。北関東の一派を焚きつけたい第三者がいるのか。それとも、由紀子から佐和紀への宣戦布告なのか。だとしたら、もうそろそろ動きがあってもおかしくない。

煙を吐き出し、指をはずした佐和紀は、もう一度ブラインドに指をかけた。慌てて外を見る。

道の向こうの路地に、男がひとり立っていた。黒いシャツがビルの影にまぎれているが、直登だ。いつもは無反応なのに、今日に限ってひらひらと手を振ってくる。そして、道路を横切り、事務所へ近づいた。タバコを揉み消した佐和紀は、応接室を飛び出す。

階段を下りるのがもどかしく、手すりを飛び越えていく。三井が見たら悲鳴をあげただろうが、いまはいない。あっという間に下りて、外へ駆け出す。すでに直登は消えていた。

「黒い服の男は？　背の高いヤツが、こっちへ来ただろ！」

ちりとりと箒《ほうき》を持った構成員に飛びつく。いきなり顔を近づけられ、慌てふためいた雑用係は足をもつれさせた。その場に尻もちをつく。なにごとかと寄ってくるほかの下っ端たちにも同じことを尋ねた。誰もが首を傾げたが、ひとりだけ反応が違う。

「黒い服だったかは覚えてないんですけど、ごみを捨ててくださいって。背は高かったです。すげぇ、感じのいい……」

「どれ！」

「え……これ……ガムだって……」

躊躇《ちゅうちょ》するのを押しのけてちりとりの中を見る。くしゃくしゃになった小さな包みがころりと入っているのが見え、佐和紀は迷わず開いた。汚いとは微塵《みじん》も思わなかった。それよりも気が高ぶって息が荒くなる。

まだ固まっていないガムがねっとりと伸びて、紙が開く。中に書かれた文字が判読できた。それを手にしてフロアへ戻り、岡村を呼びつける。

「数字ですね」

ぜんぶで七文字書かれているらしいが読めるのは五文字だけだ。手がかりとだけ言った佐和紀は、直登のことを伝えそびれる。岡村は不審そうだったが、あえて聞くこともなく、数字の羅列の意味を考え始めた。

「佐和紀さん、手を洗ってきてください」

躊躇せずにガムをつまみ取った佐和紀の手は汚れている。岡村もまた戸惑うことなく、佐和紀の指を冷めた緑茶の中へ突っ込んだ。ガムのべとつきをハンカチで拭う。

「あ……、もしかして」

岡村がつぶやく。ハンカチを佐和紀に押しつけ、携帯電話を取り出す。調べ始めた岡村を待っていると、三井がふらふらと寄ってきた。

「きったね……。ガムのゴミなんか捨てろよ」

「まだ捨てるな。そのお茶、ゴミ入ってる」

佐和紀の言葉を聞いて、湯のみの中身を飲もうとしていた三井がぶるぶるっと髪を振った。ふたりのやりとりを無視していた岡村が顔をあげる。

「ビンゴだと思います。その番号、郵便番号です。三井、このあたりを捜索してもらうよう、連絡を入れてくれ」

「どこ？」

三井もすぐに携帯電話を取り出す。仲間へ連絡を入れ、郵便番号が示した住所を捜索してくれと命じる。

佐和紀は手を洗いにフロアを出た。追ってきた岡村を連れて応接室へ戻る。

「佐和紀さん、一度、組屋敷へ戻られたらどうですか」

声をかけられ、佐和紀は迷った。

「帰っても周平はいないだろ」

「北関東支部へ行かれたままですね。でも、風呂へ入って着替えたらどうですか」

「風呂に入ってないのは、おまえも一緒だろ」

「じゃあ、俺の家で……」

「よくもそんなことが言えるな。冗談か？　心臓が強すぎて反対にこわい」

「慰めついでに、なんて下心はないです」

「……どうだか」

じっとり見つめると、

「もしもーし」

いつの間にか応接室のドアが開き、三井が顔を覗かせていた。

「なにかわかるかもしれないから、姐さん、風呂でも入りに帰ったら？」

「ほら」

岡村が胸を張る。佐和紀は大仰に眉をひそめた。

「なんだよ、うっとうしい」

「シンさんは自宅に帰るんだろ？　俺と姐さんは組の車で屋敷へ戻る。俺、母屋に着替えを置いてあるから」

「俺の車で行けばいいだろ。俺だって着替えは車に積んである」

「……おまえら、ほんと、すごいな」

「なんで？」

三井が首を傾げる。

「……なんていうか、危機管理？　できてんだな、って」

「補佐の仕込みですよ」

岡村が佐和紀の背中に手を添えた。応接室を出るように促される。

三井が最後にドアを閉めた。エレベーターの中で、佐和紀はふと気がつく。

「え……。それなら、シン、おまえの家に誘ったのはなんだったの？」

「佐和紀さんの着替えなら用意してありますから」

「俺の愛人かよ、おまえは」

佐和紀が顔をしかめると、

「シャレになんねーわ」

三井は肩をすくめた。

組屋敷の離れに戻り、佐和紀はシャワーを浴びた。身体を洗い、髪も洗う。熱い湯で泡を流すと、汚れと一緒に焦りが溶け出していく。岡村と三井の判断は正しかった。

浴室の鏡を覗いた佐和紀は、自分の頬を撫でる。よっぽど思い詰めた顔をしていたのだろう。それは知世が見つからないだけでなく、直登が現れたせいでもある。

シャワーを止めて、鏡の中の自分に背を向けた。浴室を出る。薄手のバスローブを羽織り、髪をドライヤーで乾かした。また鏡を見る。

今度は、知世の姿を重ねた。面影を思い出す。大学生のアレコレを聞くのが楽しくて、合コンに参加させろと言って嫌がられた。たわいもない話だ。大学生活は楽しそうだと思った。だから、カタギに戻すことが最良だと信じたのだ。

後悔しても仕方がないが、自分の決断が悔やまれる。知世の兄が由紀子の手に落ちているなんて、微塵も考えなかった。貴和のことは話でしか知らず、警察に対して書類を出し、実家でもある暴力団組織から距離を置けば、逃げ切れると思っていた。

知世もすべてが丸く収まったと、喜んでいたはずだ。なのに実際は、大事なことを黙っていた。それとも、知世も知らなかったのだろうか。

なにかが、おかしい。

佐和紀は鏡の中の自分を見つめ、知世のことをさらに考えた。吸い込んだ息を飲み込み、ため息にはしないで眼鏡をかける。自室へ移り、ブルーグレイの江戸小紋を出した。襦袢《じゅばん》を着てから袖を通す。紐《ひも》を結び、兵児帯《へこおび》を巻く。ふいに手を止め、眉間《みけん》をぎゅっと寄せる。

喉元《のどもと》まで出てくる苦みを、胸の奥深くへ引き戻す。

現実を見ず、わからないふりをして、ただ傷つくだけなら簡単だ。

知世を手元に置いておけばよかったと、もしもにすがれば、自分を責めるだけで済む。

バカだから気づかなかったと、自分をなじることもできる。けれど、解決にはならない。

佐和紀は苛立ちを奥歯で嚙み殺し、ゆっくりと衿を正した。

知世の笑顔が脳裏に浮かび、直登の影が重なる。直登のそばへ行ってやりたいのかと知世が問うたとき、佐和紀は答えをごまかした。

以前の自分なら、もっと単純明快に答えが選べたはずだ。考える前に動き出したのが、これまでの自分だった。なのに、いまはもう、それができない。

利口になるとは、臆病《おくびょう》になることだろうか。鏡に映る着物の裾をじっと見つめ、今度は生身の両手のひらへ視線を移す。

自分の人生を歩いてくれと、焼き鳥屋で知世に訴えながら泣いたとき、佐和紀は直登のことを考えていた。そして、過去の自分の無力さを痛感していたのだ。

胸の奥がざわつき、見つめている両手の指先がじりじりと痺れる。

どうしてあのとき、涙が出たのか、わからない。それでも、いまの佐和紀は、自分を不自由だと思っている。大志の死を償い、直登との約束を果たしたい。果たすべきだと思う。

しかし、周平と一緒にいられなくなる。直登と周平、どちらも選べない。だから不自由だ。

このままでは、過去に後ろ髪を引かれ続けてしまう。

直登が現れなければ、その口から怨嗟《えんさ》の言葉を聞かなければ、こんな気持ちにはならなかった。カゴの中の自由で満足して、責任なんて言葉に追われることもなかったのだ。

「……くっそ」

息を吐き出し、くちびるを嚙む。

答えは見えている。見えているから知りたくない。言葉にしなければ、ないのと同じだ。

開けたままにしていた戸のそばをノックする音がして、岡村の声がした。

「なにか召しあがりますか」

「……軽いものがいい。お茶漬け程度のさっぱりしたやつ」

「わかりました。佐和紀さん、いいですか」

顔を合わせて話がしたいのだろう。許可すると、姿を見せた。

「だいじょうぶかって、聞くなよ。なにひとつ、だいじょうぶじゃないから」

「怒ってますね」

静かに言われ、睨みつけた。新しいシャツを着た岡村は、気にもかけない表情で飄々《ひょうひょう》としている。

「あのメモを持ってきたのは、誰ですか」

「直登だ。……俺のストーカーになってんだよ」

佐和紀の軽い口調に反して、岡村は気色ばんだ。

「聞いてません」

「言ってませんから」

　ふざけて答える。

「……たいしたことじゃない。電柱の陰から見守ってるだけだ」

「そういうことは、ちゃんと教えてください」

「……シン。確か、あれだよな。俺の周りを探ってる人間がいて、それで由紀子に繋がって、寺坂たちが護衛をつけた」

「そうです」

「その、俺を探って、由紀子へ伝えていた人間……。直登の可能性はあると思うか。直登と俺の関係を、由紀子は知ってるのか。だとしたら……」

　つぶやきながら、首の後ろへ手をやった。小さく唸って考え込む。

　岡村が心配そうに声をひそめた。

「……あのメモで知世を発見できるかはわかりません。でも、あのメモが西本直登からのものなら、考えられることはふたつ。直登が佐和紀さんを憎み、知世を由紀子に売ったのか。それとも、由紀子の裏をかいているのか」

「おまえはどっちだと思う」

問いかけた佐和紀は眉根を寄せた。じっと岡村を見つめる。しかし、答えを聞く前に違和感を覚えた。

「おかしいな。肝心なことが、おかしい」

佐和紀の言葉に、岡村は眉をぴくりと動かした。佐和紀は小さく息を吐き出す。

「……おまえ、貴和がどんな男か、知ってるよな」

「知っています」

「周平も、知ってるよな。そうだ、知ってるに決まってる」

「佐和紀さん？」

「直登は関係ない。元からそうだ。周平は、こうなると知っていて、知世をカタギに戻した。由紀子と本郷がしてることも、あいつは知ってたんだもんな」

「佐和紀さんが頼んだことじゃないですか。知世も……」

「あいつは望んでなかったんだ。もし本当にカタギに戻りたいと望んでたら、通達ぐらいであきらめる兄貴じゃないって俺に話しただろ。おまえと周平は……、知ってたな。……なぁ、シン。周平が噛んでるな？」

「知りません」

岡村は視線をそらさない。まっすぐな視線でシラを切った。佐和紀は苛立ちを飲み込み、いっそう強く見据える。

「洗いざらい吐いておけよ。俺は、自分の旦那の汚さを知ってる。でも、おまえについては別だ。口止めされていようが関係ない。……周平が、噛んでるよな」

もう一度問うと、岡村はぐっと目を閉じた。深く、うなずく。

「話を持ちかけたのは、知世です。兄が自分にすることを黙って見ていて欲しいと、アニキに言いました。その代わりに、兄と由紀子の関係を知らされたんです」

「周平は、知世を利用したわけか」

「……知世が協力を買って出たんです」

「ものは言いようだ。周平は、こうなるとわかっていて、あいつをカタギにした。理由はなんだ」

「知りません、ただ、知世もわかっていましたよ。佐和紀さんを騙すことになると、それもわかった上で」

「俺のことはいい。問題は、あいつの兄貴だ。わかってて、どうして……っ！　あいつは、自分の道を探すって、言ってたんだ……っ。これじゃ、真逆だ。自滅だろ！」

口にした瞬間から、佐和紀は脱力した。身体がふらつき、そばに置かれている棚に掴まった。岡村が慌てて入ってくる。身体を支えられ、きつく睨んだ。

「知世は、兄夫婦からどれぐらい金を無心されてたんだ。……おまえ、いくら支払ってきた。小遣い程度で、片がつくふたりか」

「……つきません。知世は男を取って……」

話の途中で、佐和紀は手を振りあげた。岡村の頰を平手打ちにして、胸ぐらを摑む。

佐和紀はずっと騙されていたのだ。知世の相手はワンナイトラブのための行きずりの男だと思っていた。しかし、実際には、兄が斡旋《あっせん》した売春の相手だ。

「そんな話が、よくもいまさらできたな！」

「知世自身の問題です」

「相談されもしなかった俺の落ち度か！」

「そんなことは言ってません。佐和紀さん！」

突き飛ばされた岡村は、すぐに態勢を整え、佐和紀の前に立ちはだかった。

「知世は、自分の暮らしに自分で決着をつけたかったんです。わかってやってください。あなたならわかるはずだ。そう信じて、大滝組のために、協力したんです」

岡村の話はどこまで本当なのか、わからない。周平と同じだ。息をするように嘘をつく。

わかりたくもないと言いかけ、佐和紀は言葉を飲み込んだ。

「わかった……。理解する」

そう言うと、岡村は拍子抜けした表情になった。もっとダダをこねると思っていたのだろう。そっぽを向いた佐和紀は、物悲しさで滲む景色をぼんやりと見た。

知世の気持ちがわかる。それは事実だ。ただ、やり方が期待したものとまるで違う。

佐和紀は、カタギの大学生として、青春を謳歌《おうか》して欲しかった。知世の話を聞き、彼にはそれができると思ったのは、そうに違いないと佐和紀が信じたからだ。

本当のことを、なにも知らなかった。真実から目を背け、せめて知世だけは、と願った。

「佐和紀さん。知世が裏切ったとは思わないでください。それだけはどうか、間違えないでください。自分が死ぬか、兄貴が死ぬか。そのどちらかでしか、救われないと思っているんです。別の方法はあるのかもしれません。俺やあなたが、あいつをかばってやることはできます。でもそれは、知世の望みじゃない。……それが、知世の現実です」

岡村の言葉に、佐和紀は喘《あえ》ぐような息を吸った。信じたくないと思うのは、知世が佐和紀にきれいなところだけを見せてきたからだ。

利口で優しく、輝く未来を摑み損ねているだけの若者。そんなふうに振る舞った。そうありたいと思う気持ちが知世の心にもあっただろう。すべてが嘘だったわけではない。

「おまえがそういうなら、俺はもう、それを信じる」

いまここで知世を裏切り者だと罵《ののし》ったら、それこそ、すべてが崩壊してしまう。

知世が勝負に出たいと思ったのは、佐和紀がいるからだ。決着を見守ってくれと言わずに出ていく強さが、知世にはあった。それだけのことだ。

真実を知っても、佐和紀なら受け止める。そう信じたのなら、どうしようもない。

「こんなつもりじゃなかった。シン、俺は……」

「それは知世もわかっています。あなたの望むまま、平凡な生き方を勝ち取るためにも、兄との決着がどうしても必要なんです」

「やり方によっては犯罪だ。あいつが家を焼いたんじゃないだろうな」

「わかりません。ただ、知世のこれまでは壮絶です。兄の言うがままに犠牲になってきたことを、いまになって異常だと気づいたんです。知世が壊れなかったのは、佐和紀さんがいたからでしょう。それぐらい、あの兄のやり方はひどい。……おそらくですが、知世がもっとも恐れたのは、自分を理由にして佐和紀さんに接触されることです」

「俺に？　あいつの兄貴が？」

「知世にとって、あなたのそばにいることは、一種の救いだったんじゃないかと思います。そこへ兄が踏み込むことだけは許せなかったんじゃないでしょうか」

「……知世が守ろうとしたのは、自分の居場所か……」

そのために、一度はカタギに戻り、佐和紀のそばから離れたのだ。由紀子の思惑ごと、兄の目をそらす気でいたのかもしれない。

由紀子が知世をいたぶって佐和紀を苦しめるつもりだったように、貴和もまた、知世を苦しめるためなら佐和紀に手を出すのだろう。それは実力行使かもしれないし、限度のない金の無心かもしれない。そのどちらも、知世には許せなかったのだ。

「俺が、甘かったんだな……」

　佐和紀のつぶやきを聞き取り、岡村は首を振って否定する。

「そういうあなたでなければ、知世は幸せの意味を知ろうとは思わなかったでしょう。自分を責めないでください。悪いのは、俺です」

　岡村が静かにうなだれる。佐和紀はくちびるを歪めた。

「周平だろ……、一番悪いのは。自分の旦那の汚さは知ってるって言っただろう。目的のためには手段を選ばない。大滝組に揉めごとの気配があればなおさらだ」

　周平は、岡崎を守らなければならない。嫁とどちらが大切かなんて聞くまでもない話だ。聞いても嘘をつくに決まっている。

「知世のことはわかった。……俺は、岡崎に会ってくる。自宅にいるだろう」

「佐和紀さん」

　岡村が立ちふさがる。佐和紀がなにをしようとしているのか、顔を見ればわかると言いたげだ。そしてそれは、間違っていない。

「どけよ」

「若頭と会って、なにを話すつもりですか」

「おまえに言う必要があるのか」

　居丈高にあごをそらし、岡村を見つめる。

「……いいえ。ありません」

すっと道を開き、岡村はその場で一礼した。止めずに従うと態度で示す。

「シン。知世のことを報告しなかった件な、いつか責任を取らせてやるから、覚えてろ」

「ご随意に」

答える声に後悔は感じられなかった。そうでなければ、佐和紀相手に情報を隠したりはしない。岡村には岡村の考えがあって黙っていたのだ。逐一伺いを立てるようでは、右腕の仕事はこなせない。佐和紀のほうも、仲間はずれだ、騙されたと喚く気はなかった。

腹の中は煮えていたが、覚悟を決める。知世がその気なら、佐和紀は佐和紀のやり方でケジメをつける。

ウォークインクローゼット代わりになっている自室を出て母屋へ渡り、佐和紀は、その向こう側にある岡崎たちの離れを訪ねた。渡り廊下はなく、常備してある草履を使う。歩きながら、空を見つめる。高く澄んだ秋の空だ。ちぎれた雲が薄く伸びて流れている。まだ夕暮れにも遠い。

岡崎と京子には玄関先で面会した。京子は顔を見るなり、手を伸ばして佐和紀を抱き寄せた。「だいじょうぶよ」とささやく声には、苦難に打ち勝った人間の強さがある。ぎゅっと抱き返して「はい」とだけ答えた。それから岡崎を見る。

「本郷が噛んでる、ってね」

「落ちるところまで落ちたな」

顔色ひとつ変えないところは、やはりヤクザだ。そして、佐和紀とは比べものにならないほど、この社会全体を見ている。

最大の犠牲者は知世になるだろう。しかし、佐和紀の世話係がいたぶられただけでは終わらない問題だ。ずっとチンピラとして暮らしてきた佐和紀は、ヤクザの社会に政治が必要だなんて思いもせずに来た。その頃、自分がどれほどかわいがられ、そして男として扱われずに侮られていたかを考える。

難しいことを知れば、学んでしまう。学べば、いまのままではいられない。

だから、こおろぎ組の松浦組長をはじめ佐和紀の兄貴分たちは、かわいい下っ端を礼儀知らずな乱暴者のまま放っておいた。いつまでも愛玩《あいがん》するには、愚かなほうが都合がいい。

それも苦い思い出ではなかった。

自分というものを失って生きてきた佐和紀に、男たちは居場所を与えてくれた。そして、『なにも考えない自由』をくれた。あの頃はそれが良かった。あの頃は。

守られて生きることの幸福だけが、いまでも胸に深く刻まれている。

友人を見捨て、大人に裏切られ、夜の街の端っこで偽りを糧に生きていた。その孤独に比べたら、甘く優しい生活だった。

自分は恵まれていたのだ。常に尻を狙われていたが、同時に守られてもいた。

「……いまから大滝組長に会ってくる。誰か来てる？」

佐和紀は、一段高いところにいる岡崎を見上げた。苦み走った顔つきは、いかにもヤクザだ。昔からずっと憧れていた。いまなら、素直に認めることができる。

「幹部連中は、自宅待機だ。周平のことは聞いてるな」

「うん。現場を仕切ってるんだろう。当然だと思ってる。ふたりにはご迷惑をおかけして申し訳ありません」

裾をさばき、深く頭を下げる。外へ出したとはいえ、知世は佐和紀の世話係だった。好んでそばに置いた、初めての人間だ。

「知世は、うちで引き取りたいと思います。周平にもまだ話していませんが」

改まった物言いをすると、岡崎と京子の表情も引き締まった。

「……いいようにしてやれ」

岡崎の答えに、佐和紀は姿勢を正した。背筋をシャンと伸ばす。

こみあげた涙をこらえると、京子が目元を押さえて背中を向けた。

「やだわ、年なのよ。また落ち着いたらね」

そう言って、奥へ消えていく。佐和紀がなにを考えて、ここへ来たのか。ふたりはすっかりとわかっているようだった。

「佐和紀。やめとけと言っても、おまえは聞かないな」

「……止めてくれるんですか」

昔は止めてくれた。こおろぎ組がバカにされたと聞いたら、佐和紀はもう居ても立ってもいられず、金属バットを手に飛び出していく。岡崎は何度も、佐和紀を追いかけ、連れ戻した。

「昔も今も、おまえは止まらないだろう」

岡崎から、まっすぐに見つめられる。カチコミをしてはケガをする佐和紀を、あきれ半分に諭したのとは違う真剣さだ。岡崎の目の中にかつての自分を探し、佐和紀はもうどこにもいないと気がつく。自分は変わってしまったのだと自覚する。

誰かのために犠牲になることで自分自身を許そうとした。そんな自分はもういない。大志と直登を見捨てた過去は舞い戻り、そんなことでは償うことができないのだ。

岡崎はあごをそらし、胸の前で腕を組んだ。

「おまえが自分で決めたことなら、好きにしろ。知らせるだけ、偉くなったもんだ。親衛隊のやつらに声をかけろよ。おまえは歯止めが利かない」

からかうように言われ、佐和紀は息を吸い込んだ。にやっと笑い返す。

岡崎も過去は見ていない。男の目に映るのは、いまの佐和紀だ。

周平と結婚して変わった、あの頃の延長線上にいる、佐和紀の姿だ。

「うん。わかってる。物は壊しても、人は、半殺しまで」

「そうだ。痛めつける以上のことは道にはずれる」

昔もそう言った。カチコミの基本は、人を殺すことではない。相手の持ち物を派手に壊し、看板に泥を塗る。それ以上のことはルール違反で、格好が悪い。

身内の名誉の回復。それだけが目的だ。

「……岡崎」

呼び捨てにしたが、「なんだ」と答える岡崎は、大滝組大幹部の顔だ。佐和紀は、ぐっと奥歯を噛んで、両手の袖をそれぞれ握りしめる。自分の成長を知ることが、これほどさびしいとは知らなかった。

「昔見た映画、覚えてる？　名画座でかかってた。帰りに寿司を食っただろ」

涙が両目からぽろぽろとこぼれ落ちる。ここで泣いたなら、もうあとは泣かないつもりだ。そのためにここへ来た。

知世の名誉のために、壱羽組にカチコミをかける。すでに自宅兼事務所は焼けているから、貴和のいる場所が壱羽組本部の代わりだ。たとえ、貴和がいなくても、佐和紀は行く。

「……森の石松か」

岡崎は困惑が滲んだ視線を泳がせる。そして、幼い子どもに対するようにため息をつく。それはどこか甘く響いた。

「知世は生きて帰る。……おまえのために。そのときまで、涙はとっておけよ」

まだ行方の知れない知世のことを言われ、もう我慢ができなくなる。

「弘一《こうい》っさん……っ」

肩で息をして泣きながら見上げる。考えないできたが、それが一番不安だった。生きて帰るからこそ、名誉回復のカチコミには意味がある。これが最悪の事態になれば、弔い合戦だ。

岡崎はそれでも佐和紀の肩を持つだろう。鉄砲玉のようにまっすぐ飛んでいく佐和紀の性分に、誰よりも苦労した男だ。

「子どもか、佐和紀。いまからケンカに行くんだろう。そんなんでどうする」

「いま泣きたいんだよっ！」

「わかった。……周平に、言うなよ」

伸びてきた手が佐和紀を抱き寄せる。肉厚な肩に、こつんと額が当たり、自分の袖を握りしめたまま、佐和紀はワーッと声を張りあげて泣いた。三十にもなった男がみっともない。それでも、知世が消えたと聞いたときから乱れに乱れていた胸の苦しさが解放される。

佐和紀が号泣する声は、離れの玄関中に響いた。遠慮がちな抱擁をする岡崎は、佐和紀の髪に指をもぐらせる。

ふたりで行った名画座の帰り。寿司を前に、岡崎は言った。

おまえがもしも、あんな目に遭ったら、俺も仇《かたき》を取りに行く。でも、俺はケンカがうまくないから、きっと死ぬ。だから、バカなことはしてくれるな。俺を殺すな。

そう真剣に言って、いくらでも寿司を食べさせてくれた。

ふたりの思い出だ。ふたりだけの思い出だ。

思う存分に泣きじゃくった佐和紀は、岡崎のシャツで顔を拭く。身を引いて、キッと宙を睨み据えた。

「行ってこい」

くるりと踵《きびす》を返した背中に、声がかかる。その硬さはまるで、カチカチと鳴る切り火《きび》のようだ。佐和紀は力強く踏み出した。

そのまま、みっつめの離れに向かう。次が一番の難関だ。

母屋へ戻り、渡り廊下を通った。そこに住んでいるのは、大滝組長だ。

「泣いたのか」

顔を見るなり言われ、部屋住みの青年に案内された座敷の入り口で膝をついた。奥へは入らず、襖のすぐ近くで平伏する。額を畳にこすりつけた。襖を閉めた部屋住みの足音が遠のき、大滝とふたりきりになる。

「組の方針は聞いただろう。報復は許さない」

「見逃してください」

頭を下げたまま訴える。

「誰に向かって言ってんだ」

いつもは穏やかな大滝も、今日ばかりは組長の声色で凄《すご》んでくる。佐和紀は息を吸い込み、顔をあげた。

「……俺の友人に頼みがあってきました」

そう言ったが、無視される。広縁に置いた籐《とう》のイスに座る大滝は大島紬を着ていた。上質なつやが、色気のある男によく似合う。

「貸しを、ひとつ！」

佐和紀は腹の底から叫んだ。

大滝がぐるりと顔を向けてくる。般若《はんにゃ》も閻魔《えんま》も尻をまくって裸足で逃げ出す、激しい殺気が漲っていた。さすがの大親分だ。佐和紀の身体もびりっと痺れた。

「ふざけるな！」

襖が震えるほどの一喝を受ける。

仁王立ちになった大滝の顔に、見知った穏やかさはなかった。眉と目が吊りあがり、佐和紀を射抜くように睨んでくる。

「組がどういう状況にあるのか、わかってるのか！　自分の立場をわきまえろ！」

怒鳴りつけられたが、怯むわけにはいかない。佐和紀は、裾を引き、右足を立てた。

右手を添えて、上半身を支える。真っ向から見つめ返した。

「岩下の嫁として言ってるんじゃない。……大滝の、組長さん。……護《まもる》さんっ！」

佐和紀の物言いに腹を立てた大滝が、畳をドンッと踏み鳴らす。

友人に対する呼びかけで苛立たせたことは承知だ。知世のことが火種となり、北関東は抗争が勃発《ぼっぱつ》する危険性がある。カチコミをあっさり認めた岡崎が異例なのだ。

佐和紀は負けじと大滝を見据え、声を張りあげる。

「ニンジン嫌いの護さんに言ってんだろ！　俺の貸しだ！　ひとつぐらい買いやがれ！」

「佐和紀！」

名前を口にして怒鳴った大滝の負けだ。

岩下の嫁として扱うなら、絶対に名前を呼んではいけない。髪をひっ摑み、引きずってでも追い出さなければ、そもそもケジメがつかないのだ。

部屋住みに案内を許したときから、こうなるとわかっていただろう。大滝は組織のため、ときに冷酷なほど明確に、守るものとそうでないものを仕分けなければならない立場だ。

しかし、佐和紀を部屋の中へ入れた。そこには、佐和紀の話を利用する彼の思惑と、勝算がある。佐和紀はひっそりと息を呑み、腹の底に力を溜める。

「はい……。大滝組の組長さん」

素直にうなずいたが、手のひらは汗をかく。大滝の声は、頭上から降るように聞こえた。

「俺の盃を取れと言えば、取るか」

想定していた通りの、交換条件だ。佐和紀はこうべを垂れた。

「もちろん、いただきます。こおろぎ組を継ぎましたのちには、かならず、いただきに参ります。……ありがとうございます」

淀みなく答え、膝を戻して、もう一度平伏する。

よろめいた大滝がその場にどさりと座り込むのがわかった。部屋に静寂が訪れた。佐和紀が勝ったのだ。

カチコミを許す代わり、自分のものになれと言われ、それをかわした。

「佐和紀。顔をあげろ」

片手を膝に置き、もう片方を畳について、上半身を斜めに起こす。大滝へ視線を向ける。

「貸しだ。ひとつ売ってやる。……キスでもさせるか？」

悪い冗談だ。畳に腰をおろした大滝は、裾を乱した立て膝に肘《ひじ》をつき、若い仕草で自分の髪に片手を突っ込んだ。悔しそうな顔を隠しもしない。

佐和紀はもう片方の手も立て膝へ引きあげて、背筋を伸ばす。

「この身体の持ち主は決まっています。欲しければ、どうぞ、そちらにも貸しをひとつ」

「わかったわかった。……言ったところで、実の兄貴との兄弟ケンカだろう。それなりで済ませてこい」

詳しいことを知らない大滝は、知世と兄のやりとりを軽く見ている。彼にとっては、壱羽組が薬物売買をしたことのほうが大問題なのだ。佐和紀は黙って頭を下げた。

真実を知れば、やはりダメだと言われかねない。

しおらしくうなずき、その場を辞する。

ものごとを軽く見積もってあしらうのは、大滝が人の上に立っているからだ。なにごともあご先の命令でかわしてきたに違いない。この調子で実の娘である京子の恨みを買ったのだと思う。大滝はその重大さを理解していない。だが、いまは関係のない話だ。

母屋へ向かっていると、渡り廊下の先に岡村と三井が見えた。怒鳴り合うのを聞いていたらしく、ふたりともあきれ顔だ。

「オヤジにケンカを売るなよ……。ほんと、怖いもの知らず」

三井がため息をつく。目の縁を赤くした佐和紀は薄ら笑いで応《こた》え、岡村へ視線を向けた。

「親衛隊に声をかけて、いつでも出られるように準備をさせておけ。明け方には出る。それまでには、場所のメドもつけろよ。あと、周平に連絡を」

外はまだ明るく、夕暮れも近づいていない。

「わかりました」

岡村は屈託なく請け負った。

貴和の居場所を探す一方、待ち望んだ知らせが入る。日が沈む直前のことだ。

佐和紀と岡村と三井の三人はもう事務所へ戻らなかった。明け方にはカチコミをかける。その手配も終わり、手持ちぶさたに離れの居間で時間をつぶす。つけっぱなしのニュース番組は、のんきに流行のスイーツ特集を放送していた。

その一報は、充電ケーブルに繋いだ岡村の携帯電話を震わせて届く。飛ばしてきたのは、意外にも田辺だ。

「なんで、あいつなんだ」

佐和紀が不機嫌に言うと、ソファに座った岡村は苦笑いを浮かべた。

「あいつの『男』が、組対にいるからでしょう」

「……マル暴の兄ちゃんか」

「ヤクザのトラブルに巻き込まれたと、連絡を入れてあったみたいです。見つけたのは三井の仲間ですが、神奈川まで連れてきたので、いまは神奈川県警が保護しています」

「それで、知世のケガは？」

肝心なことを聞きながら、佐和紀は三井へ視線を向けた。

長い髪をおろした三井はひとり掛けのイスで両膝を抱えていた。ほうけた顔で揺れている。喜びもしないのは、楽観できないからだ。

詳細を聞きたくないが、知らないでいられない顔は紙のように白い。引き結んだくちびるも青く、そのまま二度と開かないかと思うほど無表情だ。まばたきだけは頻繁だった。

岡村は深呼吸した。それから、携帯電話に届いたメッセージを確認する。

「意識不明の、重体です」

部屋の温度が、下がった気がした。

「見つかったときは、自力で歩いていたらしいんですが、血まみれでなにも身に着けていなかったと」

言いながら、岡村はメッセージの内容を読みあげる。

「右手指二本と肋骨《ろっこつ》の骨折。内臓損傷の恐れあり。あと、左頬に裂傷が」

「ひでぇ……」

三井がぐったりとうなだれ、イスから転げるように落ちた。床にうずくまる。

佐和紀はソファの背にかけたひざ掛けを持っていき、三井をすっぽり覆い隠した。布地が小刻みに揺れる。

「顔を切られたってことだな」

レイプされたことも確実だが、口には出したくなかった。これ以上を言葉にすれば、自分が壊れそうな気がする。弾《はじ》ける寸前の風船みたいだ。

「あ、佐和紀さん。アニキからです」

岡村の携帯電話が震えていた。

「繋いで」

答えて受け取る。耳に押し当てて、廊下へ出た。折り返しの連絡を待っていたのだ。

『佐和紀か』

声を聞くと、吐き気が治まる。浮きあがった重心が、元へ戻っていく感じがした。周平の声はやはり心強い。

「うん。さっき連絡が入った。意識が戻らないの？」

『そうだ。闇医者では対応できないから病院へ入れた。それまでは意識があったらしい』

「顔だけでも見ておきたい」

声が震えそうになり、腹へぐっと力を入れる。

『警察が見張ってるから、見舞いには行けない。夜中だな。田辺のアレが出てきてるから、なんとかなるだろう。行儀よくできるか』

「俺をなんだと思ってんの」

『病院へ迎えに行く』

「帰ってこれんの？　無理しなくていい、けど」

『本音を言えよ』

嘘を許さない厳しさの中に、甘やかすような響きが見え隠れする。

「いますぐ、会いたい」

『そうだろう。でも、夜中になる。許してくれ』

許さないはずがない。岡村に代わってくれと言われて、電話を持って居間へ戻る。佐和紀の着物の裾を、うずくまったままの三井が引いた。

「アニキ、帰ってくるんだろ？」

ちらりと顔を見せる。佐和紀はその場にしゃがみこむ。

「……うん。っていうか、おまえ、そこなの？　俺を、心配するの？」

「俺さ、シンさんと同じ部屋で泊めてもらえるかな。ひとりはマジで無理」

「頼んでやるから」

ひざ掛けの上から、丸まった背中をぽんぽんと叩いた。


佐和紀のカチコミは、場所が決まらないうちは実行へ移せない。貴和の居場所が判明するか、知世を痛めつけた連中のアジトの特定待ちだ。

そのあいだに知世の様子を見に行くことが決まり、地味なグレーのシャツと細身のブラックパンツに着替え、組屋敷を出る。

国道沿いで佐和紀をピックアップしたのは、安物のスーツを着た男だ。三宅大輔《みやけだいすけ》。神奈川県警で暴力団関連の事件を担当する『組織対策部』所属の現役警察官だ。周平との繋がりはないが、田辺の恋人としてなら何度か顔を合わせた。

走り出した車の後ろを、ここまで佐和紀を送ってきた岡村のセダンが追う。

「どっちが覆面かわからないな」

声を出したのは、ハンドルを握っている男だ。

河喜田《かわきだ》という名の警官で、こちらは三宅と違い、周平との付き合いが長い。ざっくり編んだ生成り色のセーターを着ている。

「まさか、こんなことになるなんて」

佐和紀の隣に座る三宅は、申し訳ないと頭を下げる。知世は正式なルートで、警察に保護を求めていた。それなのに拉致、暴行に至ったことを、本心から申し訳なく思っているらしい。事件は起こるべくして起こった。三宅も巻き込まれたうちのひとりだが、気づいていない。見た目はチンピラかと思うような容姿だが、内側は生真面目《きまじめ》な刑事だ。

「人生みたいだよな」

窓の外を眺めた佐和紀は、そのまま続けた。

「なにが起こるか、わからない。あんたもそうだろう」

自分と恋人のことを言われたと察し、三宅はうつむく。運転席の河喜田が口を開いた。

「からかわないでやってください。別に、あんたに協力する筋合いはないんですからね」

辛辣《しんらつ》だ。口調にあるトゲで、事情を察しているのだとわかった。

「彼は、警察を頼ってくれた若者の不幸に打ちひしがれているんです。言葉、わかります？　悲しんでいるんです。優しくしてやるのが人間というものですよ。あぁ、ヤクザも人間なら、ですが」

「俺はチンピラだからなぁ」

嫌味を笑い飛ばし、後部座席の隣に座っている三宅へ視線を向けた。

「あんたたちを責めても仕方がないことぐらいわかってる。現場は押さえてあるんだろ」

「被害者が意識不明なので、まだです」

答えたのは、やはり河喜田だ。

「現場近くの病院へ担ぎ込んでくれたらよかったんですけど。管轄も向こうになったし」

「俺は、三宅さんに聞いてるんだけど」

「いいじゃないですか。こんな夜中に呼び出されて、ハンドルを握ってあげているんですから」

「じゃあ、ぺらぺら話してもらおうか。壱羽の跡取りは見つかったか？」

「どうするつもりで、聞いているんですか」

河喜田は一筋縄ではいかない男だ。

「見つかったか、って聞いてるんだ。実家と一緒に燃えたわけじゃないだろ」

「暴行事件の現場にいたでしょうね。探し出して、連絡を入れます。あなたのご亭主がそれはもう、ありとあらゆる権力を行使しているようですから。……そこまでするなら、防げた事件じゃないんですか？」

「防げなかったのは、おまえらも一緒だ。三宅さん、あんたに恨みはない。面倒なことに巻き込んで悪かった。俺もまだ冷静じゃない。失礼があっても許してくれ」

「あの……」

三宅が顔をしかめた。佐和紀は気にせず続ける。

「今後については、警察に任せるように言われてる。でも、ケジメはつけさせてもらう。壱羽の跡取りを始末するなんて、そんな物騒なことは考えてないから。そのあたり、重ねてお願いします」

軽く頭を下げていると、運転席の河喜田が笑い出した。

「あんた、本当に、絵に描いたみたいに『岩下の嫁』だな。都合がよすぎて笑える」

なおも響く笑い声に戸惑うのは、三宅だ。

「河喜田さん、あんまり刺激しないでください。……できる限りのことしか無理ですよ。あと、そういうわけなので、今回の件で、あいつに当たるのだけは」

「あいつ？　あぁ、あの詐欺師。……ま、仕方がないか」

佐和紀の返事を聞いて、三宅はあからさまにホッとする。

「あんたの心配はそっちなんだ。もう刑事《デカ》なんか辞めちゃって、嫁に行ってやれば？　いいよー、嫁は。三食昼寝付き。あと、セックスと」

「え、いや……」

三宅は口ごもった。手のひらで顔の下半分を押さえるようにしてうつむく。

「……もうプロポーズとかされてたりして」

佐和紀のからかいに、三宅はぴたりと固まり、病院に到着するまで一言も話さなかった。


三宅の先導で訪れた病室は、十分間だけ警備がはずされていた。

病室の中に入った佐和紀に言葉はない。ベッドの上に寝かされた知世を凝視して、息をしていることを確認する。そして最後に何度か名前を呼び、また来ると約束を残した。

病室を出ると、一階の待合室まで送ってくれる三宅の背中を黙って追いかける。

室内灯の消えた待合室は暗く、非常灯だけが不穏に光っていた。

イスから立つ男の姿を見た瞬間、佐和紀は砂漠でオアシスを見つけた旅人の気分になった。駆け出して、飛びつきたくなる。

いつ見ても、パリッとした三つ揃えは涼しげだ。そして潤み浮かぶ色気がある。

「俺はこれで」

三宅がそれだけ言い残して離れていく。

周平とは、極力関わりたくないのだろう。賢明だ。

「会ってきたか」

「寝てた」

答えた瞬間、涙が込みあげた。言葉が喉に詰まる。

点滴を打たれた知世は、一目見ても彼だとわからないぐらいに殴られていた。右頬にあてたガーゼを押さえる包帯が、腫れた顔全体を包んでぐるぐると巻かれ、傷は身体中にあるようだった。想像の何倍もひどく、三井には見せられない。

「そうか。寝てたか。寝てる人間は、いつか起きる」

穏やかな口調の周平に手を握られた。肘へと促される。歩き出し、暗いロビーを抜けた。

「……あいつも、ひどかっただろうな」

つぶやいた佐和紀は、ぴたりと足を止めた。考えてもいないことが声になって、自分が言ったのだと理解するのに、しばらくかかった。

佐和紀が見捨てた大志も、ひどく殴られていたはずだ。そして、病院のベッドの上で、十五年間を無駄にして人生を終えた。

「佐和紀。それとこれとは別の話だ」

周平に言われて素直にうなずく。しかし、身体は震えた。

肩を抱かれて病院から連れ出される。岡村が運転する車がするりと目の前に停《と》まり、後部座席へ乗り込んだ。

「周平……。知世はこうなることを知ってたんだよな」

眠りに落ちた町の中を、車はすり抜けて走る。佐和紀の心に寂しさだけが募った。

「佐和紀」

名前を呼んだまま周平が黙る。その手を、佐和紀は握って引き寄せた。岡村から聞いたとは言わずに、腕へすがった。

「知ってたな、周平。あいつが、死ぬかもしれないこと。おまえらふたりは知ってたな」

「どういうことだ」

凛々《りり》しい声がシラを切る。周平といい、岡村といい、こうも割り切れるものだろうか。

「カタギに戻したのだってそうだ。こうなったときに、知世を切り捨てるつもりで……」

思考が止まりそうになり、佐和紀はぐっとくちびるを噛む。

「司法に任せることが悪いのか」

周平が振り向く。嘘をついていると直感した。

この男は息をするように嘘をつくが、呼吸を分け合うキスを繰り返してきた佐和紀は騙されない。二枚舌の告げる真実が、当たり前に聞こえてしまう。

佐和紀にだけはバレる嘘をついているのだが、そのことに周平自身は気づいていない。いつだって周平は暴かれたがっている。それはいつからだっただろう。周平は自分自身の肩に乗った荷の重さを取り繕うことさえしなくなった。

ときどきお互いを騙しながら、自分の心をさらけ出している。

「……俺はカチコミに行く」

佐和紀の言葉に、周平が眉をひそめた。

「それは無理だ、佐和紀。わかってるだろう。大滝組全体の決定だ」

「明日の朝一番だ。準備は済んでる。こういうことは機を逃すべきじゃない」

「……難しい言葉だな」

「周平。俺はね、『準備は済んでる』って言ったんだよ」

眼鏡越しに、周平の目元が引きつった。不満げに運転席を睨みつける。岡村の真後ろに座っているのは佐和紀だ。周平からは横顔が見えるだろう。

「シンを睨んでどうなるの。俺がこうすることは、わかってただろ」

「組で決まったことには従え。誰が迷惑すると思ってるんだ」

「大滝組長と若頭、だろ？」

軽い口調で言うと、周平は小さく息を呑んだ。事態を理解したのだろう。

「組長まで説得したのか」

「貸しをひとつ」

指を顔のそばで立てて、佐和紀はにやりと笑った。周平から離れ、ツンと澄まして座席にもたれた。

「知世が自分で決めたケジメがこれで、あいつの気が済むっていうんなら、そこはいい。それはあいつの問題だ。でも、俺には俺のやり方がある。周平さん。俺の旦那さん？　どうすんの？　こころよく、送り出すの、出さないの？」

矢継ぎ早に問い詰めると、周平は黙り込む。眼鏡をはずして両手の指で眉を押さえ、何度も毛の流れに沿って動かしながら、深いため息をついた。もったいぶったところで、答えはひとつしかない。

「送り出すよ……」

かすれた声に疲労が滲む。佐和紀はかまわずに手のひらを差し出した。

「あいつの兄貴の……、貴和の居場所、摑んでるだろ」

「まさか」

「河喜田がね、おまえが権力をコウシしたって。権力を使うってことだろ。……はい」

もう一度、手のひらを差し出す。

「朝までにくれないと、かなり本気で荒れるよ」

「……本気で、待ってくれ、朝までには」

差し出した手に周平の手のひらが重なって、ぎゅっと握りしめられる。周平の仲間は各省庁、各機関に散らばっている。それはもう佐和紀も知っていることだ。グランピングパーティーで軒並み紹介された。彼らに総動員をかければ、あぶり出せない真実はないだろう。たぶん、ない。よくわからないが、そうであって欲しいと思い、佐和紀は恋人繋ぎで指を絡めた。

「俺、帰ったら、バットで素振りしておこう」

「夜中だ……」

「釘とか打っとこうかな」

「相手が即死するからやめろ」

「……殺したいぐらい憎いんだけど」

本音が口をつき、心からドロドロしたものが溢れる。

「復讐からはなにも生まれない。暴力を、快楽にするな。それは『あっち側』だ」

言われて、佐和紀の心がひゅっと冷えた。なぜか、急激に悲しくなる。答えを探そうとしたが、頭は少しも動かない。わかっていることはひとつだ。由紀子と貴和。ふたりはともに、人を虐げる喜びの中に生きている。

沸き起こる苛立ちが、佐和紀の中の破壊衝動を刺激した。逃れたい一心で周平の手を強く握りしめる。冷静でいなければ、正当な報復でなくなってしまう。カチコミは、名誉の回復が信条だ。傷つけられた知世の名誉だけではない。彼を身内として扱ってきた、佐和紀の名誉にも関わる。

周平の手を引き寄せ、バックミラーに映っていることを知っていて、くちびるを求めた。

3

組屋敷には日が変わる前に帰りついた。

母屋を通らず、そのまま離れに戻ろうとすると、岡村に呼び止められる。ユウキが待っていると言われ、佐和紀だけが母屋の台所へ向かう。

食堂も兼ねているダイニングキッチンの引き戸を開けると、三井と話していたユウキが振り向く。華やかな美青年は、憂いを隠して微笑んだ。

「なんだ。もっと泣き腫らした目をしてると思ってたのに」

いつもの軽口を叩き、がっかりしたように片方の肩を引きあげる。

三井があきれた目を向けてカウンターキッチンへ入っていく。ユウキの向かいに座ると、すぐに熱い緑茶が出され、ポンッと肩を叩かれた。『準備』ができていることへの合図だと察し、佐和紀は振り向かなかった。周平用の湯のみが乗ったトレイに、自分の湯のみを回収して三井が出ていく。ユウキとふたりきりになった。

「おまえにまで心配をかけたな」

「……そうでもない」

湯のみを片手で押さえたユウキは、指先でふちをなぞった。

「いつからだったか、思い出そうとしたんだけどね。あの子、雰囲気が変わったでしょ。二段階で。ひとつめはここに慣れたとき、もうひとつは……。僕は、カレシができたんだと思ったんだけど」

事情は三井から聞いたのだろう。ユウキは疲れた表情でカウンターキッチンを見た。

「あんまりよくなさそうな相手かも、って思ってた。あんたにそう言っておこうと思ったけど。……どうせ叶わない片想いをしてるのに、いい人なんて選ぶはずないの、知ってるから。もう少し、と思ったんだよ」

「おまえが言わなかったから、こうなったわけじゃない。俺はなにも気づかなかった。あいつは何度もほのめかしてたと思う。でも、わからなかった。おまえとか、シンとか、周平なら、結果は違ったと思ってる」

気安い仲だ。佐和紀は包み隠さず、本音を口にした。ユウキがひょいと肩をすくめた。

「周平は、はずしたほうがいいんじゃない？　ヘルプサインを踏みにじるタイプだから。甘えとか許さないよ。たぶん……、周平は気づいてたでしょ。あんたのそばに置いておく世話係のことを調べないはずがない。調べれば想像がつく。周平なら」

「……経験値の違いか」

「ヘルプサインを踏みにじるのもね、そうだね。……嫌なものを、たくさん見てきたからだよ。助けて欲しいって言葉の裏には、一緒に溺れ死んで欲しいって願望もついてくる。それだけじゃなくて、自分の代わりに死んで欲しいってタイプもいる……。知世は隠していたかったんだよ。そういう甘えの気持ちを飲み込んでたと、僕は思う。頼れば楽になるとしても、そこを奪ったら、あっさり壊れてしまう……。そういうこともある」

目尻のまつ毛が特に長いユウキがまばたきすると、大きな瞳は潤んで見えた。

それを言うために、この時間まで待っていたのだ。きっと帰るのが明日の夜になっても、待っていただろう。

ユウキは元男娼《だんしょう》だ。岡村が引き継いだ周平のデートクラブにいた頃は売れっ子で、そこへ至るまでにも至ってからも、苦しく悲しい思いをたくさんしてきた。見た目の美しさの裏には、目も向けられない闇がある。

「そういう想いをね、飲み込むのはすごい大変なんだよ。だから、褒めてやってね……」

ユウキはうつむく。涙がほろりとこぼれ落ち、湯のみを包んだ手元を濡らした。

「……わかった。おまえはだいじょうぶか」

自分の過去を重ねているのではないかと心配になり、思わず聞いてしまう。ユウキは泣き笑いで顔をあげた。

「だいじょうぶ。一緒に生きてくれる義孝《よしたか》がいるから」

内縁の夫である能見義孝は、遠野組の用心棒だ。若手構成員を鍛えるための道場を任されていて、佐和紀のトレーニング仲間でもある。

今回のカチコミには連れていかないと、本人だけに伝えてある。幹部クラスの親衛隊たちは互いをかばい合えるが、所属する組も立場も違う能見ではそれができない。

佐和紀は黙って緑茶を飲むと、沈黙を嫌ったユウキが、また自分から口を開いた。

「……運命の相手と巡り合える確率と、愛し合える確率は別物なんだろうね。別れずにいられる確率も」

「さびしいことを言うなよ」

「佐和紀と出会う確率も、こうやって人生について語っちゃう確率も」

「おまえが俺に惚れる確率も」

「なんでなの」

ユウキが怒って頰を膨らます。童顔が大人びて美青年になっても、ユウキにはわがままなツンケンした表情が似合う。

「いま、いい話をしてたよね」

「かわいいなぁと思って」

「頭の中に草が生えてんじゃないの。義孝よりひどい」

「いやいや、あいつよりはマシだ」

「そんなことないもん！」

ぷいっと顔を背け、膨らませた頬にもっと空気を入れる。そして、ふぅっと柔らかく吹き出した。

「よかった。佐和紀が佐和紀で……。僕の予想を裏切ってくれるあんたでよかった」

「好きだろ」

頬杖《ほおづえ》ついて微笑みかけると、ぐっとあごを引いて見据えられる。佐和紀の中に強がりがないかを検分する目だ。

「……どこにも行かないで」

ふいに言われ、佐和紀は固まった。

「周平をひとりにしないで」

大きな瞳が佐和紀を捕らえた。心の奥底を覗かれる。

「なにの話だ」

「僕ね、よく考えたんだよ。知世のこと。見逃してた三段階目の変化があったかもしれないって。……佐和紀」

他人の心の中がわかりすぎるユウキの過去が、胸に迫ってくる。『愛情』と『人生』と『生き残り』を賭けて、人はどれほどの苦難にならら耐えられるのだろうか。

ユウキはどんな想いで優しさを求め、人に裏切られ、それさえ愛だと受け止めてきたのか。死んだほうが楽になれるような経験を乗り越えてきたユウキや周平は、『サバイブ』

と表現する。それを英語だと教えてくれたのは、アメリカへ留学に出た石垣だ。意味は『生き延びる』。

　ただ漫然と生きていくのではなく、強い意志を持って苦難を切り抜けた人間のための言葉だと石垣は言った。その脳裏にも、彼らの経験した強烈な過去が浮かんでいたのだろう。

　そして、佐和紀の生きる界隈《かいわい》には悲惨な話が掃いて捨てるほどある。珍しくもない。だから優しくなれる人間がいれば、他人に対して同じ行為を繰り返す人間もいる。

　生き延びた先で、どうやって傷を癒《い》やしていくのかも重い課題だ。それは、佐和紀と直登にも言える。大志の死をどう受け入れ、乗り越えていくのか。

「ねぇ、佐和紀。僕のそばからも、いなくならないで」

　心を読んだようなタイミングで言われ、佐和紀はたじろいだ。身体中の毛穴が開き、寒気に襲われる。

「やっぱり、だいじょうぶじゃないだろ。おまえ」

　佐和紀が笑って言うと、ユウキは声を荒らげた。

「ごまかした！」

「ごまかしてない。ないことを、あるみたいに言うからだ」

「じゃあ、約束してよ。ずっと、ここにいるって」

「いるよ。ずっとユウキのそばにいて、ユウキと能見の生活を守ってやる。……心配するなよ。知世は目を覚ますし、自分の人生を摑む。絶対だ」

「……絶対なんてない」

ユウキは急にホロホロと泣き出して、自分の顔を両手で覆った。強がりが剝げていき、細い肩が小刻みに揺れる。

「あんたたちはいつも、平気で嘘をつく。責められるのもわかってて、そうやって、責任、背負って……」

「じゃあ、できないって言えばいいのか」

「そんなこと言ってないでしょ！　バカ！」

ヒステリックに叫んで、テーブルへと手のひらを叩きつけた。顔をあげ、くちびるを嚙みしめる。難癖をつけている自覚があるのだ。ユウキはすくりと席を立った。

「帰る。ごめんね、こんなことを言いに来たんじゃない」

「まだ、いろよ」

引き留めても、髪を揺らして拒む。出ていこうとする手を、戸のそばで摑んだ。

「ユウキ。俺はなにかを言われて傷つくような……ユウキに言われて腹を立てるような、そんな気持ちはない。なにが不安なんだ。はっきり言えよ」

尋ねたところで、ユウキにも答えは見えないだろう。自分にとって大切な日常が消え去る。そう思わせるあいまいな不安があるだけだ。

ユウキは繰り返しかぶりを振る。華奢な首すじへ、毛先が踊った。

「……知世は転院させたほうがいいと思う。顔をケガしたんでしょう。腕のいい形成外科医を探すから。身元は、僕が引き受ける」

「そこまでするな」

ユウキを身請けした樺山《かばやま》はカタギの人間だ。どんな迷惑をかけるとも、わからない。

「自分のためでもあるんだよ。あぁいう子が、自分の人生を賭けたなら、僕は助ける。それがサバイブした人間の務めだと、僕は思ってる。……周平は、ときどき信用できないから。これは僕のほうで責任を持たせて欲しい。佐和紀から話しておいて」

「こんな肝心なこと、話さないで帰るつもりだったのか」

苦笑いを向けると、ユウキも苦々しく笑う。自分と同じように傷つく青年を、これ以上、周平に利用させたくないのかもしれない。

「あんたを見てるとダメなんだよ。甘えが出る」

拗ねて見つめてくるユウキに向かい、佐和紀は肩をすくめた。

「だから、かわいいんだよ、おまえは」

「知世のこと、いいよね？」

佐和紀の言葉を無視して確認される。樺山の立場を考えるとやはり乗り気にはなれなかったが、ユウキの勢いに気圧《けお》される。しぶしぶうなずいた。

「嘘をつくなら、永遠に騙していて欲しい」

見上げてくるユウキのまつ毛に、涙のしずくがついている。

「そんな顔で、能見にも言うのか」

「……わけないでしょ。もっと真剣だよ」

ふっと笑うと、光を反射した涙のしずくがキラキラと輝いた。

どちらからともなく手を伸ばし、ぎゅっと抱き合う。性的な欲求も下心もない、ただの純粋な抱擁だ。ユウキのふわふわとした髪が佐和紀の頬をくすぐり、香水がほのかに漂う。

こういうときでも、柑橘《かんきつ》系の甘酸っぱい匂いで身体を包んでいるユウキは、芯《しん》が強い人間だ。ささいな日常を壊さない。そういう心遣いに佐和紀の理性はいま、支えられていた。


周りに生き延びた人間がいても、心の傷が軽くなるわけではなく前向きになれるわけでもないと、ユウキは言い残した。心に重なった傷が消えるか、残るかは、本人の気持ち次第だ。乗り越えていくことを肩代わりすることはできない。

ずっと背負い続けているのだろう、自分自身の苦しさについては口にせず、ユウキは能見の迎えで帰った。

「それでもさ、知世が自分で選んだのなら、乗り越える可能性があると思いたい」

周平の腕の中で、佐和紀はぼんやりと口にした。

寝室の布団で抱き寄せられ、早く眠るようにと背中をさすられる。岡村も三井も母家で仮眠を取っているはずだ。佐和紀も眠らなければならなかったが、悪夢を見そうで気持ちがざわつく。それでも、寄り添い慣れた男の腕は温かい。緊張の糸がほどけて意識が遠のいた。有能な睡眠導入剤だ。

佐和紀は夢うつつに、支倉を思い出した。

冷静で意地の悪い男だが信頼している。新情報が入れば起こしてくれるはずだ。安心できると考えたときから、ぐんと身体が重たくなった。周平の身体に腕を回して、佐和紀はようやく意識を手放す。よほど精神的に疲れていたらしく、夢は見なかった。

しかし、見たかもしれないと思う。確かに意識は手放したが、目覚める寸前の浅い眠りの中で夢の狭間《はざま》にいた。それは、とても幸せな、優しい夢だ。

初咲きの梅のような、淡い香りの夢だった。

目が覚めた佐和紀は、眼鏡をかける。

三時間は眠っただろうか。見慣れた和室はまだ薄闇の中だ。雪見障子の向こうも闇に包まれている。部屋に敷かれた布団は二組。今夜は縁側寄りの片方しか使っていない。同じ布団に入った周平はまだ眠っていた。

夢を見た印象が頭の中に残っていて、はっきりとした覚醒《かくせい》には遠い。ぼんやりしたままで風呂場へ向かった佐和紀は、これも悪夢のひとつだと思った。これからしようとしていることを思えば、幸せな夢なんて心苦しいだけだ。

ユウキのことを思い出し、シャワーを浴びて髪を洗った。自室へ行き、真新しい白の半《はん》股引《だこ》を穿《は》いて、松浦組長から譲り受けた着物に袖を通し、これではないと思ってたたみ直す。たとう紙へ戻し、紐を結んだ。

そしてしばらく、上半身裸のままで両膝をついて固まった。

「身体が冷えるぞ」

周平の声がして顔をあげる。扉が開いていた。Vネックのカットソーとイージーパンツはどちらも渋いグレーだ。佐和紀が一緒に出かけて、選んだ色だった。

「着物で行くのか」

「動きにくいぐらいが俺にはいい」

「そうか」

近づいてきた周平に促されて立つ。手に持っている細い丸木が見えた。巻きついているのはさらしだ。

「支倉が持ってきた」

「なに、それ」

佐和紀が首を傾げたのは、周平のわきに挟まったプレートに気づいたからだ。

「防刃プレートだ。刃物をかわせる。直角での攻撃には弱いからな。気をつけろ」

「ちぃが持ってきてくれたの？」

以前、腰のベルトでナイフをかわそうとしたことを、支倉は覚えていたのだ。そのときの佐和紀は、支倉をかばってケガをした。彼にとっては苦々しい記憶に違いない。

「防弾を勧められたけど、重いのは嫌だろう。……巻いてやる」

促されて、上半身裸の佐和紀は両わきを開いた。すでに巻き方を教わっているのか、湿ったさらしがキュッキュッと下腹から上へと巻き締められる。寒くはなかった。知世が行方不明になって、そして事態が判明して、カチコミを決めてからもずいぶん時間が経った。睡眠も取ったので頭に血がのぼる感覚もない。緊張感だけがじわじわ募っている状態だ。単独のカチコミは何度も経験した。突発的な行動だから興奮状態にあり、緊張したことはなかった。

今度は違う。成功も失敗もなく、仕返しだけが目的だったからだ。

いままでのカチコミとは、すべてが違っていた。自分の組織のためではなく、自分のプライドのためだけに乗り込んでいく。

すべては見栄とはったりだ。格好がつかなければ、意味がない。

周平は手際がよかった。巻くさらしがたわんでくるとねじりあげ、そしてまた、互いの呼吸を合わせてきつく締める。胸の上で一度鋏《はさみ》を入れて端を押し込み、さらに上から、プレートを挟んで巻いた。

「止めないね」

佐和紀の言葉を聞き流した周平は、巻き終わった端をさらしに挟み込んだ。一か所だけを縫い留める。針と糸は、周平が着ているカットソーの裾に刺してあった。

至近距離で見る周平は凜々しい。髪をおろしたリラックススタイルで目元が隠れて格好がつく。ほのかに、石鹼《せっけん》の匂いもする。愛用の香水と同じラインのものだ。柑橘系の匂いがしたユウキが脳裏に浮かび、ここにも日常を崩さない人間がいると思う。

周平が顔をあげ、針と糸を棚の上へ置いた。

「おまえが決めたことだ。……感情で走っているわけじゃないだろう」

それでもケガをするかもしれない。相手の数も武器も予想がつかなかった。行き先は、壱羽組のゴロツキが溜まっている場所だ。壱羽の実家は燃え、事務所はすでにもぬけの殻になっている。秘密のアジトについては、周平の手下が確保した構成員から聞き出された。佐和紀のカチコミが終わるまでは機密事項だ。

「用意はできたぞ」

ポンと胸を叩かれ、佐和紀は両手を伸ばした。逞《たくま》しい肩を撫であげ、首へとしがみつく。揉み合うような貪《むさぼ》りのキスをすると、離れた舌先に糸が引いた。周平がもう一度くちびるを重ね、名残の糸を切る。佐和紀はなにげなく離れ、衣装ダンスから着物を出した。

藤色のお召しだ。そのまま袖を通し、一番締めやすい角帯を選び、地下足袋を履く。

「……いつ買ったんだ」

めざとい旦那に聞かれ、こはぜを留めながら笑い返した。

「ん？ 足袋？ 前に、豊平《とよひら》がくれたんだ。現場で人気があるって」

豊平はこおろぎ組の幹部だ。本業の工事派遣の仕事に関わっている。もうカタギになってもいいぐらいだが、佐和紀が次期組長になる日を待ち望み、ヤクザを続けていた。

「得物は金属バットでいいのか」

望めば、なんでも用意すると言いたげな周平に視線を向ける。

「俺はね」

と佐和紀は答えた。カチコミのために拳銃を使うヤクザもいる。刃物も定番だ。しかし、素手でさえ人を殺しかねない佐和紀にとって殺傷能力の高い武器は鬼門だった。あっさり仕留めてしまいかねない。殺したいほど憎くても、ぶちのめすぐらいが限度だ。

やはり、使い慣れたバットが一番いい。

「生きるために教えられたのか」

周平が一歩近づいてくる。左手をすくいあげるように取られ、薬指にくちびるが押しあたる。ダイヤモンドがひっそりと輝くエンゲージは、どんなときもはずす気がなかった。

「……殺すためだ」

佐和紀は静かに答えた。過去の記憶は戻っている。武道を仕込まれた目的も、すべての記憶を封印されたことも。かつて知っていたことなら、すべて、思い出していた。

ただ、幼かったから、あいまいなことも多い。あいまいなことは、あいまいなまま覚えているだけだ。母親が死んでいるのか、生きているのかもわからない。そのあと、祖母が横須賀を動かなかった理由も聞かされなかったので知らない。

「人を殺すために、育てられてた」

周平をまっすぐに見つめる。初めて話す話だが、佐和紀に感慨はない。

「なにのためなのか、誰のためなのか。それは教えられなかった」

ほかにも子どもがいて、親のいる子もいない子もいた。そして、その集団から逃げ出したことが原因で、母親と一緒に事故に遭ったのだ。

そのまま話を続けようとしたが、岡村の声に阻まれる。もう時間だった。

「ご用意は」

細く開いた扉の隙間から問われる。真剣な響きで、緊張しているのだとわかる。

「できた。いま行く」

答えた佐和紀は、周平をもう一度見つめる。寛容な旦那は軽い仕草で首を傾げた。

「ここで見送る。俺は寝直すからな。朝が来たら、迎えに行く」

わざとらしくあくびをして、首を右へ左へとひねった。佐和紀がいまからすることも想定内で、たいしたことではないと言いたいのだろう。

「……行ってくる」

佐和紀は不敵な微笑みを浮かべた。少しゆるく着付けた衿をしごく。

「行ってこい。ほどほどにな」

周平は不遜《ふそん》に胸をそらす。そして、艶めいた仕草で髪をかきあげた。


岡村の運転する車が、高速道路を走る。

「加勢は寺坂さんのところと菅谷《すがや》さんのところから四名ずつお借りしています。間《はざま》さんと杉野《すぎの》さんのところからは三名ずつ、彼らは、周囲の警戒に当たります。潮田《しおた》さんは情報統括担当です」

「外に六人で、中は俺とタカシを入れて、こっちも六人か。足りるかな」

後部座席に座った佐和紀は指を折って数えながら身を乗り出した。隣に三井が座っている。運転手の岡村はカチコミに不参加だ。車で待機することになっている。

「佐和紀さんひとりでもじゅうぶんじゃないですか」

ハンドルを握る岡村がシニカルな笑みをこぼした。

「中に入る四人は制圧を目的として、サポートに回ります。あと、タカシはあなたのお目付役ですから、活躍は期待しないでください」

「え！　そうなの？　つまんねぇ！」

金属バットを片手に引き寄せて叫ぶ。同じく金属バットを小脇《こわき》に抱えた三井が答えた。

「だって、ケガしたくねぇもん」

「……わかったよ。邪魔にならないところにいろ」

三井は、自分のケガを心配するのではなく、佐和紀にケガをさせたくないのだ。

頭に血がのぼって野生化した佐和紀を、一喝で止められる人間は限られている。

「隠れ家は田舎の一軒家です。嫁の親族が所有する空き家で、壱羽組の構成員たちはいません。組長代理の貴和以外は、すべてが北関東支部に出頭しています。家にいるのは、実行犯の男たちだと思われます。貴和がそこへまぎれている可能性は、五分五分です」

「好都合だな。警察が捕まえる前に、そいつらをぶちのめせる」

壱羽組がひとりもまぎれていないことは、現時点の佐和紀が知っていてはいけない情報だ。表向きは、壱羽組へのカチコミとなっていて、それさえ、大滝組全体に出された『待機』の指示を破っているのだが、誰かに指摘されたとしても、嫁という立場を利用して押し切る気でいる。

大滝組長も岡崎も周平も、佐和紀が元世話係かわいさに暴走したと言い張るだろう。

「知世の兄貴は、なんで怪文書なんか送ってきたんだろうな」

三井が不思議そうに聞いてくる。車の外を流れる景色は闇の中だ。まだ空も暗く、星が瞬いている。高尾山《たかおさん》と書かれた看板がちらりと見えた。

「兄貴とは限らないだろ」

佐和紀はそっけなく答えた。

「うん？　じゃあ、誰」

「知らねぇよ」

脳裏に、直登の影がちらついていた。やはり由紀子と繋がっているのだろうかと思う。そうだとしたら厄介だった。あの女と関わるということは、直登の暮らしも脅かされる可能性がある。いつ、いたぶりの対象になるかわからない。

「知世の兄貴は薬を売ってたんだ」

岡村がふたりの会話に入ってくる。三井は首を傾げた。

「それで北関東の支部から吊しあげられて、腹いせに弟をいたぶって怪文書送んの？　噂に聞いてたけど、ほんと、どうにかしてるな」

「いまさらだ」

バットの根元を手のひらで握り、佐和紀は声を沈ませた。

胴に巻いたさらしは、乾くごとに締まったが、気分が悪くなるほどではない。緊張が高まって、精神的な興奮状態に入っている。股間さえ、中途半端に硬いぐらいだ。

記憶が戻ったと自覚してからこれまで、佐和紀は喉の渇きを満たすように、暴力行為を欲していた。飢えていたと言ってもいい。ここに至って、はっきりと自覚する。

周平とのセックスや、能見とのトレーニングで解消してきたが、暴れられると思うと身震いが止まらない。本能的な破壊衝動が足元から頭の先までを貫くみたいだ。

殴って殴って殴って、それしか考えたくないと思ってしまう。

過去に教え込まれた格闘技の数々と、大志を見捨てた罪悪感が入り混じり、まるで自分が彼を殴り殺してしまった錯覚に陥る。現実が自覚できていても、思い込みが先走った。

大志を殴り殺す妄想なんて、吐き気がしてもおかしくないはずなのに、佐和紀の胸の奥はぐっと高揚してしまう。いままで、どうやって自分を抑えてきたのか。それさえ考えられず、ただ暴れていたくなる。

「姐さん」

三井がおずおずと声をかけてきたが、気持ちを揺らしている佐和紀は答えなかった。

ただ、胴を締めたさらしのきつさが、佐和紀の心を『ここ』に引き留める。

周平の愛情がそこにあった。身体の中心を、強く束縛されている。だから『ここ』から動かない。心はいつでも、きちんと、この場所に縛られている。

だからだいじょうぶだと、佐和紀は思う。短く吸い込んだ息を長く吐き、時がくるのを待つように、じっと黙って身を屈めた。

車は停まることなく走り続け、やがて高速道路を降りて一般道へ入る。山に向かって進路を取り、峠をひとつ越えた。田畑の広がる田舎道の突き当たりに一軒の農家が見えてくる。そこへ軽トラックが近づいてきた。後部座席に男が乗っている。総勢、八人だ。

「そんじゃ、行くか」

佐和紀は自分でドアを開けた。運転席の窓を軽く叩いて岡村へ合図を送り、三井を連れて軽トラックへ歩み寄る。三井が声をかけ、互いの名乗りもせずに荷台へ引きあげた。

血気盛んな顔をした若い男たちは、藤色の着物の袖で金属バットをくるんだ佐和紀を見るなり、ぎょっと目を見開く。着物に驚いたのか、夜目にも珍しい外見に臆したのか。細かいことの気にならない佐和紀は、眼鏡を指先で押しあげて会釈する。

あっけに取られていた男たちの表情が引き締まった。佐和紀に気に入られたくてたまらない親衛隊たちが、ここぞと選んだ腕自慢ばかりだ。めったにない鉄火場へ送り込まれ、気概がびりびりと空気を痺れさせていた。

「瀬川組の永田《ながた》です」

動き出したトラックの荷台で、代表してひとりが挨拶《あいさつ》をした。寺坂の組だ。キリリとした眉が印象的で、二十代の半ばに見える。三井が、彼に答えた。

「大滝組の三井だ。こっちが、『噂の』ご新造《しんぞ》さん。役割の説明を受けてるよな。半分はこの人のために道を作ってくれ。残りの半分は家の中の制圧」

そう言って、それぞれに手を挙げさせ、役割を確認させる。

「壱羽組の跡取り、壱羽貴和を見つけたら確保してくれ。顔は知ってるな？　今回は、うちの身内に手を出したらどうなるかを、他に知らせるためのカチコミだから。無理はするな。……それと、これは俺からの忠告。この人のことな。外見はこんなだけど、頭に血がのぼると、敵味方の区別がつかなくなるから。……バットの届く範囲には近づかないように。ちなみに、逃げ方が悪いと投げてくるから。当たったらあきらめてくれ」

「マジっすか」

近くに座った男が見惚《みと》れた顔でつぶやく。佐和紀は出し抜けに頬を平手打ちした。

「気を抜くな。死ぬぞ」

静かに言って睨むと、頬に手を当てた相手は二度三度とまばたきを繰り返す。逆上もせず、痺れきった顔をする。やがてくちびるを引き結んだ。佐和紀の言葉が腑《ふ》に落ちたのだろう。いまからすることは、お遊びではない。

相手は壱羽組から見捨てられ、後ろ盾を失ったゴロツキたちだ。死に物狂いでかかってくる。油断したら、こちらに死人が出てもおかしくない。

佐和紀たちを乗せたトラックは、闇の中を進んだ。月明かりで夜目が利く。家の前の坂を登る途中でスモールライトも消えた。ゆっくりと敷地内へ入る。背後は山だ。まだ夜明け前の闇に包まれている。葉擦れの音も聞こえなかった。

敷地に建つのは大きな二階建ての日本家屋だ。農家らしく、敷地内には道具置きの小屋もある。

家屋の縁側にかけられたカーテンが、チラチラ動く。人がこちらを覗いているのだ。

そのとき、地を這うような声がした。縁側のガラス戸が開き、カーテンがはためく。逃げ場をなくしたゴロツキたちが、角材や包丁を持って駆け出してくる。

三井の指示通り、四人の男が受けて立ち、残りは二手に分かれた。玄関を目指す。

家から出てきた男の数は十人を超えている。そのどれもが異様な奇声を発し、めっぽうやたらに得物を振り回す。薬物がキマっていて、すでにまともではない。

「どうぞ、先に行ってください」

対応する男たちに言われ、佐和紀は玄関から入った。激しい物音が重なり合う中で、パッと明かりがつく。先に進んだ男たちが明かりをつけて回っているのだ。

右から男が飛び出してきて、ナイフが光る。佐和紀は容赦なくバットを振った。男の腕に当たってゴキッと音が鳴る。

「貴和はどこだ！」

廊下に転がるのを蹴りあげると、男は這いながら落としたナイフへ手を伸ばす。腕を踏みつけた佐和紀は左手を懐手にして諸肌《もろはだ》を脱いだ。袖の揺れが邪魔だった。

「貴和！　壱羽貴和！　てめぇのしたことのケジメをつけろ！」

腹の底から声をあげて叫ぶ。ここにいるのなら、逃がすわけにはいかない。

「後ろ！」

叫んだ三井の声よりもわずかに早く、バットで薙《な》ぎ払う。空を切る音がして、先端が人体の重みにぶつかる。衝撃の反動が腕に広がり、ブワッと身体中の毛が逆立つ。振り切った佐和紀は、上段に構えて振り下ろした。もちろん頭は狙わない。

興奮が渦を巻いて身体中を包み、片頬がひくひくと痙攣《けいれん》する。まるで微笑みを浮かべる表情になった。佐和紀は恍惚《こうこつ》を滲ませてくちびるを引き結ぶ。

ガラスの割れる音、男の悲鳴。人が殴られ、骨が折れる音。

そして、自分自身の骨身を震わせる、打撃の鈍い衝撃。

すべてが懐かしく、恋しかった。

怒声をあげて突撃してくる男をかわし、ステップを踏む。狭い廊下の壁に背中があたり、安全圏に下がる三井が見えた。佐和紀の目に入りやすい赤色のシャツを着ていたが、それがいっそう血の色を連想させ、暴力的な興奮を引き起こす。

佐和紀は笑った。そして、三井が反応する前に、ふたたび向かってくる男を拳で殴りつけ、落ちたナイフを無人の方角へ蹴り飛ばす。

家の中は混沌《こんとん》としていた。思うよりもゴロツキの数が多い。そのどれもが、自我を失っているのだ。こんなところに壱羽組の組長代理が隠れているとは考えがたい。

「ご新造さん！」

頭上から声がして、呼ばれるままに階段を駆けあがる。トラックで挨拶をした永田が、息を切らしながら奥を示した。廊下の奥に、洋室のドアがある。

「赤ん坊の声がします」

そう言われて、佐和紀は眉を動かした。貴和の嫁の行方をまだなにも聞いていない。もしかしたら、家族でここに潜んでいるのかもしれなかった。

「カギを壊します」

「俺がやる」

まったく暴れ足りていない佐和紀は、永田を追った。佐和紀がバットを使ってカギを壊すと、長田がドアを蹴り開けた。

「動くな！」

叫んだのは、飛び込んだ永田だ。夜が明け始めていた。薄いカーテン越しに、朝の淡い光が入ってくる。

薄闇の中にいるのはひとりの若い女だった。四畳半ほどの狭い部屋の隅で、背を向けたまま丸くなっている。抱きしめたバスタオルの端が見え、赤ん坊を包んでいるのだとわかった。泣き声もそこから聞こえている。

「……貴和の嫁だな」

佐和紀が声をかけても振り向かない。

「おいっ！」

怒鳴って近づこうとする永田を、佐和紀はとっさに止めた。女は震えている。

「岩下佐和紀だ。知世を預かった若頭補佐の嫁だ。知世から聞いたことがあるだろう」

脂肪のうっすらと乗った丸い肩が揺れる。恐る恐る振り向いた顔は、化粧っ気もなく土気色をしていた。顔半分が青あざを残して腫れ、服が引きちぎられている。

あらわになった肩も、重なり合った打撲の痕が広範囲を占めていた。

「許……して……」

がくがく震えながら、貴和の嫁・愛美は佐和紀たちに向き直り、土下座の体勢になる。

だが、揃えているつもりの足は正座もできず、胸にしっかりと抱いた赤ん坊が泣き叫ぶ。

愛美の片足首はひどく腫れていた。

「誰にやられた」

佐和紀はそばに寄り、片膝をついた。愛美は、ぜいぜいと肩で息をつく。両手に赤ん坊を抱くので精いっぱいに見える。

表情に余裕がなく、武器を隠し持っているとは思えなかった。佐和紀の顔を見ようとしたが、片方のまぶたは腫れて開かない。もう片方だけが細く開いた。

まぶたのあいだから見える瞳はキトキト動き、焦点が合っていない。

「貴和はどうした」

「逃げ……」

声もガラガラに嗄《か》れている。愛美を凝視した佐和紀は、眉をひそめた。

「おまえ、妊娠してるのか」

思いつきでしかない閃きだ。赤ん坊を守って背を向けているのかと思ったが、一緒に身体の前面もかばっている気がした。

愛美の目に、殺気に似た光線が宿る。ふいに焦点が戻り、佐和紀の着物をひっ掴む。最後の力を振り絞ったのか、まるで加減がない馬鹿力だ。

「お、ねがい……。びょう、い……」

片手に赤ん坊を抱いていたが、むくんだ指は想像以上に力強く、佐和紀の身体が傾いだ。

「タカシ！　車を呼べ！　軽トラはダメだ。シンを呼べ！」

部屋の入り口にいた三井が携帯電話を取り出す。

「どうしたんですか」

永田が佐和紀のそばにしゃがんだ。

「妊娠してるんだよ！」

怒鳴り返して、愛美の顔を覗き込む。

「痛みはあるか」

鬼気迫る表情で睨むように佐和紀を見た愛美は、バスタオルに包まれた子どもを乱暴に押しつけてくる。瞬間、瞳がぐりっと回って白目になった。そのまま昏倒《こんとう》してしまう。

「永田。抱きあげてこい。タカシ、補助しろ！」

赤ん坊を片手にしっかりと抱き直し、佐和紀は右手で金属バットを握り直す。

「行くぞ！」

ふたりに声をかけて部屋を出る。

階段をちょうど駆けあがってきた男がいたが、みぞおちをバットで突き、蹴り落として道を開く。這いあがろうとしていた別の男は、階下で暴れている味方が首根っこを掴んで引き剝がした。邪魔する人間は金属バットで薙ぎ払い、玄関から外へ出る。

倒れ込んだ男たちはすでに縛りあげられ、軽トラの荷台に乗せられていた。

「シン、悪いな」

三井の連絡を受け、岡村は後部座席のドアを開けて待っていた。座席にはブルーシートが敷かれ、三井と永田が愛美を連れて乗り込む。

「やはり貴和はいませんでしたか。天井裏も調べるように伝えましたので、ここは任せておいて問題ありません。残られますか。それとも、ご一緒に？」

「行く。病院の手配は」

「済んでいます」

機敏に答える岡村は、三井に赤ん坊を預けた佐和紀の身なりを一瞬だけ眺めた。ケガを確認したように思えたが、諸肌脱いださらし姿を見つめただけかもしれない。

本心を悟らせず、岡村は助手席のドアを開けた。腕を袖の中へ戻した佐和紀は、黙って乗り込む。

「ヤク中ばかりでは、カチコミにもなりませんでしたね」

運転席の岡村は笑ったかに見えた。佐和紀の不完全燃焼を、慮《おもんぱか》ったからではない。頭の中を『走り屋モード』に切り替えたからだ。峠道に入る頃にいよいよ加速して、カーブを曲がるたび、タイヤが滑る。

ときどき三井が悲鳴をあげる以外は、誰もなにも話せなかった。


永田が身内のふりをして付き添い、愛美は緊急入院となった。意識はすぐに戻り、取り乱すこともなく、佐和紀が出した交換条件を素直に聞いた。

入院費用の肩代わりと引き換えに、知っていることを話すように促したのだ。貴和が見つからない以上、知世の身に起こった詳細を探る手立てもない。

甘いミルクの匂いに包まれた病室は、興奮の引かない佐和紀には居心地が悪かった。

アジトでは小汚いバスタオルにくるまれていた赤ん坊も、いまはすやすや眠っている。ミルクをたくさん飲ませてもらい、清潔な衣服の上にタオルケットをかけられていた。

点滴を打っている愛美は、リクライニングを起こしたベッドにぐったりともたれ、打撲で腫れた片目はまだ開かない。しかし、視線はベビーベッドを見つめていた。片手は布団の中へもぐり、腹をしきりと撫でている。

ときおり痛みをこらえて顔をしかめたが、まなざしの奥には、子どもを守り抜いた満足感が滲んでいた。貴和の子ではないのかもしれないと思ったが、愛美の子には違いない。いまは、そこだけが彼女の拠《よ》りどころだろう。

「貴和はどこへ逃げた。ひとりか」

「……女と、逃げました」

声はガラガラと嗄れて低い。酒焼けだろう。元々のふくよかさに加え、むくんだ身体はどこも丸く、腫れていない片目だけがやけにぱっちりとしていた。元はそれなりに見られた顔なのだとわかる。

「居場所のあては……？」

病室の扉のそばには岡村が控えているが、忍び込んだ佐和紀に許された時間は多くない。いつ警察が駆けつけるともしれなかった。

「……知世は、見つかった？」

佐和紀の問いには答えず、愛美は遠い目をして言う。佐和紀は口早に答えた。

「意識が戻らない。貴和はどこだ」

「わからない。本当です」

「子どもの父親をかばうつもりなら、俺には、すべてを吐いておけ。貴和を逃がしたのは誰だ。ひとりで逃げられる男じゃないだろう」

「……家に、本郷という男が入り込んできて、あっという間に、知らない女が……。薬だけはしない人だったんですよ。自分の弱さを知っていたし、知世がそれだけは絶対にさせなかった。なのに、気づいたときには、もう……」

「……本郷。えびす顔の、丸い顔で笑顔の人懐っこい……」

愛美がこくこくとうなずく。それはこおろぎ組にいた本郷だ。

佐和紀に惚れ、自滅していった元若頭。大阪へ流れ、由紀子と行動を共にしている。

「女の名前は」

尋ねる声が自分から遠く離れていく。心に思い浮かべた名前を、愛美がなぞる。

「ゆきこ」

驚きはなかった。ただ、身体の中の血がぐつぐつと揺れ始め、沸点に近くなっていくのがわかる。すぐに噴きこぼれ、めまいがした。ぐるぐると病室が回り、座ったまま、ベッドの柵《さく》を摑んだ。

「貴和を焚《た》きつけたのは、その女だな」

「わかんない。……貴和ちゃんは、変わっちゃった……。ときどきおかしくなって、手がつけられなくなるけど。でも、私が守ってきたの。私だけが頼りだって、いつもすがってきて、小さな子どもみたいにかわいくて」

愛美のくちびるが震え、この場に不似合いな微笑みが浮かぶ。佐和紀は嫌悪を感じた。女はものごとの表面だけを見ている。その裏にある淀みを、あえて否定しているのだ。

「その裏で、弟になにをさせたか、知ってるんだろう」

「知世だって、貴和ちゃんのためだって喜んでた」

愛美はけろりとして答える。

「だって、貴和ちゃんは、傷つかなくて済むんだよ？　知世のほうがずっと強いからいいんです。貴和ちゃんは傷つきやすくて、壊れやすいから、だから、わたしたちで……」

早口でまくしたてる愛美は自覚している。それが知世に対して、どれほど理不尽で、どれほど残酷なことなのか。傷つかずに済んだのは貴和だけではない。愛美も同じだ。知世を差し出すことで、貴和の暴力と搾取から逃げた。

愛美の新たな妊娠を、知世は知っていただろう。懇願され、すがられ、家族のためだと追い込まれた。家族とのしがらみは知世の病巣だ。心に深く根ざしている。

「貴和は、おまえのもとに戻らない」

佐和紀の断言に、愛美はぶるぶると震えた。しかし、容赦せずに続ける。

「知世がどんな目に遭ったか、知ってるか。どんな気持ちで痛めつけられたか……」

最後まで聞かず、激しく頭《かぶり》を振った愛美は叫んだ。

「……こっちだって我慢してんのよ！　……お腹に赤ちゃんがいるのに。それなのに。気まぐれで殴られて、気まぐれに乗っかられて。指を折られたこともあるし、肋骨だって！なによ！　あんたになんて、苦労がわかんのッ!?」

感情的にまくしたてた直後に、愛美はほろほろと泣き出す。情緒不安定だ。しかし、それさえ姑息《こそく》な駆け引きに見えてしまう。

佐和紀は無言で立ちあがった。すると、愛美は驚く素早さで着物の袖を摑んだ。

「……ま、待って。待ってください。ごめんなさい、ごめんなさい」

泣き声ですがってくる。

「知世には悪いと思ってます。思ってるんです。なにもしてあげられなくて、なにもできなくて。なにも」

その言葉の裏に、自分が女だからという言い訳が透けて見えた。

知世は男だから。だから、犯されても殴られても、踏みにじられてもいいのだと、愛美は思っている。自分の腹には子どもがいて、知世の腹にはなにも生まれない。

それが、愛美を支えている自我なら話すだけ無駄だ。聞いていられなくて殴ってしまいそうになる。確かに、子どもを授かる身体は大切なものだ。しかし、優越感の証《あか》しにすることは、理不尽だ。認められない。

男だろうが、女だろうが、精神的・肉体的暴力は、人の深部を平等に傷つける。

「今日の費用は肩代わりしてやる。あとのことは自分でやれ」

「そんな……。どうすればいいって言うの。こんなに小さい赤ちゃんがいるのに。絶対安静だって……。わたしのこと、見捨てるんですか。知世が聞いたら……」

振り向いた勢いで袖を取り戻し、ベッドの柵を掴む。ガシャンと大きな音が鳴った。

「黙って聞いてりゃ、勝手なことばっかり言いやがって。……てめぇの腹の子のためなら、他がどうなってもいいのか。それなら、自分もその子も、てめぇだけで守っていけよ！」

「と、知世は、かぞ……」

「家族？　踏み台にされて踏みにじられることが、家族の役目なのか。てめぇはそこに寝てるガキにそんなことをさせるつもりか」

「まさか」

むくんだ顔に、嫌悪と憎悪が入り混じる。

「そんなひどいことしない！　私は母親なんだから！」

「それが、母性ってやつか」

「なにも知らないくせに……」

「知らないことが罪か。子どもを持ったおまえは、なんでも知っているえらい人間か。そういう考えが、自分の子を苦しめる日が来るぞ。あそこで寝てるガキも人間だ。これからどんどん大きくなって、目の前の親がどんな女か、正体を『知る』日が来る。……おまえがどんなやり方で自分を守ったか、言わなければ知られないと思うな」

「な、なんなの」

「知世には金輪際、関わるな」

「ひどいわ！　知世だって、この子をかわいがって……っ」

佐和紀のひと睨みで、愛美はひっと息を詰まらせた。

「それも今日限りだ。今後は、俺があいつの家族になる。もしも近づいたら、知世と同じ目に遭わせるぞ。知ってるだろう。おまえの代わりに、あいつがどうなったか。同じ罰を受けたくないなら、まともな苦労をしろ」

佐和紀に叱責《しっせき》され、愛美はくちびるをわなわなと震わせる。自省は素振りにも見せない。ただ理不尽な責めを受けたことにショックを受け、佐和紀を恨みがましく見つめてくる。

佐和紀は振り向かなかった。同情は微塵も感じない。

良い親もいれば、悪い親もいる。松浦とふたりで暮らしていた長屋にも、さまざまな家族がいた。仲のいい家族が人に騙されて離散したり、いがみ合っていた家族が、病気をきっかけに絆《きずな》を深めたり。運命の分かれ道は、いつもさりげない。だからこそ、知世は力技で道を作ろうとしたのだ。どこにも逃げ場がないと悟ったから、大博打《おおばくち》に賭けた。

それは愚かなことだ。しかし、知世の人生はそういった愚かさも含めて彼自身のものだ。

控えていた岡村は、表情を変えずにドアを開けた。佐和紀は、朝の光が差し込む廊下を足早に歩き、教えられるままに裏口から外へ出た。

「永田は帰したか」

病院の裏で足を止める。朝の空気はひんやりと冷たく感じられた。

ようやく、カチコミの緊張と興奮から解放され始めている。

「はい。書類には貴和の名前を書かせましたし、病院側には費用を預けました」

岡村はいつもと変わらず静かな口調で答えた。

「警察署の就業時間が来たら、通報するように頼んであります。しばらくはここにいられると思いますが、あとは彼女次第ですね」

「完璧《かんぺき》だな、おまえは」

佐和紀が振り向くと、岡村は肩をすくめて苦笑する。

「褒められるためですから」

冗談めかして言い、佐和紀の衿の乱れをそっと直した。一巻分のさらしと防刃プレートはもうはずしてある。その下のさらしだけはまだ、そのままだ。はずすと力が抜けてしまいそうで、まだできない。

「タバコ」

短く命じると、ショートピースが差し出される。首を振って断り、岡村のタバコをもらった。フィルターつきのロングタイプだ。物陰で火をもらい、コンクリートの壁に肩を預ける。左手を懐手にして、はすっぱな仕草で吸った。

「暴れ足りませんか」

「いや……、けっこうやった」

くわえタバコで右の手のひらを見る。ジンと響いた鈍い痺れがよみがえり、ぎゅっと拳を握りしめた。

「……怒っているんですか」

「愛美か？　……責めるのも酷だな」

苦笑して顔を歪めると、岡村が言った。

「暴力で支配されていたのは、彼女も同じですね。自分の行いを受け入れても地獄、言い訳しても地獄……。耐えられると思いますか」

「さぁ。無理じゃね？」

あっさり言って、朝焼けが消えた空を見上げる。

人の心はそんなに簡単じゃないだろう。子どものためを思えば、親子の離別が幸福を産むこともある。しかし、それを気づかせるのは佐和紀の仕事ではない。

ふいに、妊娠しているすみれを思い出した。京都へ帰るヤクザの真柴に伴われ、若妻になった娘だ。親はヤクザだったが、気立てのいい清らかな性格をしていた。

「俺がすみれを思い出すとわかってて、病院へ多めに金を渡したのか」

「あなたが通すだろう仁義を考えた結果です。彼女の人間性はどうであれ、赤ん坊に罪はない。そうじゃないですか」

「……シン」

ふっと笑いかけて、コンクリートの壁から離れた。

高級品のスーツは、周平とは違う印象だ。華やかさはないが、支倉ほど堅苦しくもない。それがストイックな男に、ほどよい遊びを生んでいる。余裕ありげに、似合っていた。

いまはネクタイをしておらず、シャツのボタンはいくつかはずれている。

縫いつけの角度が美しいジャケットの襟を、肩からなぞり下ろす。ミシンのステッチがほどよく生地を噛んでいた。

口にくわえた吸いかけのタバコを、黙ったままでいる岡村のくちびるへ差し込んだ。互いの肌の匂いもわかりそうな至近距離でも岡村は衝動に走らない。直立した姿勢にも緊張はなく、ジャケットの裾の死角に入っている下半身も無様な反応は示していないはずだ。

「暴れて、興奮したんですか」

佐和紀が差し込んだタバコを指に挟んで離す。もう一度吸い込んで、また横を向いて煙を吐いた。

「いつもと違う味がするだろう」

ひそやかに色めいた言葉をかけると、岡村はうつむき加減に笑った。佐和紀が寄り添っているうちは、タバコを吸う以外のことをする気はないのだろう。おとなしく立ち尽くすだけだ。それでも体温があがったらしく、淡い香水の匂いがした。岡村自身は香水を使わないが、クローゼットには香りづけをしている。

だから至近距離に寄ったときか、体温があがった瞬間にしか感じられない香りだ。

佐和紀は寄り添ったまま、ぼんやりと言った。

「不幸の見本市だよな。字面だけ見れば、どれも似通ってる。俺の過去も、どうってことがないよな」

「佐和紀さんがそう言うのなら」

「なんだよ」

「俺にとっては、あなたに関わることはすべて特別ですよ。不幸も幸福も、特別なものに見えます。誰かとは、似てない」

「……実行犯は、あの中にいたのか。全員じゃないだろ」

犯行現場も別の場所だ。

「あの家は薬を愉しむためのものですね。知世の件に関与したことを認める男もいました。でも、まともな頭じゃありません。ことの全容は、知世が目覚めてもわからないでしょう。貴和が見つかっても……きっと……」

真相は闇の中にある。貴和を焚きつけ、犯行に走らせたのは由紀子と本郷だ。そのどちらかを捕まえても、すべてがわかると思えない。

確かな目的なんてあるのだろうか。貴和は、自分から逃げる知世を恨んだのかもしれないし、そうではないのかもしれない。

はっきりしていることは、兄の手引きで生贄《いけにえ》にされた知世が、慰みものにされ、踏み荒らされたということだけだ。その結果、どうなるのかさえ、いまはわからない。

「くだんねぇ」

吐き捨てるように言って、佐和紀は顔を歪める。これでは、知世だけが損をしてしまう。

「怒ってますか」

表情のない声で言った岡村の顔は、佐和紀のすぐそばだ。

「……おまえ、マメだな。車に髭剃《ひげそ》り乗せてんの？」

明け方を過ぎたのに、あご先はつるりとしている。佐和紀は体毛が薄く、ひげが生えたことはないが、普通は一晩でチクチクと生えてくる。指で肌をなぞると、岡村はいっそう無表情になった。

「殴られる覚悟をしたんだろうな、おまえ。俺を騙してたわけだから」

由紀子が北関東にいる噂は聞いていた。しかし、貴和と繋がっていると、佐和紀は知らなかった。周平と岡村は、知世と結託して佐和紀を騙したのだ。

「言い出したのは、知世だったんだよな？　あいつは本当に頭がよくて……嫌になるな」

知世の願いを周平が受け入れたことにも、佐和紀が知らなくていい理由があるはずだ。

それなら、誰を怒っても意味はなかった。

関わってくる人間の数だけ思惑がある。理解できるから、やりきれない気分だ。

なにもわからなかった頃に帰りたいと思い、時間は巻き戻せないと知る。

どの時刻からやり直しても自分は不幸だ。苦しくても、現状《いま》がいい。

「まだ連絡はないんだよな」

知世のことだ。

「危篤の知らせもありません」

「あいつが起きるときまでには、終わらせておきたい」

そうですねと岡村は同意したが、どうなることが『終わる』ことなのか。先は見えない。

「貴和については捜索が始まっています」

「由紀子とくっついてんのも、おまえらは知ってたんだよな」

仕方がないとわかっていても、落ち着くほどに腹が立つ。佐和紀は目を据わらせ、舌打ちした。そもそも、周平は知っていたのだ。あの家に貴和がいないことも。ヤク中の巣窟《そうくつ》であることも。男気を見せて送り出してくれたものとばかり思っていたのに、急に旦那の悪いところが見えてくる。

「気に食わないな」

　つぶやいて離れようとした佐和紀は、袖を摑まれて振り向く。左手を懐へ入れたままだから、着物が肩からわずかにずれる。

「おまえに言ったわけじゃねぇよ」

　口汚く答えて、短くなったタバコを取り戻して吸う。

「周平だよ」

　佐和紀が決めたことなら反対しないと言いながら、すべてに先回りして安全を確保している。よほどのヘマをしない限り、佐和紀がつまずくことはない。

　それは優しさだ。これまで、そうやって成功経験を積んできた。最後には周平に後始末を頼み、それさえ自分の手柄のような気分で自信をつけてきたのだ。

　なのに、胸の奥がざわめいた。手のひらが静かに痛み始め、佐和紀はうつむく。短くなりすぎたタバコを、岡村がくちびるから引き抜く。携帯灰皿で消して片づけた。

「不満があれば補佐自身にどうぞ」

　そろそろ迎えに来るのだろう。まだうつむいたままでいると、

「あなたが望むなら、厄落としを代わってても、かまいませんが」

　岡村が真剣に答えた。冗談はどこにもなく、本気で言っている。

　ひっそりと寄り添う男の中に、周平と代わりたいと願う気持ちが確かにある証拠だ。

いつ、どんなときも、岡村は佐和紀に惚れている。

「おまえじゃ、技量不足だ」

見つめていた手のひらの汚れに気づき、藤色のお召しでごしごしと拭いた。袖が切られているのに気づく。よく見ると、誰のモノとも知れない血しぶきが、小さな水玉になって広がっていた。

「その着物、好きでした」

岡村は残念そうに言った。雑木の向こうに見える駐車場へ歩き出した佐和紀のあとをついてくる。

「もっときれいな藤色の着物、買ってくれよ」

「……いいんですか。本気にします」

自分が好んだ色を、惚れ込んだ佐和紀が着る。そのことに昏《くら》い欲望を見出しているのだろう。佐和紀は眼鏡を押しあげ、肩越しに振り向く。

「着せても、脱がせない。それでいいなら、な」

脱がすのはいつだって周平だ。岡村が選んだ色も、周平が褒めれば、その瞬間からもう意味が違ってしまう。

「あの人が惚れ直す色を選びますよ」

ひっそりと静かな声は、悲しい恋に濡れて聞こえた。叶わないことのつらさを胸に秘め、佐和紀がつけていく傷さえ大事にしている。横恋慕をやめろと言ってもやめないだろう。無理に奪うことだって岡村はできない。したくないと思っているからだ。

それが人の心に約束された自由だった。傷つくことも癒やされることも、幸福も不幸も、すべては心の持ち主のものだ。望んだものは、望んだまま手に入る。不断の努力ができるならば、権利は誰にでもあった。

佐和紀は、岡村を連れて小道を行く。やがて、裏手の駐車場へ出た。見慣れた青いカブリオレは鮮やかだ。幌を閉じた車体のドアが動き、男がひとり、降りてきた。

少しは反省させたいと思う気持ちが、佐和紀の心の中で、泡のように消えていく。どうでもいいことだった。騙されていることなんて、ささいなことだ。悪い男だと知って恋に落ちた。非道なことも、理解しがたいことも、いまさら、障害にはならない。

岡村はそこで留まる。佐和紀だけが、足早に歩いた。肩で朝風を切り、秋のひんやりとした空気の中を進んでいく。

待ち構えていた周平の前に立ち、おまえの悪いところもぜんぶ知っているのだと睨みつける。前髪の上から額にキスされて、肩で大きく息をした。

気障《きざ》な仕草が似合いすぎて、嫌味な男だ。こんな日にも三つ揃えを着て、チーフを胸に飾り、ネクタイもきっちり締めている。いつも通り、なにひとつ変わらない。

佐和紀はあごをそらした。

「抱いてくれ。興奮して、胸が痛い」

はっきり言うと、助手席までエスコートされる。運転席に乗り込んでからシートベルトを手伝う周平は、そのついでのようにくちびるを重ねた。

離れるのを許さずに首筋へ指を添え、佐和紀は瞳を見つめながらくちびるを押し当てた。

車を走らせたのは三十分ほどだ。どちらも口を開かず、目についたラブホテルへ入った。なにも考えずに一番高い部屋を選び、ドアを閉じた瞬間から抱きあう。

くちびるを押しつけ、舌を絡め、眼鏡をカチャカチャとぶつけて、ネクタイをほどいた。帯も解かれる。

「んっ……ふっ……」

地下足袋のこはぜをはずす佐和紀は壁へと追い込まれる。周平が機械音に急かされて前金を払い、そのままジャケットを脱ぐ。佐和紀に両頬を掴まれてキスを続けた。

もつれ合い、着物が肩からずれ落ち、さらしがほどけて絡む。よろめいた身体を抱きあげられ、ベッドへ放り出された。佐和紀の身体に巻きついたままの白い布は、広いだけの簡素な部屋に這う。

枕《まくら》のある位置まで移動しようとうつ伏せになった背中に、ベストを脱いだ周平がのしかかってきた。互いの眼鏡はもうどこかへ行ってしまい、置いたのか、落としたのかもわからない。

「あっ」

背筋を下から上へと舐《な》めあげられ、佐和紀の身体がぶるぶるっと震える。シャツのボタンをはずしながら、周平はなおも背中を吸う。

「んっ、んっ……は、ぅ……っ」

なにも考えられなくなるほどの興奮が身の内に燃え、佐和紀は片手を枕元へ伸ばした。ヘッドボードの上から、小分けにパッケージされたローションを掴む。

「……っ」

ずるっと身体が引きずられる。周平の手が、佐和紀の両腰を掴んでいた。四つ這いになった腰から半股引が下ろされる。剝き出しになった臀部《でんぶ》を、周平の指は容赦なく割り開いた。

「あ、あっ……」

ぬめった舌がすぼまりを舐める。まるで別の生き物のように這い回り、濡らされていく。渡しそびれたローションを握りしめ、佐和紀は背中をそらした。

適度の立ち回りなら性的な欲求も発散できる。しかし度を超せば真逆だ。破壊衝動が吹き溜まって、興奮が収まらなくなる。

目の前が真っ赤に染まる気がして、佐和紀は枕の端を握りしめた。

「……ゆび、ゆび……っ」

脳が痺れて、肌が熱くなる。周平の前でなら、なにを要求しても許されることを知っていた。愛のあるセックスのための情緒あるやりとりも、いまは不要だ。

現実から遠くへ逃げ去るための手段にすがって、佐和紀は腰を突き出した。

唾液の音を響かせてしゃぶった指を、いままで舐めていた場所へあてがわれる。まだ閉じているつぼみを押され、挿入される期待感に喘いだ。

「あっ、あ……っ。あー……っ」

「まだ指も入れてない」

「……だっ、て……。う、ぅん……」

ぐるぐる撫でられるだけで息が詰まり、腰が動く。

もう火がついて収まらない。股間のモノがぶるんぶるんと震え、めきめきと音を立てるように勃起する。自分の手で先端を摑み、腰を前後に揺らした。

「はや、く……っ」

「あ、あっ……」

激しい刺激を求め、手筒でこする気持ちよさに恍惚とする。佐和紀は、はぁはぁと息を乱した。自慰に耽《ふけ》る声を聞く周平が、佐和紀のそばに落ちているローションを拾い、高く

あげた腰の上に絞り出す。

「俺が欲しいなら、手をどけてろ」

いつになく強い口調で言われ、胸の奥がぎゅっと締めつけられる。不遜さにイラつくどころか、強い雄の匂いに逆らえない。

名残惜しがる手を股間から引いて、自分の胸の下にしまう。

「ん、ん……」

ローションのぬめりを借りて、指がずずっと入ってくる。

内側の熱が弾け、一刺しごとに快楽が塗りこめられるみたいだ。発熱さえ感じて、喉がひくひくとひきつった。

「あっ……ぅ、あ、あっ……くっ、ぅ！」

ぐいっと内部を押され、前立腺《ぜんりつせん》が探られた。シコシコと内側からこすられ、頭がぐらんぐらん揺れる。

「ひ、はっ……はぅ、ひ、ん……っ」

硬く張りつめた昂《たか》ぶりは空気の中で揺れてさえ気持ちよく、射精したい欲求が急激に高まる。無意識に布団へこすりつけようとした腰は、また引きあげられた。

「そんな程度の快感でいいなら見ていてやろうか。ここに入れて遊ぶオモチャも買ってやる。自分でするか？」

「ん……や、……や、だ」

「じゃあ、わかってるだろ。耐えたら、すごく気持ちいい。いい子で、俺が入るのを待ってろ」

命じられ、背筋がぞくりと震えた。甘く低い声に、身体が支配される。息を乱しながら、佐和紀は促されるままに自分の膝下の外側に腕を添えた。触れた足首を摑んで額《ぬか》ずく。

その足のあいだに、指を抜いた周平が収まった。

カチャカチャとベルトをはずす音さえ卑猥《ひわい》に響き、スラックスを脱ぐ足元を盗み見た佐和紀は生唾を飲む。男と交わることを切望する自分を、ほんの瞬間だけ冷静に受け止め、それもまた興奮したいからだと悟る。

「気を張ってろよ。佐和紀。いいって言うまで勝手に射精するな」

「……あぅ」

ずぷっと指が刺さり、高くあげた腰が周平の前に晒《さら》される。

「もうこんなに開いて……。どれぐらい暴れてきた。殴りがいがあったか」

「いう、な……。ふっ……ぅ、ん、んっ……はぁっ」

周平の指は太い。肉を割り開いて押し込まれると、驚くほど奥まで届いた。それでも、このあとで受け入れるものよりはよっぽど細くて短い。

あの逞しさを挿入されると考えただけで、佐和紀の腰は期待に震え、ぎゅっと狭まった。

「あ、んっ」

指先がまた、イイトコロにこすれる。

「あ、あっ……あぁっ、あぁ」

さらしを半分巻きつけた下腹の筋肉が、収縮と弛緩《しかん》を繰り返す。そうすると動かしてもいない指に、内壁がおのずと絡みつく。

「はっ、ぁ……ん、っ」

「俺が動かすまでもないな。もっと力を抜かないと、入らない」

周平は指を二本に増やした。

またキツくなったが、今度は浅い場所を指の節で刺激される。すぼまりが目いっぱいに広げられ、指は右へ左と半回転を繰り返す。

「あ、あっ……はぅ……っ、う、んんっ……」

「くぱくぱ言ってるぞ。真っ赤に熟れた肉が丸見えだ。見せてやりたいぐらいにエロい」

二本の指で広げられた場所に、周平が唾液を垂らす。かき混ぜられると、ぐちゅぐちゅと水音が立ち、奥まで開いていくのがわかった。

「あ、あ……んっ……んぁ」

そもそも倒錯的な行為だ。下手に扱われたら大惨事にもなる。しかし、わかりあって寄り添えば、手荒であっても、痺れるほど気持ちがいいセックスだ。

「んー、んっ、ふ、……あ、あぁん、ん」

甘いよがり声が佐和紀のくちびるをつく。快感に後押しされ、出さずにいられない。

「ここか？」

嬉しそうに笑った周平が、指をぐぽぐぽと動かす。さらけ出した穴を何度も突かれ、枕に額をこすりつけた佐和紀はうつろな目になった。身体が熱く、汗が噴き出す。なのに、衝動は身体中をぐるぐる回り、快感を超えた絶頂を求めてのたうつ。

理性が溶けて、佐和紀はもうひっきりなしに嬌声《きょうせい》を繰り返した。

喉で息が詰まり、喘いだ声が裏返る。それを誘引する周平の指はいっそう淫らに佐和紀をかき回す。イキそうになると、指の動きがすっと鈍くなった。

「……あ、あっ……いき、た……っ。う、うぅん、んー。……いきたっ、いき、たい……っ。いか、せて……っ」

繰り返す息は乱れ、呼吸さえ怪しく震える。

「そんな状態じゃないだろう。こっちは半萎えだ」

意地悪く言われ、佐和紀はひくっと喉を鳴らす。

「うし、ろ……っ。も……いきた……ぃ」

射精する快感とは別の絶頂だ。もう何度も貪ったオーガズムの快感が、波のごとく押し寄せ、期待を募らせる佐和紀の足元をねっとりと撫でて遠ざかる。

このままでは与えられないかもしれないと焦る佐和紀は、普通の精神状態ではない。周平がこのまま終わらせるはずがないことも忘れ、涙声で快感を求めた。

「挿れて……っ。奥っ、奥でいき、たいっ……」

甘く周平の名前を呼ぶと、ようやく、待ち望んだ熱がすぼまりに押し当たる。

「あ、あぁ……」

腰はひくつき、息が苦しい。早鐘を打つ心臓に耐えかねた佐和紀は自分の素足に爪を立てた。

「あぁっ……！」

世界がひっくり返る気がした。呼吸が止まり、意識が遠のく。全身が、熱く燃える肉塊を待ち望み、遠くで火花が爆《は》ぜる。

「あーっ。あっ、あっ……ひ、ぁ……あっ！」

声をあげて息を吸い、はぁはぁと吐き出したところをまたぐっと押し込まれる。垂直に突き刺さり、周平の手が臀部へ食い込んだ。

指の届かない奥が無理やりに押し広げられる。太い亀頭が通るたびに、柔らかな襞《ひだ》は火照《ほて》ってうごめき、のたうつ快感が佐和紀を責める。

周平がようやくわずかに離れ、佐和紀は必死になって浅い呼吸を繰り返す。息が整い始めたと思った瞬間、今度はもっと強引に突き立てられた。

「はっ……ぁ！」

ふっと意識が飛ぶ。真っ白な世界が見え、火花を目で追うと現実に戻る。周平は何度も上下に動き、佐和紀はあげる声もなく快感を貪った。

止めて欲しくないほど気持ちがいい。周平がいつも以上に太く感じられ、ぱっくりと開いた中心の奥深くまで、杭《くい》を打ち込むように刺さってくる。

「は……ぁ……は……。ひ……はっ……」

されるがままに蹂躙《じゅうりん》されながら、佐和紀は波間を漂った。ひたひたと足元を濡らす快感は周平の匂いだ。甘く濃厚で、野性的で、繊細で、どうしようもなく淫らで、卑猥。

「ん……、んんっ」

目を閉じて、わずかにのけぞる。敏感に尖った乳首が布団にこすれ、パチパチと快楽が弾ける。自分の身体が汗で濡れていることに気づき、周平を想う。

身体を満たしていた凶暴な興奮が溶け出し、強烈な破壊願望がちりちりと焦げついて遠のく。人の悲しみも苦しみも、みんな溶けて淀み、身体の奥へぐっぽりと入り込む周平だけが、佐和紀の世界を支配した。

内臓の奥がかき回され、景色が涙で滲む。

「い、くっ……」

びくっと身体が震え、わななきが足先から頭のてっぺんへ駆けのぼっていく。

佐和紀は身を伏せ、腰を高く突き出した。投げ出した腕の先、掴んだ足首が曲がり、身体が硬直する。佐和紀の中で周平も大きく震え、感じ入った呻《うめ》きが肌へ落ちてくる。同時に熱が弾けた。勢いよく注がれる体液が、佐和紀の内壁を濡らして溜まる。それは長い射精だ。愛情の分だけ溢れ出てくるような、たっぷりとした吐精を受け、佐和紀の身体は二度三度と小さく跳ねた。

意識がかすれ、次に戻った時は正常位に絡み合い、突きあげられている。

刻まれた自分の声は甘く爛《ただ》れ、もっともっと、とせがんでしがみつく。

入れ墨の肌はしっとりと濡れ、肩の牡丹《ぼたん》がいつもより鮮やかに咲き乱れる。佐和紀がくちびるを押し当てて吸いつくと、身体の中の周平が脈を打った。

「しゅう、へ……っ。い、く……っ。いく、いく……っ」

のけぞって押し当てた下腹部は、いつの間にか絞られた精液で濡れている。互いの肌でもみくちゃにされるのも気持ちがよく、佐和紀はもう止まれずに腰をくいくいと動かした。

それを追う周平の動きはいっそう大きくなる。出し入れのいやらしい音が明るい部屋に響いた。互いの濡れそぼった息が重なり合い、激しく息を乱しながらくちびるを寄せる。

ねっとりと舌を絡め合う中で互いの唾液をすすり、佐和紀は目を細めた。

見つめれば、かならず気づいてくれる男の瞳が、佐和紀を熱っぽく受け止める。愛情と欲情を混ぜ合わせた激しさに胸を揺すられ、佐和紀はまた卑猥な興奮を感じた。

「満足か」

凜々しく問われ、恍惚が連続して弾ける。

なにも答えられず、静かに押し寄せる絶頂に呑まれた。

「うっ、く……っ」

シーツを蹴ってのけぞる背中を抱かれ、周平に開発された胸を吸われる。肌が打ち震え、結合がぐっと深くなる。

「あぁ……、いい……っ」

イキながら髪に指を潜らせ、佐和紀は艶《なま》めかしく快感を貪った。

4

二日が過ぎても、知世の意識は戻らなかった。一度は生死の境をさまよい、転院先の機転で安定した経緯もある。警察による警備が続き、佐和紀たちは近づけなかった。代わりに泊まり込んでいるのは、ユウキだ。

佐和紀と三井が様子を聞くために出向くと、近くのカフェを合流場所に指定された。

秋の陽だまりが足元に差し込むオープンテラスだ。大島紬のアンサンブルを着た佐和紀はタバコに火をつける。ユウキは物憂く微笑み、紅茶に角砂糖を溶かす。

「顔の傷はやっぱり残るみたい。あの子は自分の顔にこだわってなさそうだから、それだけが救いじゃない？」

笑顔をわずかに歪ませて三井を見る。

「だいじょうぶ？」

「おまえに心配されたくねぇんだよ」

「あっそ……」

威嚇《いかく》するように言われて、そっけなくそっぽを向いた。

「だいじょうぶじゃ、ないんだ」

佐和紀が答えると、隣から唸り声が聞こえる。ユウキに冷たく当たった三井だ。知世の意識が戻らないこともストレスだったが、さらにとどめを刺したことがあった。

知世の兄・貴和の『死』だ。貴和は、あっけなく死んだ。

連絡が入ったのは、昨日の昼過ぎ。オフィス街での飛び降り自殺だ。

現場は群馬県。どうしてそこを選んだかは不明だが、ビルの屋上にはドラッグを吸うための道具が散乱していた。落ちた場所が路地の奥だったこともあり、発見まで時間がかかったようだ。警察は事故死で処理するだろうと、佐和紀のもとへは親衛隊が報告に来た。

「死んで詫《わ》びるならまだしも……。なんだよ、転落死って。ふざけんな」

沈み込んでだらしなくイスに座った三井は、不満げに顔を歪める。

「佐和紀は、怒ってないの？」

ユウキから声をかけられ、佐和紀は優雅に紅茶を飲んだ。

「べつに……」

答えると、三井が眉をひそめる。

「こいつは暴れたいだけ暴れたからな」

「言うほどやってないだろ。薬でおかしくなったやつらを、おとなしくさせただけだ。ケンカにもならねぇ」

「これで終わりってことなんだよね？」

ユウキの声は不安そうだ。オフタートルのニットが華奢《きゃしゃ》な首筋によく似合う。

「そうだな。知世についてる警察も、そろそろ帰るだろ」

背筋を伸ばした佐和紀は、冷静に答える。

黒幕である由紀子と本郷はうまく逃げたらしい。見逃すしかないと言ったのは、佐和紀を呼び出した岡崎だ。ふたりは麻薬関係の別件で追われているらしい。警察との絡みもあり、手を出せないという話だ。このことを三井とユウキは知らない。

あの日のカチコミについては、佐和紀に見えないところで、かなりの人間が動き、政治利用を目論《もくろ》む反岡崎一派との交渉に当たったと聞いている。

「すっきりしないよな」

佐和紀のつぶやきに、ユウキが笑った。

「あんたたちが絡んですっきりする事件なんて見たことない。いつだって、胸が悪くなることばっかりなんだから。佐和紀も三井も、いい加減慣れたら？」

「俺は人間の心をなくしたくない」

三井がぶつくさと言う。あきれて肩をすくめたユウキは、佐和紀へ目を向けた。

「周平からは、知世を返さなくていいって言われてるけど、それでいいの？」

「……わからない」

佐和紀は本心を素直に答えた。

顔に大きな傷を残して、どうやって生きていくのかも心配だが、それよりも、本人が意識を取り戻すことだ。先のことはなにも決められない。

「心にだって、傷が残るだろ……」

三井とユウキの前で、佐和紀は本音を漏らした。時間が経ち、これからのことを考えるほどに心は塞《ふさ》ぐ。見透かしているユウキは、気疲れを隠しておどけるように微笑んだ。

「僕が面倒を見るから心配しないで。ひどいことには、ならないと思う……」

「なんでだよ」

三井に睨まれ、ユウキはめんどくさそうに流し目を向けた。ソリの合わないふたりだ。

「覚悟の上で行ったんだから、不意打ちの事故じゃない。あとは、意識が戻るかどうか。本当にもう、それだけだから」

「よくそんな簡単に言えるよな。好きでクズばっかり選んだおまえとは違うだろうが」

心ない言葉だ。くちびるを引き結んだユウキは青ざめた。

「ちょっと！　止めろよ！　殴るところだろうが」

三井が自分で言って小さく飛びあがる。殴ろうとしなかった佐和紀は、ぎりっと睨んでくる三井へ冷たい視線を向けた。

「なんで俺が、殴って欲しがってるやつを殴らなきゃいけないんだ」

「いつもなら殴るだろ」

そう言われて、佐和紀は目を見開く。

「おー、ほんとだ。俺も賢くなったんじゃない？」

ふざけながら、テーブルの下で右手を握りしめる。鈍い衝撃の感覚がよみがえりかけた瞬間、ユウキが三井に向かって言った。

「……助けてくれる人がいるかもしれないと思うことが、悪いことなの？　僕だって、抜け出したいって思ってた。最低な世界から抜け出すための出口だと思ったのが、同じ世界の、単なる隣の部屋への入り口だったからって、僕の責任なの？」

「何回も止めただろ。そのたびに、俺みたいなバカの意見は無視して痛い目見て。知世も同じだ。楽しくやれてたのに、なんで、わざわざ……」

「みんながみんなね、三井みたいに守ってもらえるわけじゃないの」

「俺が、誰に、守ってもらったって言うんだ！」

最後は感情を抑えきれずに立ちあがる。勢いで、近くのイスを蹴った。大きな音がテラスに響き、周りが一斉に振り向いた。

「周平だろ」

佐和紀はすっぱりと答えて腰を浮かせる。

「周平だ。おまえは、あいつの背広の中にいた」

席を立ち、三井の後頭部を望み通りにスパンと叩く。それから、周りに会釈して戻る。

イスに座らされた三井は、拗ねた目をしてぽそりと言う。

「俺だって、いろいろあった……」

「そりゃそうだろ。そこは否定してない。みんな、いろいろあるんだ。だいたいな……、突っ込まれたことのないおまえにはわからない苦労もあるんだ。……おまえ、ほんとにないの？」

「ない」

後頭部を押さえ、痛みをこらえた三井は涙目だ。

「乳首は開発されたのに……？」

佐和紀の言葉に、ユウキがのけぞった。

「え？　誰に？　周平に？　それで挿れてもらわなかったの？　信じられない」

「もらわなかったんじゃない！　もらえなかっ……あれ？　もらう？　もらえる？」

「うーん。バカすぎて萎えた感じぃ？」

ユウキがけらけら笑い、手を叩く。久々に見える屈託のなさだ。佐和紀も笑い出すと、三井は不機嫌に黙り込む。

「してもらっときゃよかったのに。ねぇ、佐和紀」

「嫌だろ。おまえみたいなかわいいのと竿兄弟になるならいいけど」

さらりと言った佐和紀を、三井が睨んだ。

「姐さん。その言い方、よそでしないでね……。あんたの発言に問題があるって、俺に苦情来るから」

「だって、教えてるのはおまえだろ」

「だとしてもー……ぉ」

ふざけた表情でぐったりしてみせる三井をよそに、ユウキがカップを持ちあげた。

「知世の今後は本人に決めさせたほうがいい。カタギに戻るなら、僕が面倒を見る。まぁ、半分だけカタギって感じだけど……。もし、そっちを望んだら、受け入れてあげて」

「わかってる」

うなずいて約束する。それがいつになるかはわからない。意識も戻らないのだ。

そしてなによりも周平の都合がある。

由紀子のことが片づくまで、知世は望んでも戻ってこられない。そんな気がする。あの女については、京子の意見が最優先されるからだ。周平も岡崎も、そこは譲らないだろう。

由紀子の存在の難しさは、周平と因縁があったことではない。それはもう過ぎたことだ。いまとなっては、京子の思惑が最優先だ。

北風が足元に吹き、枯れ葉がかさかさと音を立てる。

今年の秋はさびしい。そう言いかけてやめた。

三人それぞれに思っていることだ。それでも、こうして集まれば気が休まる。

「そろそろ戻ってあげなくちゃ」

ユウキが話を切りあげた。去り際に三井の髪をいたずらに引っ張って、嫌がるのをひとしきり遊んだ。そして、笑いながら病院へ戻っていく。

「あいつ、笑ってる顔だけはかわいいんだよな」

トーンの高い笑い声の余韻だけが秋風に残り、三井はぼそりと言った。

＊＊＊

知世の意識が戻らないままでも、日々は続く。

普段の生活へ戻っていくことに戸惑う佐和紀を気づかい、周平は重苦しい気分でいた。

貴和の死は予想外だ。しかし、歯止めが利かなくなるほど薬を与えた人間の姿は簡単に想像ができた。

由紀子と本郷だ。ふたりを思い浮かべたが、由紀子の顔は、不思議なほど思い出せない。

学生時代の思い出も、ヤクザになってからの関係も、まるで他人から聞いた話のように現実感がなく、心に引っかかっていた苦しみさえ消えている。半端に残された入れ墨も完成し、えぐり取られた心の空虚も佐和紀が埋めた。いつのまにか、すべては遠い過去になっている。女がそこにいた。ただ、それだけのことだ。

どうして、あんな女のことを引きずっていたのか。自分でも可笑《おか》しくなってくる。過去が薄れるときは、いつも日常が勝つ。そして、新しい暮らしが色を塗り替えてしまう。料亭の個室の前で、周平はグレーのスーツを軽く払った。緊張はない。ただ、できるものならこのまま背を向けたかった。臆するのではなく、気が乗らないだけだ。

「お連れさまのご到着です」

仲居が次の間から声をかけると、襖の向こうから低い男の声が答えた。仲居が襖を開く。促されて、周平は立ったまま中へ入った。

すでに食事を始めている男は、あぐらをかいていた。脇息《きょうそく》にもたれて猪口を持つ仕草がさまになる。隣で酌をしていた芸者が外へ出され、背中で襖が閉まるのを感じた。

「お相手をする必要が、ありますでしょうか」

立ったまま聞くと、ロマンスグレーが印象的な牧島《まきしま》は静かに息を吐き出した。

「俺の話を立って聞く『行儀の良さ』があるなら、そうしろ」

猪口の酒を飲み、居丈高に言われる。いきなりの先制攻撃だ。その程度の男なら用はないとあしらわれ、仕方なくジャケットのボタンをはずした。目の前の席に着く。

銀座にある老舗《しにせ》の料亭は、料理の値段も高いが、個室料がべらぼうだ。高い金を払ってでも利用したい人間だけが出入りするので、おのずと客筋が決まってくる。

こういう店があるから、牧島のような政治家は、人の目を気にせずに話ができるのだ。

周平の前に座った牧島は、織り地に細い縞《しま》の入った濃紺のスーツを着ている。ネクタイは締めていなかった。警察官僚出身の政治家で、肩幅は広く、胸板もある。

実践的な修羅場をくぐり抜けてきた男だが、顔だちはどこか甘く、女性人気が高い。現在は、官房副長官の役職にある。彼をフォローしてくれと、政経界のフィクサーである『大磯《おおいそ》の御前』から頼まれた件は、棚あげにしたままだ。書類にサインをする話ではなく、答えを出す必要もない。

もちろん、深々と頭を下げて『謹んで承ります』などと答える輩《やから》もいるだろうが、おべっか使いもいいところだ。えてして大きな役は回ってこない。御前にとっては話をしたときから決定事項だ。牧島のピンチに周平が動かなければ、裏切り者の烙印《らくいん》を押されて潰される。普段、野放しにされているだけに、かなり手ひどく追い込まれるだろう。

それは、周平も避けたい。だが、牧島相手は、やはり気乗りがしない。

有能かつ有望な政治家の手伝いを任されることは、見込まれている証拠だから悪くない話だが、牧島が佐和紀の友人であることを思い出すにつけ、やる気が削《そ》がれる。

ふたりは、かなり仲がいい。ヤクザみたいに、いかにも品の悪い男たちならまだしも、牧島は紳士だ。それが好ましく思えず、さっさと失脚しろと思うこともしばしばだった。

みっともないヤキモチだと言われても否定はしない。嫁はすこぶるかわいいし、牧島のように貫禄《かんろく》のある色男が好みなのも知っている。

しかも牧島は、真実、清廉潔白で爽《さわ》やかな男だ。もちろん黒い部分もあるだろうが、グレーなのが魅力的に思える程度だ。外も中も真っ黒な周平とはあまりに違う。

ヤクザの世界にはいない人種だ。いよいよ危ない。

新婚の頃の佐和紀なら、牧島みたいな人間と懇意になることもなかっただろうし、周平も浮気を心配したりはしなかった。いまの佐和紀には不安がある。なにをもって、浮気とするのか。自分の緩すぎる倫理観が、ここに来て過剰に厳しくなっている。

男と個室にいるだけでも浮気なら、三井に誘われてキャバクラへ行くことはどうなってしまうのか。そういうことを考えさせてくるから、牧島とは関わりたくないのだ。

「私の前で、嫁のことを考えるのはよさないか。少なくともニヤつくのは」

視線をはずした牧島が言う。ふたりに上下関係はない。あるのは利害関係だけだ。

「どんな顔をしようと勝手でしょう。元からこういうつくりなんですよ。話というのは、なんですか」

自分の前にあるとっくりをつまみ、手酌で猪口を満たす。

「『今度の件』の被害者は、佐和紀くんの世話係なのか」

「すでにうちとは無関係ですし、単なる兄弟ケンカがこじれただけです。関わり合いになられないのが御身のためですよ」

「弁明を聞かせてもらいたい」

まっすぐ見つめられる。佐和紀がカチコミに出たことを耳にしたのだろう。周平はわざとらしく顔を背け、鼻で笑いながら酒の匂いを嗅いだ。

「牧島さんは勘違いをされているようだ」

口には含まず、テーブルへ戻す。

「彼を『所有』しているのは私です。あなたは単なる知人に過ぎない」

「友人と言ってもらおう。事件は防げたはずだ」

「あなたらしくもないことをおっしゃるじゃないですか」

「わたしのことはどうでもいい。どうして、あんなことを許すのか、説明をしてくれ」

「説教するために呼び出したんですか。時間の無駄だ」

これは『仕事の話』ではない。牧島が探っているのは、周平のプライベートだ。さらし合う必要はないと周平は線を引いたが、牧島はひょいと飛び越えてくる。

「彼をどう扱うつもりだ」

機会があれば言ってやろうと思っていたのだろう。

「それなりに」

周平は、わざと投げやりに答えた。真正面から取り合う気はない。佐和紀を知ったような顔をされるだけでも気に食わないのに、偉そうな説教を拝聴する義理はない。

「彼をいまの世界に置いておく気か」

「なにをどこまでご存じかはわかりませんが、夫婦間の問題です。口を出さないでください。佐和紀の友人でいたいなら」

いざとなれば、付き合いをさせないことも簡単だと匂わせた周平に対し、牧島は感情をあらわにした。顔つきがぐっと厳しくなったが、周平には効き目がない。

「惚れてるんですか。俺の、嫁に」

「……ヤクザで終わらせるのは、もったいないと思わないか」

「質問に答えたらどうです、牧島先生」

話の筋が見えてきて、周平は心底からうんざりした。周平がヤクザ社会を抜けてからの、佐和紀についてだ。自分が預かりたいと言うつもりだろう。

「佐和紀は骨の髄まで極道です。ほかの水では死にますよ」

「君が決めることか」

「……俺でさえも、自分の道は自分で決めます。佐和紀も同じです」

じっと睨み合い、互いの頬骨が引きつり始める。限界の瀬戸際までこらえ、同時に猪口の酒を飲み干す。そして、また同時に、酒を注ぎ足した。

「君は、自分の実力を過信してるな」

牧島が苛立った声で言い、周平もトゲのある声で応じる。

「あなたも、自分の魅力を過信していますよ。いくら佐和紀が、年上好みだといっても」

一息つき、こらえきれなくなった。なりふりかまわず、周平ははっきりと言った。

「俺が抱いてる男だ。手を出すな」

「性的な関係は求めていない」

牧島が間髪入れずに答えた。周平は鼻で笑う。

「どうだか。触れなければセクシャルじゃないなんて、そんなことは信用できない。どんなものであれ、下心があるから、あいつを手元に置きたいんでしょう」

「……独り占めしてる男に言われると腹が立つものだな」

酒を飲むピッチをあげた牧島は、突然に深いため息をつく。

「佐和紀くんをカゴに入れておくなら、君もその程度の男ということだ。早く戸籍の問題も解消したらどうだ。彼らへの紹介も済んだのなら、根回しの必要もない」

「もう、この程度にしてください」

周平は静かに言った。

「私と結婚しているだけで気に食わないということは重々承知しました。あきらめてくれと言っても、無理でしょう。……牧島さん。どんな言い訳を並べても、あなたの中には下心がありますよ。見破れない佐和紀であるあいだは、どうぞ夢だけを見てください」

牧島の言わんとしていることはよくわかった。周平の仲間たちのことまで知っているなら、佐和紀の過去にも行きついているのだ。なにをどこまでと聞きたかったが飲み込む。牧島と情報を共有するわけにはいかない。共同戦線は不要だ。

「私から佐和紀の手を離すことはありません。でも、カゴの扉はいつだって開けてある。佐和紀が選ぶのなら、あっちでもこっちでもそっちでも、好きなところへ行かせますよ。ご心配なく」

「本当だろうな」

牧島の目が、周平を値踏みする。目鼻立ちのはっきりした顔に刻まれた皺は深いが、初老にしては疲れたところのない『現役』の男だ。

牧島みたいなタイプはむっつりスケベだから気をつけろと、佐和紀に言ったことがある。佐和紀は斜め上の宙を見上げ、少し想像してしまったと言いたげにはにかんだ。考えすぎだと周平をなじった声は甘く、嫉妬《しっと》されている事実を楽しんでいるようだった。

無邪気な時間が身の内によみがえり、牧島に強く当たりすぎるのも考えものだと思う。

牧島は、確かに佐和紀の『友人』だ。仲良くしてはいけない世界の人間だとわかっていながら、節度を持って付き合っている。

周平が入り込めない、佐和紀だけの人間関係だ。それはいつか、佐和紀の身を助けるかもしれない。まだまだ先の将来だ。

「佐和紀は、道を選べることにも気づいていない。だから、答えを急かさないでやってくれませんか」

周平は態度を変えて訴えた。

「そのときが来て、佐和紀が受け入れるなら、口出しすることはありません。どうぞこれからも、ご指導ご鞭撻《べんたつ》のほどを」

あぐらをかいた足に両手を添えて頭を下げる。

牧島はやはり不満げな顔でそっぽを向いた。周平が心の狭い男でいるほうが、彼にとっては都合がいいのだ。佐和紀には見せない顔だと思うと、笑いが込みあげてくる。ないと言っても、やはり下心はある。周平よりもいい男だと、そう思わせたい下心だ。

男に虚勢を張らせて気づかない。それが佐和紀だった。頑張りすぎた相手が自滅しても、それまでの男だったかと肩を落とすだけで、自分の魅力にも、残酷さにも、自覚はない。

「なるほど、君のそれも強がりだな」

ずばりと見抜いた牧島が笑う。嘲《あざけ》りの色はなく、ほんのわずかな同情が見えた。

今夜はそれで気が済んだのだろう。立ちあがると、部屋の隅にある電話をかけ、芸者たちを呼び込んだ。


気疲れしかない宴が終わり、深夜になって大滝組の離れに帰りつく。佐和紀はもう眠っていた。

しんと静かな廊下を踏みしめて自室で服を脱ぐ。それから、熱いシャワーを浴びた。濡れた髪を乾かし、パジャマ姿で湯あがりのビールを飲む。居間に置いた小さな冷蔵庫には、冷えた飲み物が入っている。腰の高さの棚にもたれかかり、生活感のある部屋を眺めた。

牧島との会話が思い起こされ、油断のならない包囲網に笑いが込みあげる。牧島や岡崎が気を回す程度のことは、すべて承知している。その上で、佐和紀を大切にしてきた。

愛することの喜びと、育てることの誇らしさ。自分だけが見つめられている確信と喜び。

周平の人生はすべて佐和紀に集約している。しかし、その圧倒的な恐怖については、誰も知らない。愛情を一身に受けるだけなら、ただひたすらに幸福だろう。

しかし、佐和紀を依存させることができないように、周平も依存はできない。互いの個性や人生を守れば守るほど、節度という言葉は息苦しくなる。

必要なのは、絶妙なバランス感覚だ。棒を高く積みあげていくゲームにも似ている。

飲み切ったビールの缶をゴミ箱へ捨てて、部屋の明かりを消す。薄暗い廊下を通って、寝室の襖を開けた。

布団がふたつ敷かれ、枕元に置かれた行灯《あんどん》型のライトがうすぼんやりと光っている。

佐和紀は縁側に近い布団に入り、こちら側を向いて眠っていた。静かに近づいた周平は、佐和紀の眼鏡の隣に、はずした自分の眼鏡を並べた。

佐和紀は、いつもたいてい部屋の方を向いて眠っている。『帰ってきたときに、背中を向けてたらさびしいと思って』と、酔っぱらったときに話していた。だから、起こさないでおとなしく寝てくれという意味だが、そこは忘れたふりで布団をそっとめくる。薄闇の中に乱れたパジャマ姿が見えた。

知世のことが心配で、寝酒をせずにはいられなかったことは想像に易い。酔って布団に入り、ついでになにをしようとしたのか。その名残は、そのままだ。謎解きの必要もない。下のほうしかボタンの留まっていないパジャマの上着。ズボンとパンツは膝あたりまでずりさがっている。触ったまま寝てしまったのが一目瞭然《いちもくりょうぜん》だ。

両手もそこに置いたまま、うずくまって身体を丸めている。

「困るよな……」

周平はひとりごとを言って、布団を元に戻した。そして、反対側から忍び込む。背中にぴったりと寄り添って、腰のあたりから前へ手を伸ばす。

薄い毛並みはふわふわと柔らかい。指先に触れたそこも小さくなって眠っていた。

佐和紀の性器を想像した瞬間、周平の股間のほうが目覚めてしまう。ごそごそと動き、佐和紀と同じく下着ごとずらす。

なめらかな臀部に腰をこすりつけ、手のひらで肌を撫であげた。自分でもいじっていたのだろう乳首は、刺激を忘れ、ふにゅっと柔らかい。

舐めたくなって、佐和紀を仰向けにする。布団の中に潜り、顔を伏せて、そっとくちびるを押し当てた。舌でつつくと、ほんの少し硬くなる。

「ん……」

異変に気づいた佐和紀が身をよじらせた。しかし、覚醒はしない。

「誘ったのは、おまえだからな」

乳首のそばをキュッと吸って痕を残しながら、もう片方も指でいじる。少しずつ芯が生まれ、両方の乳首をどちらも同じように舐めしゃぶった頃には、佐和紀が起きているのではないかと気づいた。

知世についての連絡を待っているからだ。酒を飲んでも眠りは浅い。そして、カチコミから一週間。セックスをしなかったのは今日が初めてだった。

ガス抜きはまだ必要だったと気づき、戸惑いを捨てて、佐和紀の下腹へ手を伸ばした。芽生えを握ってしごくと、むくむくと成長する。周平はまた布団へ潜っていき、根元にキスをした。すると、幹の下にあるふくらみの中身が、せりあがって、きゅっと動いた。

ひとりでは射精までいけなくなった佐和紀の気持ちを思うと、周平の胸の奥は、冷たいもので満ちる。今回のことでは、佐和紀にもたくさん嘘をついた。

少しでも埋め合わせをしたいと融通も利かせたが、補えない部分がほとんどだ。傷つけた自覚はあるが、本人からは文句を言われることも八つ当たりをされることもない。

代わりに被害を受けているのは、三井か岡村だが、周平の前では両足を踏ん張り、知世を取り巻くすべてのことを見定めようとしている。

それは驚くほどの成長だ。カチコミに行ったのも、衝動的な復讐のためではなく、佐和紀なりの周囲に対するケジメだ。いまの佐和紀は、守られるだけの下っ端ではない。

「んっ……」

周平のねっとりとした舌づかいに、佐和紀の腰が浮きあがる。

「起きてるんだろ？」

先端にキスして、やさしく舐め回す。

「……おこ、された……っ」

答える声に、不満の色はなかった。

「あっ、ん。じれったいのは……やだ」

上半身をわずかに起こした佐和紀の指が、周平の髪をくしゃりと掴んだ。押しつけられるままに受け入れ、わざと音を立てた。舌を動かしながら淫らに吸うと、佐和紀の腰がリズミカルに跳ねる。

「はっ……ぁ。あ、んっ」

指の輪で根元から中ほどまでをしごき、張り詰めた先端を口蓋《こうがい》の裏と舌とで押し潰す。

「あっ、く……っ」

身を屈めるようにひねった佐和紀の手が伸び、周平と指を絡めた瞬間、口の中で熱が弾けた。毎日、抜いているそれは薄く、量もそれほどない。身体を起こして、佐和紀の目の前でごくりと飲み込んだ。舌を見せると、怒った顔で腰を叩かれた。

後ろ手に身体を支え、佐和紀は物憂い仕草で起きる。最後にゆっくりと顔を持ちあげ、首を一振りして髪をよける。

「ん……、する？」

きれいな顔で艶然《えんぜん》と微笑んで、手のひらを上に向ける。くい、くいと指で呼ばれた。仕草が、言い知れずあだっぽい。

パジャマを脱いだ周平は、嫁の身体を膝立ちでまたいだ。隆起した性器越しの顔は、射精したばかりで、とろけている。卑猥さが際立ち、たまらなくなる。

「やらしい顔……」

そう言ったのは佐和紀だ。周平と同じように、勃然としたものと旦那の顔を、一緒くたに眺め、舌なめずりして首を伸ばす。

「誰と会ったの？　なんか、不機嫌……」

手を使わずに根元を探り、のけぞりながら裏側を舐めあげ、ふっと笑う。

「おまえも大変だね。あっちもこっちも、気を使って」

優しい言葉は張り詰めた薄皮の昂ぶりを刺激して動く。舌とキスに塗り込められ、周平は身を屈めた。佐和紀の後頭部を支え、先端でくちびるを突く。

「気を使わなくてもいいか……？」

まっすぐに見つめると、答えを放棄したくちびるが入り口を開いた。迎え出てくる舌に先端を乗せ、そのまま押し込んでいく。

「ん、ふ……」

甘い吐息を漏らし、伏せたまぶたを震わせた佐和紀が、肩で大きく息をする。

周平はゆっくりとわずかに腰を戻し、もう一度、進む。かなり奥まで受け入れさせ、喉の近くを先端でこする。じわじわと募る快感に焚きつけられて熱い息が漏れた。

もう少し、もう少しだけと、動きを強めていく。

開きっぱなしの佐和紀の口の端から唾液が溢れる。呼吸が苦しくなり始めて乱れる鼻息が周平の毛並みにかかった。乱暴にしないように、抑制をかけながら深部を犯す。

互いの弾む息だけが、和室の中に響き、周平は腰を震わせた。出したいのをこらえ、浅い場所に先端を移動させ、溜まった唾液の感触を味わう。

自由になった佐和紀の舌が、予想できない動きで絡みついた。

「……中で」

周平が言うと、佐和紀は身を引く。口腔《こうこう》内に誘い込まれていた性器がずるっと抜けて、周平は深く感じ入った。顔に射精する妄想をやり過ごしていると、深い息を繰り返す佐和紀は布団の上へ倒れ込む。

「前？　後ろ？」

「おまえが上は？」

ローションを引き寄せて言う。

「動けるかな。昨日のあれで、足が痛いんだけど」

昨晩はかなり長い時間、佐和紀が上位で主導権を持った。身体を鍛えているだけあって、普通なら続かない体位も佐和紀となら長く楽しめる。

「頑張りすぎるからだ。気持ちよかったよ。あんなに長い時間、器具もなしにスクワット体勢を取れるのは……、いっ、た」

周平のわき腹をバチンと叩いた佐和紀が、拗ねて背中を見せる。

「……一般論の話だろ、佐和紀。俺の経験じゃない」

「べつに、なにも、言ってません」

「じゃあ、こっちを向いてくれ」

ローションを手に取り、尾てい骨から丸いヒップのあいだへ這わせる。その一方で肩を引いた。くちびるの端にキスをする。

じっと見られて、もう一度くちびるを合わせた。心が残っていないと知っていても、周平の過去に嫉妬するのは、ふたりの関係がいつまで経っても新鮮な証拠だ。

変わらない純情ぶりが愛《いと》しい。

指をそっと差し入れると、そこはもう連日の行為でほどけていた。とはいえ弛緩しきっているわけではない。締まり具合もほどほどに、行為を期待しておのずと柔らかい。

「あ……っん」

キスで舌を絡めると、佐和紀はもうすっかりとろけていた。ゆっくりと開いた足のあいだに入り、佐和紀の手を引く。握らせて、そこへあてがう。

「ん……っ。入って、く、る……」

腰を使って押し込みながら、結合部を見ようと身体を起こしている佐和紀の肩を支える。いたずらに顔を近づけ、がぶっと歯を立ててみた。すると、周平のものを摑んでいた手がはずれ、首にしがみつかれる。

「痛いこと、だめ……」

「好きだろ？　俺に責められたら、なんでも、あんあん言うだろ」

「言う、けど……っ」

ぐっと押し入れたが、まだ根元まで入らない。

「……毎日やってんのに、いっつも……今日が一番デカいって思ってる」

ハスキーな声が、耳元の空気を気だるく揺らす。

「おまえは、いつだって、今日が一番、色っぽい」

肩の下から手を差し込んで、身体をすくいあげる。対面座位だ。佐和紀の腰を引き寄せると、ねっとりとぬめった内壁が絡みつきながら動く。

「……きもち、いいの?」

目元を覗き込んでくる佐和紀は薄く笑う。まつ毛の揺れにさえ欲情を滲ませ、吸う息で声もなく喘ぐ。

「気持ちいいよ。おまえを抱きしめていられたら、俺はなにもいらない」

「あっ……ぁ、んっ……」

ぐいぐいっと腰を動かし、甘い声を聞く。髪を揺らして身をよじらせた佐和紀はなにか言いたげにして、結局、なにも言わずに快感へと身を委《ゆだ》ねた。

周平のほうも、佐和紀を愛する欲に溺れる。滾《たぎ》るような熱が、次から次へと生まれて果てがない。いっそ、佐和紀のためだけに働く自分になりたいと思い、佐和紀に落ちていく男たちのことが脳裏をよぎる。そこに人生の岐路があるのだろう。

どんなに愛しても、目的が佐和紀になってはいけない。

佐和紀に愛されているからこそ、佐和紀の望まないものを見せる伴侶《はんりょ》でなければ、特別ではいられなくなる。

「あ、あっ……い、い……当たって、あ、あっ、んんっ、ん……」

互いの息が乱れて絡む。佐和紀の胸に指を這わせ、乳首を指に挟んだ。やわらかな肉づきを揉みしだく。

「……あ、あっ……しゅうへ……っ。あ、すご……ぃ。あん、あんっ」

「おまえも、すごい……。佐和紀、佐和紀……佐和紀」

名前を呼ぶだけで、抱いた身体は内側も外側も淫らによじれ、よがる声はいっそう甘くとろけた。

「あ、あっ……。なかっ……中、気持ちいい……っ」

出して出してとせがむ声がかすれ、佐和紀は卑猥な言葉を撒き散らす。周平が教えた淫語だ。それを惜しみなく、周平のためだけに口にする。

耳から脳へ忍び込む淫猥《いんわい》な響きが周平の理性を乱暴にしごき立て、愛欲の吐精を促した。佐和紀の背中を抱いて、布団の上に戻す。両膝を抱えさせ、じっと見つめながら腰を振り立てると、棒で沼地をかき回す音がして、佐和紀は喉に息を詰まらせた。

快感が弾けていくのを堪能する卑猥な表情を眺め、周平は頭の中を空っぽにする。ふたりの愛をいつも新鮮に保っているのは、佐和紀だ。

周平だけでなく、周りの多くを愛そうとする。その行為が、周平の守ってきた佐和紀を成長させる。そして、愛情は増幅して、周平を包んだ。

「俺のものだ」

思わず声に出た。愛されるほどに、独占欲は増していく。初めの頃の余裕は、もうないのかもしれない。他の誰にも任せたくないと、本心から願う。佐和紀の汗ばんだ首筋を撫で、恍惚とした瞳を覗く。絡み合う視線の中にはふたり以外に誰もいなかった。

互いだけの世界で、周平は大きく息を吸い込む。射精の瞬間を待つ佐和紀のくちびるがゆるくほどけて微笑んだ。

「……もっと……っ、して……っ」

しがみつかれて、抱き寄せる。そして快感が、互いを揺さぶった。

「だからさー。誰と張り合ってきたの」

引きずったタオルケットの上に全裸を伏せて、縁側へと顔を突き出した佐和紀はタバコを吸う。秋の夜風がひやりと冴《さ》え、爛れ淀んだ空気を入れ替えるには、ちょうどいい。

「張り合ったりしない」

答えた周平は立て膝の上に頬杖をついた。

くわえタバコで、佐和紀のふっくらと丸い尻を撫で回した。ついついスリットをなぞろうとして嫌がられる。左右に揺れて逃げる動きは、拒むどころか誘っているようで逆効果だ。それでも笑いながら謝った。手のひらを双丘の上に戻す。

「周平は、嘘ばっか……。んー。そうだな。たとえば、牧島とかぁ？　そういうタイプと

会ったときの……、そうなの？」

「おまえに言えない相手もいるんだ」

ふいっと顔を背けると、けらけら笑った嫁が上半身を膝に乗りあげてくる。

「今度会ったら、俺のかわいい旦那をからかわないように言っておいてあげるよ」

タバコを揉み消し、わざとらしい言い方で手を伸ばしてきた。下腹の毛をもてあそぶ。

「違うって、言ってるだろ」

「はーいはーい」

ふざける佐和紀の尻をパチンと叩き、周平もタバコの火を消した。明るく振る舞う仕草の裏には、意識の戻らない知世への物思いがある。

悲しみを分かち合うときはもうとっくに過ぎて、日々は漫然と流れていくばかりだ。

ふざけて明るく見せていても、佐和紀の感情は深く沈んでいた。以前に比べれば、起伏に乏しい。知世が拉致されたときも、見つかったときも、カチコミに行くときも、我を失うほどの怒りは見せなかった。成長したと言えば、聞こえはいい。しかし、と思う。

佐和紀のどんな変化も受け止めてきた周平は、自分だけが肌で感じる違和感をまっすぐに見つめる。西本直登という男が現れ、佐和紀は失っていた記憶を取り戻した。佐和紀を変えたのは、その『過去』だ。目の前の感情に振り回され、追い詰められると家出をしていたことが嘘のように、佐和紀は自分の足元を見ている。

自分の感情の始末をひとりでつけて、目先のことに惑わされず、行く道の、その先を見ることができていた。

だからこそ、知世の好きにさせたことが正しかったのか。周平はいまになって迷う。

佐和紀が西本兄弟を見捨て、過去に傷ついたことは知っている。しかし、いまはどう思っているのか。自分がものごとの核心を隠すように、佐和紀にも隠したいことがあるとしたら、いままでと同じにはいかないだろう。佐和紀はもう、単純じゃない。

牧島とのやりとりを思い出し、周平は縁側の向こうの小さな庭を睨んだ。膝にもたれる佐和紀の肩をそっと撫でる。

あの男は、周平の苦労を知らない。

佐和紀を手元に置き、磨きをかけて、そして伸びやかに開く羽を見るときの、心の惑いも想像できないだろう。誰にもわかって欲しくないと、周平は思う。

ひとつ成長するたびに、ひとつ傷が増え、ひとつ秘密が増える。それが愛だ。

どれほどさらけ出しても、ふたりはひとつにならない。すべてを知ることもない。

それでも愛情を信じ、無理を強いられ、応えていく。ものごとがどれほど形を変えても、信じ続け、愛し続けていくことだけが真実を形作る。

だから、ふたりがふたりでいることの幸福を、佐和紀とのあいだには守っていきたい。

「周平、好きだよ」

太もももに頬を押し当てた佐和紀が笑う。物思いに耽る周平が寂しげに見えたのだろう。明るさを装う笑顔に、心が温まる。その髪を指で梳《す》いて、周平も同じ言葉で返した。

愛していると言うよりも、少し、恥ずかしい。まるで十年は若返った気分だった。

＊＊＊

凍えそうな北風が三日続けて吹き、そのまま冬になるのではないかと思った翌日は穏やかな小春日和《こはるびより》となった。

大滝組はすっかり元の落ち着きを取り戻し、身を寄せていた青年がひとり、生死の境をさまよっていることなど話題にもあがらない。いよいよ望みがないのではないかという憶測は、裏でひっそり飛び交った。

一方で、佐和紀は落ち込んだ。周りの気遣いを感じるほど、作り笑いができなくなる。それでも、組事務所へ通ったのは人恋しかったからだ。日常を取り戻す構成員たちを眺め、冷静さを取り戻そうと努めたが、心はいっそうさびしくなる。繁華街で見かけた大学生の集団に、いるはずのない知世が混じっていないかと思うこともあった。

そういうときは決まって三井に腕を引かれ、現実へ戻される。事件のあと、三井は世話係の筆頭に戻り、毎日そばにいる。岡村も忙しい中、時間があれば顔を見せに来る。

詳細を聞いているはずの石垣からはメールも電話もなかったが、かえってよかった。

物憂い気分を、遠い異国にいる石垣にまで伝染させたくない。

目覚めない知世のことを考えるたび、佐和紀は大志を思い出した。そして、直登の面影に胸をえぐられる。いまも、物陰に潜み、傷つく自分を見張っているのではないかと思う。

この苦しみを、直登の感じた苦しみと重ねてはいけないと踏みとどまるたびに、心は大きく揺さぶられた。直登はひとりだったのだ。守ってくれる仲間もおらず、孤独の中で、佐和紀を待ち続けた。そのことを考えると、涙が込みあげてくる。周平に聞いてもらおうと何度も思ったが、言いかけるたび、それが言葉にならないと気づく。

心は、知世と直登のあいだを行ったり来たりして、打破できない現状に逃げ出したくなる。しかし、逃げたところでどこへ行くのか、あてもない。

離れの縁側に座り、大島紬のアンサンブルの上に羽織ったストールを引っ張った。昼日《ひるひ》中《なか》の風が寒く感じられ、襟足を覆い直す。

知世の望みがなんだったのか。それもまた、繰り返し考えたことだ。いつも結局は直登の望みと繋がっていき、どちらがどちらなのか、頭の中がごちゃごちゃになっていく。

深いため息が漏れ、佐和紀はタバコに手を伸ばした。遠くで叫ぶ男の声に気づき、庭先の柵に目を向ける。走り込んだ三井が足をもつれさせた。地面をゴロゴロと転がって、倒れ込む。その後ろから走ってきた岡村があやうく踏みそうになったが、間一髪でよける。

ふたりとも、肩で息をしていた。

佐和紀はとっさに縁側を駆け下りた。ストールが置き去りになる。

「い、ま……っ」

転がった三井が声を詰まらせ、あとを岡村が継いだ。

「意識が、戻ったと……」

ぜぃぜぃと繰り返すふたりの息を聞き、佐和紀はぼんやりと庭木の梢《こずえ》を見上げた。安堵が全身に広がり、そのまま空を仰ぐ。足袋で砂利を踏んで目を閉じる。涙にはまだ早い。

「会えるのか」

視線を戻して問いかけると、岡村が答える。

「準備はできています。すぐに出ますか」

答える必要もないだろう。佐和紀は庭用のサンダルをつっかけた。草履は母屋の玄関から取るのが一番早い。庭から出て小走りに小道をたどる。母屋の前の車寄せで、部屋住みが待っていた。手にした草履とサンダルを取り換えてくれる。

「よろしく伝えてください」

まっすぐな目で見上げてくる『いがぐり頭』をぐりぐりと撫でて、佐和紀は後部座席へ乗り込んだ。運転席に岡村が、助手席には三井が乗る。車はすぐに動き出した。

　ユウキが手配してくれた大病院は外観も立派だ。広々とした吹き抜けのロビーへ入ると、一目散に近づいてくる男がいた。よれたスーツと鋭い目つき。どこか不遜なのは、仕事中だからだろう。会釈された佐和紀は足を止める。県警の組織対策部の刑事・三宅大輔だ。

「彼は重要参考人になってる。面会謝絶だ」

「それで？」

　背後に三井と岡村を従え、佐和紀はエスカレーターを横目で見た。病院が豪華なせいか、行き交う医者にも患者にも、気品のようなものが漂ってみえる。

　挑む目の佐和紀に気圧され、三宅は顔を歪めた。

「話はつけておいた。あんただけ一緒に来てくれ。残りのふたりは夜に出直して欲しい」

「ユウキは……、付き添いは、つけられるんだろうな」

「彼は親族の扱いにしてある」

　詳細については上層部しか知らないということだ。末端への口裏合わせのため、面会謝絶にしてあるのだと説明される。岡村と三井は素直に従った。

　病室の階まではついてきたが、フロアロビーで離れる。佐和紀を先導する三宅が言った。

「意識を取り戻した彼の第一声は、どこの管轄で保護されたのかって質問だったらしい。神奈川県警である必要性があったんだろ？　……あんたら、あんな若いやつに、なにをさせてるんだ……」

　重い息を吐き出し、三宅は振り向いた。

「嫁に聞いても仕方ないのか。『組対《ソタイ》』と『麻取《マトリ》』の合同捜査になる可能性がある。そうなったら、俺は関われないから。恨みに思わないでくださいよ」

　最後のほうで視線をそらす。三宅が心配しているのは、やはり、恋人の田辺のことだ。知世が拉致されたことについては、ペナルティはなかったはずだが、どんなことで難癖をつけられるかわからないと警戒しているのだ。

　ほんのりと赤く染まった首筋に苛立ちを覚え、佐和紀はわざとらしく肩を叩いた。

「じゃあ、そっちの関係者の中に、田辺が『新しいカレシ』を作ればいいんだろ。あいつなら、簡単だ」

　何気なく言った嫌がらせだったが、

「へ？」

　三宅の足がピタッと止まる。予想外に泣き出しそうな顔が向けられ、佐和紀は驚いた。まばたきをしているあいだに、三宅の表情は元へ戻ったが、戸惑いは消しきれていない。

　佐和紀が思う以上に、三宅と田辺の関係は深いのだ。

　かける言葉を探そうとしたところで、病室のドアが開き、ユウキがひょっこりと顔を出した。軽く手をあげて返すと、羽織の袖を三宅に掴まれる。

「ちょっ、ちょっ……。い、いまの」

わざと聞こえないふりをすると、そのまま押し黙ってしまう。

「え？　なに？」

「嘘……だよ。あんた、あんな男、やめたほうがいいのに」

頬をそっと指先で撫でて離れる。ペテン師の田辺に惚れるなんて信じられない話だ。

病室の中へ入ってドアを閉じると、ユウキがぎゅっと抱きついてきた。仕草には溢れんばかりの喜びがある。

肩越しに見た病室は広々として、まるでホテルの一室だ。手前に応接セットがあり、ベッドのあいだについたてが置かれている。

腕の中にいるユウキを、佐和紀は強く抱き返した。見上げてくる大きな瞳は潤んでいる。

「会ってあげて。元気だよ」

そう言われて、ホッと息がつけた。意識が戻っただけでは安心できない。回復の見込みがあるのか、その確信がないまま目覚めた姿を見るのも恐ろしかったのだ。

背中を押され、ついたての脇から覗くと、知世はフラットなベッドの上で横たわっていた。顔はもう腫れておらず、頬に大きなガーゼが貼られているだけだ。枕元に置かれた仰々しい機械とも繋がっていない。近づくと、知世の視線がゆっくり動いた。

「聞こえるか」

静かに声をかける。眩しそうに細めた瞳は見ている間に潤んで、涙が両方のこめかみへと流れた。反対側に回ったユウキがそっと拭う。

「まだ声を出すのが難しいみたい。ずっと黙っていたからね……」

そう言って、知世の肩を優しくさする。

「詳しい検査は、明日、一通りすることになってるから。まぁ、転院のときにも脳への損傷がないことは確認してあるし、ゆっくり元気になればいいね」

ユウキの声が途切れると、知世が佐和紀を呼んだ。かすれた声は小さく、口元に耳を寄せてようやく聞こえる。

「……ら、ない」

「ん？」

「あや、ま……ない」

「あやまらない？」

うなずく代わりに、知世は涙を流す。佐和紀は眉をひそめた。

「俺は、殴ってやりたいぐらい、怒ってる」

「佐和紀」

割って入ろうとするユウキを止める。

「おまえのつらさも、乗り越えたいものも、俺にはわからない。それをすまないと思う。

おまえがユウキと分かち合えるものを俺は持っていないだろ。……おまえを、無意識に傷つけてきた」

「そんなこと……」

不安そうなユウキは、ふたりのあいだを取り持とうとする。

「わかってる」

ユウキへ答え、知世を見下ろして言った。

「俺への当てつけだなんて思ってない。こいつが、そんなひね方をしてないことは知ってる。でも、俺にまで嘘をつくことはなかった」

「……し、んだ……？」

知世がかすれた声で言う。

「き、た……。い、や、……て、いっ……ぇ、た……」

「貴和が、夢に立ったのか」

あの兄は死んでもなお、弟を道連れにしたかったのだ。寒気を感じた佐和紀は奥歯を噛む。しばらくじっとして、感情をやり過ごす。それから、ケガをしていないほうの頬を、手の甲でそっと撫でた。人肌の温かさがそこにある。

「……さ……わ、き……さ……」

知世の手がゆっくりと動き、佐和紀の袖を揺らす。じっと見つめてくる瞳の中に、意思がある。知世は、声を振り絞って言葉にした。

「じぶ、……み、ち、……で、き……る」

必死に絞り出す声は小さく、聞き取れない。くちびるが何度も空動きして、それ以上は、とユウキに止められる。

「すぐに良くなるから、また来てあげて」

「……わかった。……知世、また来るから……。ゆっくり眠れよ」

もう誰も、おまえを傷つけない。と、心の中でだけ言葉にして、ベッドを離れる。ユウキが追ってきた。ドアの前で袖を掴み、小声で言う。

「……なにがどうなってるのか、よくわからないけど。お兄さんのことは、佐和紀から話してもらおうと思ってたんだけど……、知ってたなんて」

「うん。死んだ兄貴が呼びに来たんだな。連れていかれなくてよかった」

「知世の兄は、麻薬関係でも目をつけられてたの？　さっきはあぁ言ったけど、落ち着くまでは来ないほうがいい。組に迷惑がかかる。……こらえてね」

「わかってる。知世を頼む。おまえは寝てるか？　能見に会う時間は作れよ」

「……会ってるよ。普段よりも」

はにかむ笑顔で言われて安心する。知世のことはユウキに任せていれば間違いない。佐和紀がそばにいるよりも、いっそ、いいだろう。それじゃあ、と切りあげて病室を出る。

佐和紀は数歩進んだ。前方で待っている三宅を、手のひらで制する。その場に留まらせ、口元に指を当てた。小さく息を吸う。知世が言おうとしたことがいまになって脳に届いた。

『自分の道を選ぶことができる』

そう言ったのだ。できた、ではなく、できる、だ。

めまいがした。佐和紀は忘れていたが、知世は覚えていた。

大志と直登を見捨てたときからずっと、佐和紀は選ばなかった道のことを悔やんできた。それゆえに、忘れようと努め、それに成功して、そしていまも、決着がつかないまま引きずっている。胃の奥がかっと熱くなり、よろめいて壁に手をつく。知世と会って安堵したふりで三宅を振り向いたが、表情は作れない。

知世が命を懸けて証明したことは、自分の自由じゃなかったのだ。

同時に直登を思い出し、佐和紀は真顔になる。三宅が気遣いの声をかけてきたが、佐和紀の頭には入ってこなかった。

知世は、周平のことも欺いたのだ。すべてが自分の中でだけ繋がり、意味がわかる。受け入れるわけにはいかなかった。あえて選ばない道だってある。そう繰り返して、想いを振り切った。佐和紀にはできない。見捨てた、あのときと同じだ。傷つけると知っていても、直登を選ぶことはできなかった。

5

ユウキに見守られた知世が回復していくにつれ、佐和紀のもとへも日常が戻ってくる。

カチコミの一件から距離を置いていた大滝組長に誘われたのは、秋が深まったある日のことだった。断る理由はない。むしろ、ワガママを突き通した埋め合わせのチャンスだ。

佐和紀はいつものスナックへ付き合うつもりでいたが、大滝と乗った組所有の高級車は中華街にある老舗《しにせ》の料理屋の前で停《と》まった。個室へ案内され、注文をせずとも料理が並ぶ。あっという間のことだ。

「落ち着きません」

グラスに口をつける前に、はっきり言う。正方形のテーブル角を挟んで座った大滝を振り向く。紺のブレザーをさらりと着こなした男は、重ねた年齢を貫禄《かんろく》に変えた実力者だ。硬い表情を向けられるだけで、かなりのプレッシャーを感じる。機嫌を損ねたままなのかと、佐和紀はいぶかしんだ。こちらから機嫌を取りにいくべきだったのかもしれない。説教が始まるならまだマシで、将棋仲間としての関係をなかったことにされる可能性も頭をよぎった。損得の問題ではなく、ただ素直にさびしい。

幹部の男嫁という立場でありながら、大組織のトップを舐《な》めていると、自分でも思った。自然と笑いが込みあげ、手にしたビールのグラスをテーブルへ戻す。

「話があるなら、先にしてもらえませんか。……この前の貸しをエロいことで返せっていうのは、ダメですよ」

いつもの調子で軽く睨《にら》む。どうせ、元はチンピラだ。いまさら臆《おく》しても意味がない。

すると、大滝の肩から力が抜け、ふっと笑い、グラスのビールをぐびぐび飲み干す。

佐和紀は瓶ビールを摑《つか》んだ。大滝のグラスを満たして先を促した。

「俺にもわかるぐらいだから、悪い話なんですよね。覚悟はできたので、どうぞ……」

頰《ほお》を緩めた大滝は、いつもの将棋仲間の顔つきになり、佐和紀にもビールを勧めてくる。従って飲み干すと、今度は大滝が瓶ビールを摑んだ。

注《つ》ぎながら、なにげなさを装って口を開く。年齢のわりに張りのある甘い声が言った。

「京都から、妙子《たえこ》を避難させたい」

佐和紀は驚かなかった。妙子は、大滝の元愛人だ。そして、周平の元愛人でもある複雑な立場の女だ。いまは父親不明の息子とともに京都で暮らしている。

「なにか問題があるんですか」

佐和紀のなにげなさに安心したのか、大滝は感情もあらわに眉《まゆ》をひそめた。

「由紀子だ」

端的に言われ、佐和紀は嫌な気分になった。心が陰る。

ついに、大滝の口からもあの女の名前が出るのかと、妙な感慨さえ覚えた。

「今度、京子の男が出所する。あの女が桜河会を出されたいま、なにが起こるかわからない。逃げるように、おまえから言ってくれないか」

「俺の独断で、彼女の居場所を移させろということですか。……どこに」

「それも任せる」

大滝は一切関《かか》わらないということだ。

「……それは、大変、めんどくさいんですが」

素直な感想が口をついたが、取り繕う気はない。着物の衿《えり》をしごいた佐和紀の指先を、大滝は子どもっぽく睨んできた。大所帯の親分だ。自分の頼みを『面倒だ』と切り捨てられたことがないのかもしれない。

「組の方針を蹴《け》っ飛ばしてカチコんだやつが言うか？　岡崎が謝りに来たんだぞ」

「あれ、ヤク中の巣だったんです。だから、相手はヤクザじゃないし」

「佐和紀」

たしなめられて、視線をそらす。結果がどうであれ、あれはカチコミだ。佐和紀にとってはケジメでも、ひとつ間違えば大滝組の規律が揺らぎかねない行為だった。

それを承知で、周りの男たちは、佐和紀の気持ちを汲《く》んでくれた。あとの雑務を、頼まれてもいないのに請け負ったのだ。

「岩下に相談してもかまわない」

「それなら、どうして……」

周平が根回しをするなら、佐和紀が噛《か》む必要はない。だが、大滝は難しい顔をしたまま、眉根に深い皺《しわ》を刻む。料理には手をつけず、手酌でビールを飲む。

「相談しても、動くのは、あくまで俺ってことですか」

「京子に、そう言ってくれ」

妙子を巡る問題も、由紀子の問題同様、やはり京子が鍵《かぎ》だった。

大滝組直系本家を固める三人は、いつもひとりの女を気にしている。大滝にとっては娘であり、岡崎にとっては妻であり、周平にとってはチャンスをくれた恩人。それぞれの想いが、京子というひとりの女に集約している。

「……妙子さんに、なんて言えばいいんです。俺には、男女の機微なんてわかりません」

佐和紀もまた、京子に肩入れするひとりだ。周平に嫁入りして肩身の狭い想いをするどころか、男でも女でもない振る舞いを許されたのは、京子の采配《さいはい》によるところが大きかった。周平に愛されているだけで偉そうな顔ができる世界ではない。

佐和紀の問いに、大滝は飲みかけたグラスを戻す。息を詰めて、苦み走った目元で宙を睨む。なにかを言いかけて言葉を飲み、それを何度か繰り返してから舌打ちをした。

ヤクザらしい悪態を見るのは珍しい。佐和紀は質問を取り消そうかと思った。

しかし、妙子は避難しなければならない理由を知りたがるだろう。周平との関係がどうであったにしろ、妙子はいまも大滝のことを忘れていない。

「京子さんのためを思って、周平に任せたんですか」

「あいつが寝取ったんだ」

いまいましげに言った大滝は、真実を知っている。

組長の女だと知っていて手を出した裏に誰《だれ》がいたのか、知っていて口に出さないのだ。自分の娘が味わった地獄の責を、この男は背負っている。

大滝がジャケットの内ポケットを探り、一枚の紙を取り出した。開いて見せられる。

「……妙子の子どものタネは、俺だ」

言われて初めて、周平からですか。ＤＮＡ鑑定の結果だと理解した。

「この書類、周平からですか。偽造なんじゃないですか」

「自分の旦那《だんな》だろう……」

あきれ顔を向けられて、佐和紀は肩をすくめた。

「これだけ一緒にいれば、どんな男かはわかりますよ。まぁ、組長の子どもだって言われれば、そう見えなくもない。俺は、周平に似てると思ったけど、どっちに似ても顔はいいはずだし……。周平が譲るというのなら、いいんじゃないですか」

「おまえは、自分の旦那の隠し子が嫌じゃないのか」

信じられないものを見る目が、佐和紀を責めている。常識はずれだと言いたいのだ。それに、

「こんなに愛されていて、いまさら、過去の失敗をどうこう言ったりしませんよ。それに、俺、男ですから」

まっすぐに見据えて、にやりと笑う。大滝はあきれた顔でため息をついた。

「おまえが変わってるんだ。……男をわかったような顔しやがって。なにもわかってないだろ。男の心なんてな、猫の額より狭いんだぞ」

「そうですか」

「当たり前だ。子どものタネの出所だけで大騒ぎだ。惚《ほ》れた女が孕《はら》めば、それだけでめでたいなんて、死んでも言えるか」

自分のタネである可能性が濃厚だと知っていて、手を引いたのだ。娘の気持ちを考えれば、そうせざるをえなかったのだろう。

しかし、妙子が産んだ少年は、誰のタネであっても妙子ひとりの子だ。彼女が生み、彼女が育てた。似ているところを探せば、大滝にも周平にも似ているだろう。きっと、子どもを認知した谷山《たにやま》にも似ているのだ。だから結局、あの子は妙子にしか似ていない。

「護さん。周平の隠し子、ほかに知りませんか？　いそうなもんだけど」

「弘一《こういち》がどんどん産ませるからな……。岩下はなぁ……」

大滝は苦々しく笑って首を傾《かし》げる。書類をポケットへ戻した。

「妙子とな、子どもの、今後の暮らしを守ってやりたい。あいつの田舎は熊本だ。だから、九州のどこかがいい」

「どこか……。土地勘がゼロなので、そこは、周平に相談してみます」

「やってくれるんだな」

「やります。知世の件に関して、迷惑をかけたので……」

それを聞いた大滝は、おもむろに、両手で顔を覆った。佐和紀が承諾したことを安堵《あんど》して、体裁も気にせず、テーブルに肘《ひじ》をつく。深く、長い息を吐き出した。

それほどに案じていたのだ。由紀子が京都から去り、妙子をそこへ置いておく必要がなくなる日を待ち望んでいたのかもしれない。

「出すぎたことを言うみたいでアレですけど、俺とあなたの仲なので聞かせてください」

そう前置きして、佐和紀は問いかける。

「いつか、一緒に暮らすんですか」

「は？」

うつむいたまま、大滝が低い声を漏らす。

「バカを言え」

「だって、いつかは引退するでしょう。たぶん、遠くないうちに」

「……おまえじゃなかったら、誰の差し金かと思うところだ」

引退を勧めているようにも聞こえると、言われて初めて気づく。

「俺はべつに、誰にも言われてないんですけど。……元気なうちに、会いに行ったほうがいいですよ」

「そんなことを言うな」

「あの人、まだきれいでしたよ。……すごい美人じゃないけど、それなりに。……あんまり待たされると、女の情はこじれますよ。情念になるんだって。……身体《からだ》が現役のうちに会いに行って……、もう一度、抱いたらどうですか」

「……おまえは」

大滝がぐっと息を詰まらせる。

「はい」

佐和紀はさらりと受け止めた。

「どうして、人の嫁になんか、なったんだ」

「あなたの大嫌いな松浦が、俺とたい焼きを売って暮らしたかったからですよね」

こおろぎ組をたたんで、細々としたカタギになろうとしていた。周平との結婚生活は、早々に破綻《はたん》するはずだったのだ。そもそも冗談のような縁談だった。

「岩下と別れて、組を継ぐのか」

「まだなにも考えてません。べつに結婚していても、いいんじゃないんですか？　籍を入れてなくたって、俺とあいつが『相舐め』の仲であることに違いない」

「やめろ、そういう言い方するのは。想像させるな」

「しないでくださいよ」

大滝をからかった佐和紀は、可笑《おか》しくなって肩をすくめる。

「……京子さんと岡崎を信頼して身を引くのも、護さんらしくて、カッコいいんじゃないかと思っただけです。うちの松浦は任せる相手もいないから、まだやってますけど」

「いい加減、悪魔のような人たらしだな。なにが、任せる相手がいないだ。期待の跡継ぎがふらふらしてるだけじゃないか。おまえ、関西のやつらに声をかけられてるだろ」

「……知りませんよ」

とぼけた脳裏に、道元と美園がよぎる。大滝組長が知っているということは、周平の耳にも入っているのだろう。美園あたりが、それとなく、話している可能性はある。

「行きたきゃ行かせてやるぞ」

「……俺には、夜泣きする大きな子どもがいるんです」

「あいつは泣きゃしないよ。……泣くのか？」

人の悪い笑みを向けられ、じっとりと睨み返す。

「泣くのはそいつの息子の部分ですよ。みなまで言わせます？」

「言わせたいぐらいの顔してるよ」

艶《つや》っぽく笑った大滝は、フカヒレのスープを引き寄せる。

「男が勝負に出られる期間は、そう長くないぞ」

優雅にスープを飲みながら、さらりと言われ、佐和紀はグラスのビールを飲み干す。

意味がわかっていないふりを続ける自分がいることに目を伏せる。以前と同じように振る舞おうとしていること自体が、もう引き戻せないほど成長した証拠だった。


「偽造したんだとばっかり……」

佐和紀の言葉に、一歩先を歩いていた周平が振り向く。

陽気に笑った眼鏡《めがね》のレンズに港の明かりが映る。ニットジャケットの袖に掴まると、ごく自然に歩調が合う。佐和紀の迎えに、周平を呼びつけたのは大滝だ。思惑はわかりやすい。さっさと妙子の件を進めて欲しいのだ。

明日には結果を聞かれそうな勢いに押され、腹ごなしに歩きたいと周平を誘った。山下《やました》公園へ向かい、相談を持ちかける。

「残念だったか。俺の子じゃなくて」

「まぁ、ねぇ……。ほかに心当たりがないか聞いたけど、岡崎の隠し子ばっかりだって。

その中にひとりぐらいまぎれてないの？」

「……ない」

片手に熱いカフェモカのカップを持った周平が足を止める。

海沿いの公園は、平日でも若いカップルがちらほらいる。氷川丸《ひかわまる》はきらびやかなライトで飾られていた。

「俺とふたりだと退屈になってきたんだろう」

思わぬセリフに、佐和紀は小首を傾げた。

「そんなことはない」

「おまえはときどき、普通になりたがるんだな」

「それは、あるかもしれない」

カフェモカを差し出され、受け取る。一口飲むと、チョコレートの甘さとコーヒーの香ばしさが鼻に抜けた。

「九州にやりたいなら、寺坂に相談しろ。ツテがあるはずだ。京子さんには俺から話をしておく。……いい頃合いだよ」

「……周平はいつも、苦労するほうを選ぶんだよな。嫌で損な役回りばっかり」

「そんなことを考えてたのか？」

「だってさ、妙子を寝取ったのも、由紀子とまた寝たのも、結局は京子さんのためなんだろ？　京子さんが悪いとは言わないけど……」

「今度は俺と京子さんの仲を疑ってるのか」

「そこだけは、絶対ないってわかってる。京子さん、周平のことは大嫌いだもん」

特に周平の男の部分を毛嫌いしていて、人間性もやや否定している。それでも、利用できるから、そばに置いてきたのだ。同じ女によって地獄を見たふたりだが、互いに対しての同情心は抱いていない。だから、いつでも淡々としているのだ。

岡崎は、ふたりを理解しようとするだけ無駄だと言った。

お互いの一番嫌いなところが、お互いにとっての利に変わる。そういうふたりだ。

「京子さんにとってみれば、俺なんて、ただのスケコマシだ。『こけし』かなんかだと思ってるんだろう。そういうゴミみたいな扱いが、あの頃はおもしろかった」

「ジキャクテキ……」

「自虐的、な？」

「うん、それ。周平は案外マゾなのかな。道元もそうだったし……」

言ったあとで、ないな、とつぶやく。人間性は、サドとマゾだけで割り切れない。

「それを言えば、佐和紀、おまえのSッ気はひどい」

「ひどくない」

カフェモカのカップを返して、ツンと拗《す》ねてみせる。肩を抱こうとする周平の手は、遠慮がちだ。ふわりと優しい気分に包まれ、周平を振り向く。

視線が合えばどちらからともなく微笑《ほほえ》む。心が温かく満たされて、幸せな気持ちになる。そして、幸せを知っているからこそ、幸せだと感じることができるのだと思った。これこそもっとも深い幸福の瞬間だ。

「京子さんを手伝ったのは、それが俺にとってのチャンスだったからだ」

周平の声が吹き抜ける秋風よりも近く、佐和紀の耳元をくすぐった。甘くていい声だ。

「女を抱いて、ダメにして、それで一生が終わるのは嫌だった。なにかもっとおもしろいことがあるだろうと思っていたときに声をかけられて」

「いつかはこの女もダメにしてやろうって、そう思ったんだろ」

佐和紀は笑いながら身を寄せた。周平も笑って答える。

「すぐに悠護《ゆうご》が現れて、そんな気持ちもなくなった」

京子の弟でもある悠護は、周平の悪友でもある。

「弘一さんの存在も大きいな。あの人の懐の広さにも、いろいろと助けられた」

昔語りをする周平の横顔は、うっとりするほど美しく見えた。

苦しみの中にはいつも乗り越えるべきなにかが存在していたのだろう。周平は逃げずにひとつずつ、きっちりと向き合ってきた。だから、色がついていて、味がある。

どんなにアウトローに見えても、自分の行動の責任をあいまいにしていない。人に流されているようでも、自分が選んだ道だと言える自負があるのだ。

そう思った佐和紀は、悲しい気持ちになる。『自分の道を選ぶ』という言葉を思い出して、ため息がこぼれた。

「妙子は板挟みだったんだ」

佐和紀の反応を、周平はまったく違う意味に取っていた。

訂正できず、佐和紀は直登のことを胸の奥深くに押し込んだ。あともう少し見ないふりがうまくなれば、以前のように忘れて生きられると思う。

「友人として京子さんの支えになる一方で、女としては大滝組長の支えになったからな」

「周平は、支えになってあげたわけだ」

片腕に摑まると、周平が表情を歪《ゆが》めた。

「それは言い方がきれいすぎるな。人間はときどき、心のバランスを取るために自分を貶《おとし》める。……不幸になって当然の人間だと思うことで、つらい現実とのバランスを取るんだ。京子さんは、望まない子どもを得たことと、男を奪われた現実に喘《あえ》いで、父親と妙子の仲を許さなかった。ふたりを引き裂く悪役になることで、バランスを取ろうとしたんだ。父親を取られたくない気持ちと、父親の幸せを憎む気持ちがいつもせめぎ合ってた」

そうやってバランスを取ったことで、京子は自分の子供を愛せるようになったのだろう。

佐和紀は想像を巡らせながら目を伏せる。

周平はゆっくりと歩いた。海風から佐和紀をかばい、手を摑んで、ニットジャケットの内側に誘う。周平の腰に手を回すと、身体が寄り添った。温かい。人目もはばからずにひっついて、支倉が見たら、目くじらを立てて怒るだろうと笑い合う。

周平は少し時間を置いてから、佐和紀にカップを渡して話を戻した。

「大滝組長は自分の娘の不憫《ふびん》さに負けて、妙子は大滝の苦しむ姿に負けたんだ」

「で、おまえが憎まれ役」

「適役だったんだ。これ以上ないほどに。悪役が向いてるだろ」

ふざけて、顔を覗かれる。わざと難しい顔をして見つめ返した。

「周平は、俺の王子様だ」

「王子様……」

軽く吹き出した周平は、思わずキスをしたくなる凜々《りり》しい顔で笑う。

「十二時の鐘がなる前に、おまえの着物を脱がしてしまわないといけないないな」

「シンデレラとは言ってない。ほんと、エロ王子」

「おとぎ話の王子なんて、エロいヤツばっかりだろ」

「知らねぇよ」

笑って身体を離したが、薄暗い小道で抱き寄せられた。勢い余ってカフェモカが飲み口から溢《あふ》れそうになる。佐和紀は体勢を整え直し、笑いながら見つめ合う。

着物の袖口をつまんで引き上げ、周平の凛々しい頬をそっと撫《な》でる。それが幸せの輪郭だ。奇跡みたいに美しいと思う。そっとくちびるを寄せ、肌に押し当てた。

周平がするりと動いて、くちびるが重なる。

「周平。俺の王子様は、真っ黒なんだよな……。えらいね」

みんなの苦しさを、平気な顔で吸い込むのは、自暴自棄なのではない。自分が倒れたら、苦しみのすべてが撒《ま》き散らされ、元へ戻ってしまうと知っていて踏ん張れる自信があるからだ。人には見せない努力が積み重なっている。

「おまえは真っ白だな」

互いの眼鏡が当たらない角度で額を合わせた周平が楽しげに笑う。

「混じったら、黒になる」

佐和紀が薄笑みで答えると、周平の身体がゆっくり離れた。

「光は影に勝つ。お前が強いよ、いつだって俺はおまえに従ってる」

「嘘《うそ》つけ。そういうヤツが、俺に、あぁいうこと……」

「俺はもう奉仕する一方だ」

「……気持ちよくないんだ？」

ムッとして睨みつける。佐和紀ばかりが気持ちよくなっているみたいな言い方だ。不満をあらわにすると、周平は静かに笑った。

「おまえにしか勃起《ぼっき》しないようにしておいて、聞くなよ」

「知らねぇよ。俺は、おまえしか知らないし」

いつもと同じにふざけあう佐和紀の胸がふいにざわめく。こんなやりとりも、直登はどこかで見ている。そんな気がしてしまう。報われることもないのに、あきらめられずに佐和紀の周りをうろつく。そのやるせなさに、胸が締めつけられる。

「……俺だけが、どこにも行けないんだと思ってた」

佐和紀はそう口にした。振り向いた先に、電飾のきらきらと輝く氷川丸が見える。それはどこにも行けず閉塞《へいそく》した自分の人生の象徴みたいだ。ずっとそう思っていた。

これまでの佐和紀は言葉も表現も知らなかったから形にできなかったのだ。周平と出会って、いろんなことを吸収して、ようやく自分の心を言葉で表現できるまでになった。

誰もが傷を抱え、できる限り、いまの場所に居続けようとしている。新天地は絵空事だ。夢に見ても、現実ではない。大きな波に乗って漕ぎ出す海はあまりに広い。嵐《あらし》の激しさを思えば、夢も萎《な》える。

「まだ散歩するか？　それとも」

周平に腰を抱かれる。

「もう少し」

このままでいたい。そう言えないまま、佐和紀はいつもよりゆっくりと歩いた。

波止場の波打ち際には、クラシックな街灯が等間隔で並び、街の灯は遠く輝く。ランドマークタワーのきらびやかさと静かな波音。

海の匂《にお》いと、歩調を合わせてくれる周平の温かさ。

「知世はいつ、俺のところへ戻れる……」

ぼそっと問いかけた。

「しばらくかかるな。由紀子には法的な責任を取らせる。今回のことで」

「……殺すんだとばっかり思ってた」

「物騒だな」

周平はわざと眉をひそめる。それから、精悍《せいかん》な眉根をほどいた。真顔になる。

「……こっちが罪を犯してまで、楽にさせてやることはない」

ひやっとする声だ。どこまでも深く冷たい。佐和紀は目を細めた。やはり悪い男だ。それが痺《しび》れるほどに愛《いと》しいと思う自分も相当にねじ曲がっている。

「しばらく、か」

繰り返した言葉をカフェモカで流し込む。

かすれた声の訴えを思い出し、心が震える。不安に襲われ、佐和紀は海を見た。

自分の人生のケジメは、ほかの誰にも任せられない。

傷つくとしても、無謀だとしても、自分自身にとって意味があるなら、それがすべてだ。

信じて貫くことだけが真実になる。自分の人生を選ぶとは、そういうことだ。

知世は、自分を失った兄が壊れ、自死することを知っていたかもしれない。少なくとも、そうであってくれと願ったから、暴力の渦の中へ身を投じた。

バカげている。もっと違う方法はあったはずだ。

佐和紀でさえ、そう思う。自分で選んだことだからって、あんなふうに痛めつけられるなんて。一歩間違えていたら死んでいたと思うたび、佐和紀は憤りで息が詰まりそうになる。ユウキが『許せ、見逃せ』と言うから黙っているが、知世が全快したら改めて半殺しにしてしまいそうだ。生き延びたからよかったなんて言いたくない。

「不穏だな」

心を見透かしている周平が、ひそやかに笑う。

知世への憤りは、暴力に逃がせない。歯止めが利かなくなるからだ。いまは、街のチンピラとのケンカはおろか、能見の道場での手合わせも避けていた。身体の中に吹き溜《だ》まる、どろどろとした感情を発散させるには、周平に抱かれるよりほかない。

すべてを承知している周平は、夜毎《よごと》の濃厚さで手を尽くし、すべて吸いあげていく。佐和紀の体力の限界まで付き合ってくれた。

「おまえにしては、我慢してるよ」

「我慢なんかしてない」

答えた端から、佐和紀は欲情した。疼《うず》く身体は、下腹だけでなく後ろまでじんわりと熱い。滾《たぎ》る衝動が胸に募り、たまらないと思う。

知世を殴ったからといって、現実は変わらない。わかっていても、誰かを殴ることでしか発散できない鬱屈《うっくつ》がある。

「おまえがいなかったら、知世は自分で死んでいただろう」

周平の言葉に足を止め、佐和紀はじっとうつむいた。

「そんなこと言うな。俺の責任じゃない」

「……おまえにそのつもりがなくても、人は、おまえに救いを求める。仁義を貫いて欲しいと期待するんだ」

「だから、俺は、そんな器じゃない」

チンピラなんだよ、と言いかけて、言えないことに気づいた。

「佐和紀。面倒ならぜんぶ切ってしまえ。入りきらないものまで面倒見ることはない」

ハッとして顔をあげた。それでも周平は背負ってきたんだろうと言いかけて、口ごもる。

周平だって、初めから、なにもかもを飲み込めたわけではないはずだ。生きる目的を失い、最下層から這《は》いあがり、期待を背負いながら舎弟たちの苦しみにも向き合ってきた。

「面倒じゃ、なかったら？」

「自分自身の器を広げる以外に方法があるか」

「……その方法がわからない」

「探すんだよ」

佐和紀の手からカフェモカを取り、残りを最後まで飲み切る。

「人真似《ひとまね》から始めても、いつかは行き詰まる。最後は、自分自身で道を切り開くしかない。……そろそろ帰るか」

まるでたわいもない世間話をしたように話を終えた周平に肩を抱かれる。

優しく促され、目を伏せた。震えそうな身体を、寒さのせいだと勘違いする男ではない。佐和紀を愛し、見守り、どんなことも許してくれた。

その末にどうなるか、周平が知らないはずはない。

もう一度、氷川丸を振り向きたいと佐和紀は思った。そこに、あの頃の自分がいるはずだ。なにも知らず、記憶を閉ざし、人のために犠牲になれば終われると信じた季節だ。自分なんて必要なかった。道を選ぶことも、切り開くことも、望まなかった。

しかし、すべては変わった。

周平に出会って、キスをした、そのときから、佐和紀は目を覚ました。

人肌の恋しさを思い出して、死ぬことよりも生きることを望んで、いつしか、周平と同じことが自分にもできると信じた。期待から逃げずに向き合い、身内と決めた人間を守っていくこと。それができると、ほかの誰でもない、佐和紀自身が信じている。

後ろ髪を引かれながらも、氷川丸を振り返ることはしなかった。

もう、その必要はない。旅することのない船は、佐和紀自身ではないからだ。

海の匂いが静かに遠ざかっていくのを感じ、佐和紀は、周平の服の裾《すそ》を握りしめる。信号待ちで立ち止まると、人目もはばからず、髪にキスされる。

胸の奥がチリチリと痛み、心の羅針盤が動いた。

＊＊＊

十一月に入り、三井を連れた佐和紀は京都へ向かった。

妙子の説得はふたりの面倒を見ている谷山に頼んだ。書類上は彼が子どもを認知している父親だ。預かり先は周平の助言に従い、親衛隊の寺坂に探してもらった。どちらにも、大滝の名前は出していない。ヤクザ社会に慣れた男たちは、佐和紀からの頼みとして聞き入れ、深入りはしてこなかった。

十日ほどですべての準備が整い、引っ越しを終えた親子は、京都最後の夜をホテルで過ごし、今日の午後、飛行機で移動することになっている。行き先は鹿児島だ。

寺坂の舎弟にツテがあるということだった。その舎弟が現地へついていき、落ち着くまで見守ってくれることになっている。

「至れり尽くせりだな」

市内のホテルラウンジで、ソファに埋もれた三井が床へとだらしなく足を投げ出す。

ここに来るまでに、誰の愛人なのかと三回聞かれた。佐和紀は三回とも『谷山』と答えたが、納得しない三井は四回目を繰り返し、佐和紀は問答無用で頭を張りつけた。

それからはもう聞いてこない。

「寺坂の舎弟って、あいつだよ」

長い髪をかきあげた三井が言う。

「カチコミのときのリーダー。永田ってやつ。覚えてる？」

「あぁ、あいつは使えたな」

場慣れてしていたし、周りがよく見えていた。

「組ではオミって呼ばれてんだって。まー、いいヤクザだね。よく働くってウワサ」

「いいヤクザ……」

なんだそれ、と続けたいのをこらえる。

「そうそう。寺坂さんも目をかけてるんだろ。あ、来た」

三井に言われて振り向くと、若い男に付き添われた妙子が見えた。手を繋《つな》いだ子どもは小学校低学年だ。なにも知らず無邪気に笑っている。

「おー、かわいいじゃん。谷山さんに似てる。悪ガキそうだなぁ」

遊んできていいかと言われてうなずくと、三井はささっと三人に近づいた。すぐに子どもを手懐《てなず》けて、外へ連れ出していく。

　臙脂色《えんじいろ》の江戸小紋の裾をさばいて立ちあがった佐和紀に対し、カジュアルジャケットを着た永田が折り目正しく一礼する。

「お久しぶりです。永田です」

　カチコミのときは緊張していたのだろう。今日は険もなく、人当たりのいい自由業の若者に見えた。後ろに控えたツーピース姿の妙子も頭を下げてくる。会釈を返し、佐和紀は永田に向き直った。

「また世話になるな。大事な人だから、万が一のこともないようにしてくれ」

「寺坂からも言われています。生活が安定するまで、責任持って面倒を見ますので」

「……間違っても手を出すなよ」

「かわいそうなことを言わないでください」

　話に入ってきた妙子が、ぴしゃりと言う。

「こんなおばちゃんを相手にしませんよ。この人の恋人が、かわいそうじゃないですか」

「いるの？」

　佐和紀が視線を向けると、永田は視線を泳がせた。

「まぁ、一応……。すごい嫉妬《しっと》深いやつが」

「じゃあ、安心か。ちょっと話をしたいから、子どもを見てきてくれるか。うちの大きいのもな」

「わかりました」

笑った永田が席を離れ、佐和紀は近くのイスを妙子に勧める。ホットコーヒーをウェイトレスに頼んだ妙子は、改めて深く頭を下げた。

「このたびは大変お世話になりまして、ありがとうございます」

「あんたの母親、呼び寄せることにしたんだって？」

「それも許していただいて、感謝してます。数年前に骨折をしてから、身体が思うように動かせないみたいで。それなのに九州を出たら息ができないとか言うものですから。……帰れるものなら、と思っていました」

でも、囲われ者の身だ。言い出せなかったのだろう。

「金は送らせるけど働きに出ることも考えたほうがいい。これまでのことは忘れて……」

「そんなことを言うのは、周平さんでしょう」

妙子は悲しそうに眉をひそめた。以前なら、周平への愛情が残っているのだと思えたそれも、いまの佐和紀には単なる同情に見える。

「あいつに悪かったと思ってるんですか」

佐和紀の問いかけに、妙子は一瞬だけ呆《ほう》けた。それから、目を閉じる。

「それしかなかったのよ。京子さんは荒れていたし、大滝は自分のせいで起こった悲劇だと信じてた。京子さんから、あの男を引き離したりしなければ……。そんなことも、ないかな……」

小さく言って、妙子は肩を震わせる。

「周平を利用して、ふたりから逃げたんですよね？」

わざと妙子を悪者にしたが、否定はされなかった。注文したコーヒーが届いて、テーブルの周りに香ばしさが広がる。

「いまも利用してるのよ、私は。だから、岩下や谷山との縁を切れなくて」

「これを、預かってきたんです」

話を遮り、帯に押し込んでいた紙を取り出す。大滝が佐和紀に見せた書類だ。コピーをもらってきた。開いて、妙子に渡す。

「子どものＤＮＡ鑑定の結果だって。あんたにも、どっちの子か、わからないんだろ？　生まれてすぐに、周平が調べてたみたいだな。回り回って、俺の飲み友達から渡された」

妙子の手が震え出し、佐和紀は代わりに書類をたたんでやる。カバンを勝手に引き寄せて、中へ突っ込んだ。

「あんたもいろいろ不幸なことがあっただろ。もう、ぜんぶ忘れて、新しく生き直したらいい。あんたの子どもはさ、あんたのものだ。誰の血が混じっていても、あいつらのものじゃない」

「あの人……なんて……」

妙子が聞きたいのは大滝のことだ。周平を利用して距離を置き、それでもいつかは、と夢を繋いできた。どこへも逃げずに京都に留《とど》まったのも、自由を犠牲にしてでも、もう一度、大滝に会いたかったからだろう。

「なにも言えないだろ。いまさら、なにを言われたいんだ。男の言葉なんかにすがるな」

「生きていくって、そんなに簡単なことじゃないわ」

「あんたには、俺が、もっといい男をあてがってやる」

佐和紀の言葉に、妙子の眉が吊《つ》りあがる。本気で憤っていた。いまにも摑みかかりそうな勢いで睨まれて、視線をそらす。

「ちょっと年を取ってるけど。あと何年もしないうちに定年を迎える。前妻とは死別してるんだけど、ひとり息子には金があるし、ひとり娘は旦那と家業を継ぐ。性格は陽気だよ。顔も、まぁ、年は取ってるけど雰囲気がある」

「……佐和紀さん」

それが誰のことか、妙子にはわかるはずだ。

「俺も、桜島《さくらじま》を見てみたい。だから、なにもかも忘れて、朗らかに生きてろ。相手が定年を迎えたら、連れていく」

「あなたって変だわ」

泣き笑いになった妙子は、ハンカチで目元を押さえた。

「夢みたいな話ね。あなたが言うと叶《かな》いそうで笑える……。信じてみるわ。その夢物語」

コーヒーをブラックのまま飲んだ妙子は、ふっと息をつく。肩から力が抜けた。その拍子に、背負っていたものが転がり落ちていく。

憑《つ》き物が落ちた顔はまるで少女のように無垢《むく》に見え、

「周平さんの子どもじゃなくて、ホッとした？」

尋ねてくる言葉にも嫌味がない。

「がっかりしてるんだよ。でも、これでいい。周平に、俺以外を背負わせるのは酷だ」

「あなたがいれば怖いものなんてないでしょうね」

「俺が一番こわいっていうけどねぇ……」

笑いながら、タバコに火をつけた。

「これを吸い終わったら、車を見送るよ」

「横浜からわざわざありがとう。……向こうへ遊びに来てくれる日を待ってるわ。その、お相手にもよろしくね。本当に、待っているから」

妙子はほんのわずかにはにかんで、色の薄いくちびるをそっと噛んだ。

「おまえ、また人をたらしこんだだろ」

隣を歩く三井が言う。新幹線の駅に併設されているデパートで、せっかくだからと、あれこれ土産物《みやげ》を買い込んでいる最中だ。

「人聞きが悪いな。コマしたわけじゃねぇんだから、いいだろ。ほんと、うっせぇ」

金平糖を買い、生八つ橋と焼いた八つ橋の支払いも三井に任せる。

歩く財布は佐和紀の言うままに、へいへいと金を払い、紙袋を両手にさげた。

「おまえ、一泊してきてもいいんだけど？　本当は、典子《のりこ》ちゃんといたいんだろ」

「はー？　なにそれ！　マジ笑う！」

三井はわざと大声で笑う。妙子たちを見送ったところへ、すみれと典子が駆けつけたのだ。あとの予定があるので立ち話になったが、すみれの腹はふっくらと膨らみ、薄化粧の頬は幸せそうに赤らんでいた。

「典子ちゃんを、横浜に呼び寄せたいんじゃないの？」

なおも問い詰めると、三井はじっとりと目を据わらせた。

「付き合ってもねぇ女の面倒は見ない。だいたい、すみれの子どもの世話があるだろ。……そういう目で見るな。典子だってな、横浜にはいい思い出がないんだよ。自分の人生に、俺はいらないって言って、京都へ帰ったんだ。それでいいじゃねぇか」

要するに、三井を振って彼女自身の人生を選んだのだが、ふたりは細く続いている。

「周平の真似なんかして強がっても、おまえには寛大さなんか微塵《みじん》もないだろ。どうせ、浮気もできないのが、嫌なだけのくせに」

「俺の人生だ。どの女といつ寝ようが勝手だろ」

「入れ込んで泣かされるのも……」

「おまっ……」

三井はひっと息を呑《の》み、この世の終わりみたいな顔になる。

「おまえにだけは知られたくなかった」

「けっこう前から知ってるけど……」

「うっせぇ。あ、着いたみたいだ」

三井の携帯電話が鳴って、買い物を切りあげる。

京都駅近くのホテルへ入ると、道元がロビーラウンジのテーブルで待っていた。三井をその場に残し、佐和紀はひとりで近づいた。

立ちあがった道元は、すでにコーヒーを頼んでいる。席に座った佐和紀は、メニューを見て宇治抹茶を選んだ。道元がウェイトレスを呼んで注文する。

「なにか、わかったか」

飲み物が届いてから、佐和紀は切り出した。道元には調べものを頼んであった。直登と、その兄貴分である木下の身辺調査だ。木下が真柴の高校時代の友人で、ヤクザの使いっ走りをしているチンピラだということは、すでに報告を受けている。

「木下を食わせているのは、真生会の連中でした」

単刀直入に言われる。佐和紀は、関西の勢力図を思い出す。

「……生駒組とは敵対してるな」

真柴の実父が組長をしている組が生駒組だ。高山組の配下についている阪奈会の一組織。同じく高山組の配下についている真生会は、高山組三代目の子分が作った組織で、由紀子を匿《かくま》った満亀組《みつきぐみ》が所属している。

「ヤクザの小間使いは表向きです。実際は、西本の世話が役目で」

深刻な雰囲気を周囲に気取られないよう、道元は微笑みを浮かべた。

スーツの着こなしに彼独特の洒落《しゃれ》っ気があり、見るからに女にモテそうなタイプだ。顔も整っている。それが女難の相に見えることさえ、道元の長所だった。

「まさか、西本直登が、誰かに囲われてるとか……？」

佐和紀が言うと、微笑んだままで答えた。

「……男を囲うヤクザなんて、そう多くないですよ。飼われているんです。あの男は、かなり残酷なことも平気でやるらしくて……」

「おまえ、言葉を選んでない？」

抹茶の器を両手で持って、目の高さにあげる。特に味のある茶器でもない。ホテルのロビーラウンジだと思い出し、黙って口をつけた。

道元はしばらく黙り、ありのままを話すのが早いとあきらめた顔になる。

「……由紀子です。由紀子が使っていた『犬』です。あの女は自分で傷つけることはしませんから、木下と西本をけしかけていたんです」

「おまえ、見たことある？」

「まぁ、一度か二度は……。名前までは知りませんでした。エグいと言っても、惨《むご》いものじゃないんですよね。まぁ、二、三日は頭から消えないような悲鳴をあげさせますよ。それを聞くと、由紀子は興奮するんです」

「で、おまえは相手にするのに忙しくて、エグい内容なんて忘れるわけか」

流し目を向けた佐和紀に対し、道元は居心地悪そうに片頬を引きあげる。

「もう少し言葉を選んでください」

「選んでるっつーの」

キッと睨んで、言い捨てる。道元は話を元に戻した。

「西本の制御ができるのは、木下だけという話で。……御新造《ごしんぞう》さん、ここが本題なんですが、西本はいま関東にいますよ」

言われた佐和紀は真顔になる。自分のストーカーだ。近くにいることはわかっている。

「どこにいる」

「確かな居場所はわかりません。でも、この前の騒動……、大滝組の北関東支部の騒ぎです。あの裏にも関わっています」

「……っ」

手から滑り落ちかけた器を、道元がとっさに支えた。片手でテーブルに戻し、もう片方の手で、震えが止まらない佐和紀の手首を握る。

「落ち着いてください」

「どさくさにまぎれて、握ってんじゃねぇよ」

自分の目がぎらぎらしているのがわかる。そらして一点を睨んだが、落ち着かない。我慢できずに道元を睨み据えた。

身体がいっそうぶるぶると震えていく。

「知世を痛めつけた連中に、まぎれてたんだな」

残りはヤク中ばかりだ。由紀子と貴和が高みの見物を決めこむのなら、彼らを制御した人間がいてもおかしくない。

組に届いた怪文書。直登の残したヒントで知世は見つかった。

だから、関わっていたことはわかっていた。しかし、現場にいたとは思いたくなくて、あえて考えないようにしていたのだ。由紀子と関係していても、傍観できる位置にいると思い込んできた。

「知世くんの兄と由紀子は関係があったんでしょう。だとしたら、間違いなく西本を使っているはずです。……由紀子を、押さえましょうか」

「……バカ言うな」

すでに周平たちが対処を決めている。由紀子は逃げ回っているが、そう遠くないうちに捕まるだろう。

「真生会がふたたび匿う前に押さえないと、あとが難しくなります」

「守ってもらえるような価値があの女に……。関西の、ヤクのルートを握ってるのか」

声をひそめた佐和紀に、道元が目を光らせた。

「ご明察です。魔法の粉は、換金してこそです。持っているだけじゃ、ただの荷物だ。……俺なら接触を試みることができます」

「ダメだ」

佐和紀は首を振った。

由紀子は泳がされているのだ。京子はともかく、周平はわざと逃がしている可能性がある。彼には京子たちも知らない裏の顔がある。ヘタに動けば邪魔することになりかねない。

「俺に、女を殴る趣味はない。お前とは違う」

ごまかすために言ったが、道元は言葉のまま受け取った。

「それも受け持ちますよ」

昏《くら》い快感の色を浮かべる道元を無表情に見つめ返し、手の下から腕を抜く。

「望んでない。勝手に動くなよ。おまえは、恨みなんか持ってないと思ってたけどな」

「俺もそのつもりだったんですが……」

どこかでなにかが変わったのだろう。あの女にいたぶられて得ていた快感の記憶も薄れ、いまさらになって、道元の自尊心は傷ついているのかもしれない。

「西本はどうしますか」

「……直登はいい」

「知り合いなんですか」

道元の声が沈んで聞こえ、佐和紀は流し目で黙らせる。

「誰にも言うなよ」

「岡村さんにも……？」

「あいつは知ってる」

そう答えて、肩の力を抜く。けれど、重荷は少しも転げていかない。憑き物はどんどん増え、重くのしかかってくる。

「話題に出したくないんだ。考えたくないんだよ」

「煮詰まっているんでしょう。だから、こっちへ来たら、と誘ってるじゃないですか。まったく別の問題に関わっていれば、勝手に解決されますよ」

「おまえら、優しいのか、優しくないのか、……わからないよな」

「男として乞《こ》われて、不満ですか。心配しなくても、あなたに惚れる男なら、いくらでもいると思いますよ。関西の男も、悪くはないでしょう」

「周平がいいんだ」

「……御新造さん、旦那しか知らないんですか？　いまどき、それで長続きする夫婦なんていません。浮気のひとつやふたつは、人生経験ですよ。浮気は本気とは違いますから。それに、言わなければいいんです」

「サイテー……」

話を聞き流し、佐和紀は肩をすくめる。道元は人のいい笑みを浮かべた。

「一般論ですよ。お相手は、ご遠慮しますが」

「おまえか美園以外に、マシな男がいるのかよ。こっちに」

「そういうとこですよ、あんたがこわいのは……。いないですけどね」

カッコつけたことを言って、道元はジャケットの襟を指先でしごいた。

「次は十二月にお越しですか。真柴とすみれさんの子を見にくるんでしょう」

「あぁ、さっき、会ったよ。腹がずいぶん出たよな。知らせが来たら、飛んでくる」

「こちらのことはご心配なく」

道元は含みを持たせて言った。すみれと赤ん坊は守るという意思表明だ。真柴はまだ力が弱い。実際の影響力は道元の方が上だ。

「……信用してるよ」

佐和紀が腰を浮かせると、道元はさっと立ちあがった。

「このままスムーズにいかないのか」

送り出されながら道元に聞く。由紀子の動向についてだ。あの女は立ち回りがうまい。男をたらし込むだけでなく、きっちりと足場を固めているのだ。

「知世くんのことが、警告でないことを祈ります」

答えた道元に別れを告げて、佐和紀は三井と合流した。

新幹線を待つあいだに、一泊したかったといまさら本音をぼやく。横顔を睨んだ佐和紀は無性にむなしくなり、三井を置いて帰りたくなった。

知世の行方がわからなくなったとき、いたぶられたと知ったとき、怒りに震え、悲しみに泣いた三井の姿が脳裏をよぎっていく。

これから何度、そんな三井を見なければならないのだろう。

なにごともなく平和が続くと、信じられない自分がいる。

直登はあきらめないだろう。道元の話を聞いて、腑《ふ》に落ちた。佐和紀に拒絶され、ストーカーになったと思っていたが、彼はなにもあきらめていない。

知世を佐和紀の大事な人間だとわかっていて痛めつけ、そして、居場所を知らせる連絡をした。敵なのか、味方なのか。これからの行動は、佐和紀次第なのだ。

過去が佐和紀の袖を引いている。気づいてくれと、ここにいると、まとわりつく。

振り切っても、振り切っても、逃げ切れない。

まるで自分の足から伸びた影だ。光のあるところなら、どこまでもついてくる。

「えー、そんなに怒る？　冗談だし……」

佐和紀が本気で不機嫌になったと思い込んだ三井は、手の届かない距離まで逃げる。佐和紀の視界の隅には留まり、バツの悪そうな顔でこめかみを掻《か》いた。

周平は、新横浜の駅まで迎えに来ていた。

変わらぬスーツ姿を見たとき、佐和紀の感情は限界に達した。三井とはその場で別れ、周平のコンバーチブルが立体駐車場から出てくるあいだ、ずっと黙り込んだ。周平はあれこれと声をかけてきたが、すべて無視する。聞こえてはいたが、なにも言いたくなかった。

裏腹に、身体は熱くなる。思考を止めている分、溜まった鬱屈は欲情になった。

秋の夕暮れは早く、すっかりネオンが灯《とも》った街を、幌を閉めたコンバーチブルで走る。周平は山手にあるマンションへ向かった。

地下に駐車した車のエンジンが止まるより早く、佐和紀は自分でドアを開けて降りた。すたすたとエレベーターへ向かう。追いかけてきた周平と乗った瞬間、たまらずにすがりつき、ジャケットの襟を握りしめた。

「やりたい……っ」

ぐっと押しつけた下半身はもう下着を濡《ぬ》らすほどに硬くなっていて、周平の太ももの張りを布越しに感じるだけで脈を打つ。

「……なにか、飲まされたんじゃないだろうな」

そんな危険のある任務ではない。わかっている周平の声にはからかいがあり、しっとりと甘く濡れて聞こえる。駅で会ったときから、佐和紀の本心を悟っていたのだろう。目を見れば、相手の欲情ぐらいわかる仲だ。なのに、ひとりで燃えていく佐和紀をよそに車の中でも沈黙を守っていた。

「めちゃくちゃに、して」

ジャケットを引き寄せて浅い息を繰り返すと、周平の目が細くなる。心の鬱屈を探ろうとする気配がふいに薄れた。周平は理性を手放し、欲情に傾く。

佐和紀の要望に応《こた》え、なぶるような乱暴さで瞳《ひとみ》の中を探ってくる。視線で犯されながら腰を抱かれ、快感を期待する佐和紀の背中がそった。

場所もわきまえずにスラックスの前に触れると、周平に抱きすくめられる。エレベーターの中で、ひょいと立て抱きに持ちあげられた。ヘアセットを乱してしがみつく。

そのまま、周平は靴も脱がずに部屋にあがり、佐和紀をベッドへ転がす。

打ち伏した身体を起こした佐和紀は、羽織も脱がずに着物をたくしあげる。周平は、靴の紐《ひも》を解いて脱ぎ、部屋の床へ投げた。ジャケットも脱ぎ落とし、近づいてくる。

ベルトをはずして前立てを広げ、引き出したものをしごき摑む。そして、裾を乱して座り込んだ佐和紀の髪を引いた。

もぐりこんだ指が頭部を引き寄せ、振り向いたのと同時に佐和紀はくちびるを開く。押し込まれて、さらに受け入れる。ぐんと伸びあがって質量を増やす性器の匂いに、異常なほどの興奮を覚えた。

意識を飛ばすほどに求め、フェラチオしただけで痙攣《けいれん》する腰を揺する。自分の下着の中へ手を入れると、それはもうぐっしょりと濡れていた。
二、三回しごいただけであっさりと達してしまったが、またすぐに勃《た》ちあがる。
「早く……、来いよ。……ぶち込んで」

両足を大きく開いてあけすけに誘うと、周平はいつもより乱暴に手荒く準備をした。指だけで何度もイカされ、貪《むさぼ》る佐和紀はあっけないほど中イキを繰り返す。無意識に声をこらえていたが、周平は声を出させようと挑んでくる。

攻防戦は、血管が浮き出た周平の怒張を深々と刺されてもなお続く。

「んんっ、……もっと、つよ、く……っ、もっ、と……っ」

バックで突かれ、佐和紀は両手で身体を支えた。自分から腰を振り、こすりつける。ピストンは激しく、一突きごとに内壁の奥をえぐった。苦しさはすぐに色とりどりの快感になっていく。佐和紀は悶《もだ》えるごとくに身をよじらせた。

足りない。足りなかった。

「ん、はっ……ぁ、んっ、く」

汗が着物を湿らせ、腰を締める帯の感触が、あの日のさらしのきつさを呼び起こす。

「あぁっ……」

喉《のど》の奥から、声が出た。身体中がぐっと緊張して、がくがくと震える。

「とまん、な……ぃで……。あ、ああっ……うぅッ」

息を乱した周平の腰が、水音を響かせた。力強く前後に動く。

長い杭《くい》はふたりを繋ぎ、引き抜かれそうになると、佐和紀は恥ずかしげもなく腰をくねらせて追う。

「あっ……っ」

出し抜けに、パチンと尻《しり》を叩《たた》かれる。びりっと肌が痺れた。

ぎゅっと締めあげると、周平はほぐす動きでいやらしく腰をよじらせる。内側がぐずぐずに爛《ただ》れ、甘い蜜《みつ》が溢れていく気がした。

「あ、んっ、……んっ、い、い……っ。あぁっ……」

声を出し始めれば、今度は止められなかった。

「あ、あっ……っ！　あぁっ！」

目の前で快感がちかちかとまたたく。力が抜けそうになるとまた尻を叩かれ、屈辱さえ感じずに涙声を絞り出す。もっと刺激が欲しいと哀願する自分の声を、佐和紀は遠くに聞く。喘ぎもまるでスピーカーから聞こえるようだ。なのに、肉体は敏感に快楽を求め、周平の動きに合わせて腰を振る。

「あ、すご……ぃ……すご、きもちい、……いい、いいっ。あぁっ、きもちいい。もっと、もっと、ズコズコして。……エッチな、動きして……っ」

周平の射精を許さず、限界まで張りつめた昂《たか》ぶりの感触を貪る。快楽物質が脳内をドバドバと濡らし、自分が口にする淫語さえ気持ちがいい。

「あぁっ、あー、あっ、あっ」

身体を伏せて腰を高くあげる。視界はぼやけ、なにも見えない。

手にした着物を引き寄せたが、裸に剝《む》かれていたことにも気づかなかった。布を両手でくしゃくしゃにして、顔中をこすりつけて噛みしめる。

「……あ、あ、あっ。来るっ！　くるっ……、きちゃ、う……あ、あ、あっ」

思考がぶつりと切れ、音も色もない世界が来た。周平に揺さぶられる感覚だけがして、その快感を永遠に貪っていたいと思う。

「あんっ、んっ。や、だ……やだ、いか、ないでっ……」

足をばたつかせると、周平に首の裏を押さえつけられた。

深く深く差し込まれる。それが、苦しさを突き抜けて、佐和紀を飛ばす。

「ひ、……あ、あっ……」

周平の腰がぴったりとスリットに当たり、根元までぎっしり入っているのだとわかる。こすれる毛並みの感触が、乱暴に佐和紀の肌を撫でて動く。

「あー、あっ、あー」

押さえつけられた身体から力が抜け、ひくひくと肌が痙攣する。奥に注がれる液体が暴力的な熱さで佐和紀を掻きむしった。

「ひ、ん……っ」

涙がぼろぼろとこぼれ、喉が勝手に咽《むせ》ぶ。しゃくりあげる声もまた遠い。

佐和紀は快楽に溺《おぼ》れていた。なにもかもを手放して、周平に自分を奪わせる。理性が剝《は》がれ、身体の自由を奪われ、なにもかもがバラバラになってようやく悦に浸れる。逃げるための手段だ。心も身体も休ませたくない。からっぽになりたかった。

周平を利用している自覚もなく、佐和紀はゆらゆら揺れる景色を見る。

しかし、それもまたすぐに消えた。周平がふたたび強さを取り戻し、体勢を変えて揺すりあげてきたからだ。佐和紀は、悦《よろこ》びの声を絞り出して悶えた。

ぐっと摑んだ腕に、牡丹《ぼたん》の花が咲いている。薄暗い青の地紋が渦を巻き、男の背負っているものを飲み込んでいく。爪《つめ》を立てると、破いてくれと周平が呻《うめ》いた。

佐和紀はそれも遠くで聞き、できるものならと力を込めた。


血の滲《にじ》む傷を、ぼんやりと指でなぞる。爪が食い込んだ痕《あと》が残っていて、謝るに謝れずに背中を撫でた。周平は眠っている。そのふりをしているだけかもしれない。

規則正しい息づかいが繰り返されるたび、背中の唐獅子《からじし》がゆるく動く。絵を褒めるたびに、周平を傷つけているのかもしれなかった。佐和紀が認めたところで、この絵を背負うことが正当化されるのだろうかと思う。

周平は悪い男だ。しかし、初めから悪かったわけではない。

お互いの過去を知っていても、そっくりそのまま、同じ気持ちにはなれないと佐和紀は思い知る。不用意な言葉が、一番大事な相手を傷つけてしまうのだ。

「たまには、こんな日もある」

やはり起きていた周平が、静かな声で言う。穏やかな口調が佐和紀を慰めた。

知世のことがあってから、セックスは激しくなる一方だ。

佐和紀はなにも言わず、入れ墨の背中へすがった。心の中にある兆しを、周平には悟られたくない。見なければ、なかったことになる。気づかなければ、ずっとこのままでいられる。そうやって生きてきたと、自分自身に言い聞かせる。

「佐和紀」

周平が寝返りを打った。仰向けの胸に引き寄せられ、頭のてっぺんにキスをされる。

「もう一度だけしよう」

「……限界」

「挿《い》れなくてもいい」

そう言って誘い、触れてくる指は、優しく佐和紀をなぞる。愛し合って求めるセックスの温かさがよみがえって、周平に求められるまま、腰の上にまたがった。

見つめ合って、キスをする。裸の胸を合わせて、互いの鼓動を聞くと、穏やかな興奮が形もなく募った。互いの肌が触れ合い、身体を繋いでいるのと変わらずに気持ちがいい。

「愛してる」

ささやく周平の声は、甘くとろけるように沁《し》みてきて、佐和紀を幸福にする。

だから、胸が痛い。だから、せつない。愛しているから、このままのふたりでいたい。

言えない言葉が喉に詰まり、肝心なことを隠した佐和紀はまた快楽へ落ちた。周平にしがみつき、くちびるであご先のラインをたどった。

6

「幻滅したでしょう」

茶道教室帰りだ。着物姿で向かい合う京子が、箸《はし》を置く。

夕食を済ませるために入ったのは、ホテルの中の日本料理店だ。その個室が、ふたりの行きつけだった。

「どうしてですか」

月替わりのメニューは目新しい。佐和紀は銀杏《ぎんなん》を口に運んだ。

妙子の引っ越しについては周平に説明を任せていたが、佐和紀は自分からも話を切り出した。その答えが、先ほどの京子の発言だ。大滝から佐和紀へ依頼があったことを知っているようにも聞こえる。しかし、確認はしなかった。

「それぞれの都合があることは知っています。俺は周平が好きだから、あいつをかわいそうに思うことはあるけど。京子さんを責めるつもりはありません。いまさら……、そういう関係でもないじゃないですか」

幹部の嫁同士。姉と弟同然に仲良くしてきた。

「みんな、大変だったんだな、って改めて思っただけです。俺には想像もつかない愛情と憎しみが、あるんだろうと思って……。それをいま話して欲しいわけでもないですよ。いつか、酒でも飲んだときに、ほろっと出てくる話になれば、それでいいと思って」

「でも、私に言っておきたいことがあるのね」

「あります」

佐和紀も箸を置いた。京子に聞く気があるのなら、話したかったことだ。

「大滝組長が引退したら、俺はふたりを会わせます。どこでの生活なら許せるのか。横浜じゃない遠いところならいいのか。京子さんには答えを出しておいて欲しいんです」

「……どこであっても嫌だと、言ったら？」

「言わないですよ。俺の知ってる京子姉さんは」

肩をひょいとすくめて、グラスの酒を飲む。

「佐和紀。もしかして、引退を勧めたの？」

「勧めましたよ」

あっさり言うと、京子は驚愕《きょうがく》に震え、あたふたと腕を動かした。

「信じられない！　あんたじゃなかったら殴られてるわ……。私たちがどれだけ苦労して外堀を埋めてきたと思ってるの。代替わりで一番面倒なのはね、あの人を説得することだったのよ。死ななきゃ席を空けないと思ってた」

「……そうなんですか」

「嫌だわ、佐和紀」

眉をひそめ、京子はもそもそと食事を再開する。

「嫌だわ」

もう一度言って、ため息をついた。そんなに大変なことだと思っていなかった佐和紀は、どうしようかと悩む。そのうちに、京子が話を戻した。

「あのふたりがまだ愛し合ってるなんて知らなかった」

「愛かどうかは知りませんよ。ずっと恋のまま、幻を見てるってこともありえます。それでも、いいじゃないですか。それが大滝組長の慰めになるなら」

「大人をからかって……。本当に周平に似てきたわね」

京子に言われ、佐和紀は小首を傾げた。

本当にだいそれたことをしたのだと、ようやく理解が追いつく。

大滝と妙子の関係を握った佐和紀は今後、引退のタイミングをコントロールできる。それは重要すぎるカギだ。

考えもしなかったと言えば、また京子を慄《おのの》かせる。黙っておこうと決めて、話を変えた。

「由紀子のことも、周平に聞きました。いっそ潰《つぶ》してしまえと俺は思うけど、周平と京子さんの考えに従います。口は出しません。必要なときに声をかけてもらえれば、いつでも手伝います。……でも、本当に、それでいいんですか」

「……あんな女のために、私たちが地獄に落ちることはないって周平の考えには賛同するわ。八つ裂きにしてやりたいと思ってた頃もあるけど、時間が経ちすぎたのよ」

「……京子さんの、彼のことは……、どうするんですか」

焼き魚を口に運び、なんでもないふりをして聞く。京子は目を伏せてグラスを眺めた。

「どうもしないわ。ただ、ふたりを接触させるわけにはいかない。あの人は私のために復讐をするかもしれないの。……塀の中って、時間が止まっているのよ。まだ私が傷ついていると誤解したままで、どう説明しても、強がりだと思っていて話にならない。でも、復讐してやろうと考えているあいだは、生きていてくれるのよ」

「今までもチャンスはあったんじゃないんですか。出所してますよね」

「……由紀子は、バックが大きかったから。もちろん私も止めたわよ」

泣いてすがるようなやり方ではないだろう。きっと半強制的に塀の中へ戻したのだ。

そういう冷酷さは、京子の中にもある。

「京子さん。その男と岡崎、どっちかしか助からないとしたら、どっちを助けますか」

「嫌な質問ねぇ」

ケラケラと明るく笑い、

「昌也よ」

さらりと答えた。微笑みを絶やさない。

「弘一だって私のことは二番目よ。かならずあんたを選ぶ人だもの。……そういうところを愛してるわ。うまく言えないけど、私が守るのは昌也だけど、私を守ってくれるのは弘一なのよ。佐和ちゃんはどうなの。……知世のことで、由紀子を恨んでいるの？」

「つまらないことだと、知世に言われました」

京都へ行った数日後、また会いに行った。夜中にこっそりと、ほんの少しの時間だ。直登が現場にいたのかどうかを聞こうと思っていたが、口にできなかった。知世はまだどこかぼんやりと無感情で、思い出させるのは酷に思えたからだ。無理を強いることでバランスを崩してしまったら、もう二度と元へ戻らない気がして危うい。

「あいつが俺に求めているのは、女ひとりを殺すようなことじゃないんでしょうね」

「そういう年齢になったのよ、佐和ちゃん。ヤクザになる若い子は減ったけど、それでも下の世代が入ってくるでしょう。いつまでも若手のチンピラでいようなんて、甘いわ。……美園と道元が、あんたを誘ってるそうね。行くの？」

京子は、なんでも知っている。佐和紀は目を伏せた。

「……興味ありません」

「返事のタイミングが早すぎる」

ひそやかに笑われた。

「周平がこわいの？　佐和ちゃんらしくないわ」

「あいつだって、怒るときは怒りますよ。傷つくことも……たぶん」

「あんたと結婚してる相手の気持ちには、なかなかなれたものじゃないわね」

周平に同情しているらしい京子は、視線を泳がせる。言葉を探しているようだったが、結局、なにも言わずに食事を続けた。代わりに佐和紀から話しかける。

「京子さん、覚えてますか。俺が、周平と別居したときのこと」

「あったわね、そんなことも。周平が離れを追い出されて……」

「弱いところを見せて欲しかったんです。俺ばっかりが優しくされて、あいつには……隙《すき》みたいなものがなくて。もう少し、冗談を言えるような仲になりたかった」

「なれたじゃない」

「……でも、余計にこわくなってしまった気がします」

「家族が独立していくってさびしいことね。夫婦だけよね。ずっと一緒にいられるのは」

「京子さんは、岡崎と離れるなんて考えないですよね……。その人が出所して、由紀子がいなくなっても」

「そうね。私たちには共通の目的があるから」

「俺と周平は同じものを見ないと思います。お互いのことを知れば知るほど、そう思う」

「そんな夫婦もいるわよ。いいじゃない。新しい夫婦の形を作れば。そもそも、あんたたちは男同士だし、いまはね、男と女でも、決まった夫婦の形なんてないわ。でも、そうね……。初めの一歩を踏み出す人間が一番こわいのよね。それこそ、世間知らずで、向こう見ずじゃないとダメなのよ」

「こわいもの知らずでいるべきですか」

「どうかしら。本当に強いのは、失うこわさを知っている人間だっていうけどね。……佐和紀。女ってね、ときどき弱くてバカなふりをするのよ。それってどうしてだと思う？……自分たちよりも、男のほうがバカで弱いと知ってるからなのよ。騙《だま》して利用するの。相手は気持ちよく犠牲になるわ。そんなのはね、騙されるほうが悪いのよ。だから、したたかに生きるべきだわ。方法なんて、いくらもあるのよ」

京子の言葉が胸に突き刺さる。ガラスを爪で掻いたような軋《きし》みが響き、佐和紀は料理に夢中なふりをした。

「佐和ちゃん、不思議ね。あんたは自分が傷つくことはこわくないみたい」

ふいに言われ、首を傾げた。言われた意味がわからない。

「周平が傷つくことだけがこわいんでしょう。普通は自分が傷つくことがこわいのよ。私も弘一もそうだわ。……ねぇ、佐和ちゃん」

呼びかけられて、恐る恐る視線を向ける。

「なに、ですか」

「あんたが由紀子を銀座から追い返したり、京都を追い出したりしたでしょう。私ね、本当にすっきりしたわ。だから、周平の言う通り、法の裁きに任せると決めたのよ。私もあなたもこの先があるわ。なにもない、あの女とは違う」

うつむいていた京子が顔をあげる。

「なにを悩んでいるのか、話さなくていいのよ。……妙子と父のことは、わかったわ。あんたの頼みなら、聞いてあげる。そのときが来たら祝福もするわ」

涙を滲ませた京子はまばたきを繰り返す。ますます涙が溢れて、ぽろぽろとこぼれる。

「ずっと同じところを歩いている気分だった。由紀子はどうにもならないし、妙子が父と幸せになったら、自分だけが報われない気がして。でも、もういいわ。……なにもかも、手に入れてたのよね。気づかないでいただけね。欲張りすぎるのよ、私……」

泣き笑いになった京子は、目元の化粧を気にして涙をハンカチに吸わせる。

「知世に言われて、心が動いたんでしょう」

京子の言葉で、佐和紀は真顔になった。話を続ける京子の声に耳を傾ける。

「あんたはもう、大滝組へ来た頃とは違ってるわよ。私はね、そうなるようにしてきたつもり。それは周平も一緒よ。心に迷いがあるなら、晴らしていらっしゃい。あとのことなんて、考えるだけ無駄だから。……あんたはまだ若いのよ」

いまを逃せば、時機は過ぎて戻らない。男が勝負に出られる期間は短いと言った大滝の言葉を思い出し、道元や美園が脳裏をよぎる。そこへ直登が濃い影を落とした。

ただ、京子の言葉は明るい。まるで、一筋差し込む光のようだ。

周平もいつか、同じことを感じたのだろうか。そんなことを考え、まばたきを繰り返す。

考えまいとすればするほど、心はぐるぐる回って元の場所に戻る。それを苦しく思うのは、導き出す答えに満足できないからだ。ここではないどこかを、心は求めている。

佐和紀は、姉のような京子を見た。どこかおおざっぱで、無責任で、細かいことにこだわっても仕方がないと笑うのに、やはり繊細な人だ。

「周平なんてね、泣かせて幾らの色男よ」

そっけなく言われ、佐和紀はうつむいて苦笑した。

離れに帰っても、周平はいない。忙しいのはいつものことだ。

岡村に電話をかけて飲みに誘うと、少しなら時間を作れると言われた。生意気な男だと嫌味を返す。笑いながら指定されたのは、岡村の行きつけのバーだ。

佐和紀はタクシーに乗り、ひとりで向かった。岡村とは何度も来ているから、佐和紀も顔が知られている。男の和服姿は珍しいし、眼鏡も特徴的だ。覚えやすいのだろう。

カウンターの奥に案内されて、焼酎《しょうちゅう》のお湯割りが飲みたいのを我慢した。店に似合うカクテルにしようと、シンガポールスリングを頼む。シンガポールの夕焼けをイメージしたと言われるロングカクテルは、周平が飲むと、ふるいつきたいほど様になる。思い出すと、胸はじんわりと熱くなった。指先がかすかに震え、感慨が込みあげる。もうなにもかもが、理由づけに過ぎないのかもしれなかった。これと思える一言を探しているだけだ。新たな道へ踏み出すための、決定的な後押しが欲しい。

しばらくすると岡村が現れた。シンガポールスリングを飲む佐和紀を見て、意外そうに目を細める。そして、同じものを注文した。

「お待たせして、すみませんでした」

「忙しそうでなによりですね」

他人行儀に微笑んでグラスを揺らすと、岡村は嬉《うれ》しそうに笑って顔を覗《のぞ》き込んでくる。

「あなたのお呼びなら、俺はどこへでも駆けつけます。ほら、賢い犬のしっぽが見えると思いませんか」

「ばーか」

流し目で睨み、つんと顔を背ける。岡村はひそやかに笑って言った。

「知世の退院の日取りが決まりそうですよ。来週のどこかになると思いますが、病院を出たあとはユウキのところで預かってくれるそうです」

「甘えすぎてる気もするな」

「……樺山さんとの食事会をセッティングしましょうか。ユウキを呼ばずに挨拶《あいさつ》をしておくのも悪くはありません。あぁ見えて、コネを持ってる男です」

「俺なんかと知り合いになって平気なのかよ」

「若かった頃、右側に肩入れして儲《もう》けたって噂《うわさ》です。世渡りもうまい」

「そっか……。おもしろい話が聞けるかもな」

岡村の前にもグラスが置かれる。シンプルなロンググラスの中に、らせん状に切ったレモンの皮が渦を巻く。底に沈んだグレナデンシロップが滲み、夕焼けを連想させる。

「佐和紀さん、気晴らしにどこか行きますか」

「……デート？　それとも、不倫旅行？」

からかって答えると、岡村は困り顔になった。下心はなかったらしい。

「まだ平気じゃないように見えるか」

「心配しているだけです」

「知世が動揺してないんだ。俺が引きずっても仕方ないだろう。……殺したいほど、本当に兄貴を恨んでたんだな」

「……俺たちよりも世代が若いんですよ。理解なんてできません」

「それが、あいつを見逃したことの言い訳になるのか。それも、わかんないな」

「……俺のことを怒っているんですか」

カクテルに口をつけた岡村は、言葉ほど気にしていない。

「顔を見てたら思い出しただけだ。そーいや、おまえは、俺に黙ってたんだな、って」

「忘れてください。都合が悪いです」

「……そう思うなら、するなよ」

「ダメです。あなたを守るのが、俺の」

「俺の？」

眼鏡をついっと押しあげながら見つめる。

「愛情です」

岡村は短く息を吸って言い切った。佐和紀は間髪入れずに言い返す。

「知世を、守って欲しかった」

「無理です」

はっきり言われ、睨みつける。岡村は動じない。

「俺にも俺のルールがあります。佐和紀さん。あいつに慰めのセックスもしませんよ。悪《あ》しからず。必要ならユウキに言ってください」

「あいつは、旦那がいるだろう……」

「俺にもあなたがいます」

「うわー、付き合ってるみたいな顔して……。バカじゃねぇの」

苛立《いらだ》ちに任せて罵《ののし》り、グラスの中身を飲み干す。

「佐和紀さん、なにか話があって、呼び出したんじゃないんですか」

「いや、べつに。おまえと話がしたかっただけだ」

ウィスキーベースでお任せのオーダーを出して、佐和紀はバーカウンターに頬杖《ほおづえ》をついた。横顔を見つめてくる岡村の視線が痛い。

「……あんまり、みくびらないでくださいね。場合によっては、俺のほうが、あなたのことを理解しています」

「誰と比べて？」

身体ごと岡村へ向け、嫌がらせついでに、膝《ひざ》の上へ手を置いた。太ももの感触は、周平と違っている。

「おまえ、いい筋肉になってきたな」

「もう酔ってるんですか」

「酔ってない」

手を離して身体を戻した。心の中がスースーと寒い。晩秋の気配が身に迫り、なにもかもがせつないのだと思う。

「みくびってるわけじゃない……」

ひとりごとのように口にして、佐和紀は続く言葉を飲み込む。

試しているだけだ。岡村の忠誠心を試している。

「知世の件が気に食わないのであれば、責は俺にあります。あなたが背負うことはない」

「……甘いよ、シン」

「あなただけ、特別です」

岡村はうつむいてうっすらと笑う。知世がどうなろうとも、岡村は佐和紀を優先する。それで佐和紀の心が傷ついたとしても、だ。

男としての佐和紀の立場を、岡村は考えているのだろう。それはつまり、チンピラでしかない佐和紀が傷つけられるのとは意味が違うからだ。岩下の嫁の評判が落ちるのとも違う。どんなに短絡的な振る舞いをしようとしても、それが佐和紀自身に添わなくなる日は近づいている。望まなくても、そうなってしまう。

「いろんなことが、ありすぎた……」

佐和紀は本音を口にして、頬杖をつく。目まぐるしく変わっていく景色に息切れがして、大きな渦に巻かれている気分がする。だから、隣に座る岡村を見ながら周平を想った。

岡村は、佐和紀の右腕だ。これから人を従えることになる佐和紀のために、周平がそばに置いたお守り代わりの男だった。

そういう未来を、周平はどうして想像できるのだろう。佐和紀の成長が結果として自立に繋がることも知っているはずだ。どんなに愛し合っても、個人の人生は個人のものだと割り切るのが、優しさなのか、強さなのか。それとも冷徹なだけなのか、わからない。

たやすくはない寛大さだ。それは身に染みている。だからいっそう胸が苦しい。

愛情にかこつけて、周平を都合よく見ようとしているのは佐和紀のほうだ。まだまだ、周平には追いつけない。

「すぐに落ち着きます」

岡村はそう言ったが、落ち着くというよりは慣れていくのだろうと思えた。

「すぐってといつだよ。いい加減なこと言いやがって」

悪態をついた佐和紀は、カクテルの杯を重ねる。京子と話せたことが、岡村には切り出せない。知世のこと、周平のこと、直登のこと、そして関西のこと。落ち着いたら話せると思いながら、そんな悠長なことでもないとわかっていた。

指先が震えそうで、肘をついて口元へ寄せる。周平がくれた大きなダイヤは、薄暗い店内でもクリアに澄んでいた。

このまま、心が落ち着いたら、すべての整理がついたら。

そう考えて、佐和紀はダイヤにくちびるを押し当てる。なにもかもが済んだとしたなら、今度はもう道が見えてしまう。だから、いまは酔いたかった。

深酒が過ぎたと、翌朝になって深く後悔する。

周平とのセックス以外で頭を空っぽにしてみたかったのだが、成功したとは言いがたい。ものごとの筋道は手放せたが、理性も欠けて、ひさびさに街のゴロツキを伸してしまった。

ようやく二日酔いが醒《さ》めてきた洗い髪を揺らし、居間のソファの上でショートピースの煙を吐き出す。髪を乾かしてくれた三井は、母屋で遅い朝食の最中だ。佐和紀は食べる気にならなかった。

昨日は、泥酔して帰り、周平を襲った。セックス以外で気をそらしたかったのに、布団に入っているのを見たら、ムラムラして我慢できなかったのだ。なだめすかされて腹が立ち、「嫌ならシンを呼べ」と言ってしまったのは最低だったと思う。酔っていたことは、言い訳にならない。けれど、周平は怒らなかった。

どんな顔で、酔っぱらってクダを巻く嫁を抱いていたのか。それは佐和紀の記憶にはないのに、肌をなぞった指の優しさは簡単によみがえる。そして、自己嫌悪で朝を迎えた。

周平とのセックスを、そんなふうに消費していいとは思っていない。

憂さ晴らしのための棒みたいな扱いだ。夫婦だから『営み』と言い訳が立つだけで、自分がされたら悲しい。しかし、周平が傷ついていると思えば、望まれるままに身体を差し出すだろう。周平もまたそんな気分だろうかと考える。

それを見透かしたように、昼を過ぎ、知世の病院へ向かう車の中で三井から聞かれた。

「なぁ、毎日ヤッてんの？」

責める響きがないのは、心配しているからだろう。そこは岡村と変わらない。

どんなに平気だと言っても、周りは知世の事件の影響を案じる。時間が経ち、緊張の糸が切れたときの虚無感を警戒しているのだ。

「身体、悪くするだろ……。姐《あね》さん、あっち役だし」

「うるせぇ……。抜いてもらってるだけだ」

「なんだよ、態度悪いな。俺しかいねぇじゃん。こんなこと、うるさく言えるのは……。誰も言えないだろ。まぁ、アニキが加減してるんだろうけどさ……」

言葉を濁す三井にも覚えがあるのかもしれない。心の中のどろどろとしたものから目をそらすため、快楽に逃げ込んだ記憶だ。

佐和紀は自分の両手を見た。ゆっくりと拳《こぶし》を握って目を閉じる。

衝動をなだめるように、周平は肌を撫でてくれた。その手のひらの感触より、骨身に響いた殴打の衝撃が佐和紀を燃えさせる。それに気づきたくなくてセックスをしていたのに、久しぶりにチンピラとケンカして、あっさりと思い出してしまった。

人を殴ることが好きなわけではない。だけれど、うまく殴れば褒められる。

そういう育てられ方をした記憶は、根深い。人の身体のどこが弱いのか。関節の場所、臓器の位置、自分の身体を壊さないで殴る方法も学んだ。

佐和紀の過去を知る真幸の記憶が確かなら、あれは組織の暴力装置を作る施設だった。なにのためかは知らない。そんなことに疑問を持つ必要がないほど、一般社会から隔絶されていた。

佐和紀はひっそりと息を吐き出す。

「おまえが心配することじゃない」

三井に向かって口にした言葉が、思うよりも冷たく響き、押し黙る。

知世がしたことの意味を三井は理解できない。そう思うから、共有の難しい気持ちが宙に浮く。自分の命を懸けて人生を取り戻したことは理解できるとしても、それが佐和紀の背中を押そうとしているなんて、三井は思いもしないはずだ。

知世からの無言のプレッシャーは、会うたびに感じる。

話をするべきだと思ったが、察しのいい知世と向き合う覚悟がない。『壱羽の白蛇』と呼ばれた知世は、きっとすべてを見透かすだろう。

艶《なま》めかしいような白い肌と濡れた瞳で、向かい合う人間を無意識に値踏みする。それこそ、ぞっとする冷酷さで、触れられたくない部分を指摘されるのだ。それが、知世の世代の特徴なのかはわからないが、根本的な価値観が違う。

そんな知世も、兄の束縛から逃れ、これからはすくすくと成長するはずだ。だからこそ、行く末の恐ろしい部分があり、きちんと管理して、守ってやらなければと思う。

隙につけ込まれたら、また他人の支配を受け、愛玩物《あいがん》になるか、見世物にされかねない。

その点は、同じ道を通ったユウキが詳しい。任せていれば心配ないだろう。

ただ、知世がカタギになれない性分であることは、はっきりした。今回のことでよくわかった。頭が良くても、性根が傾いた人間はヤクザだ。

ため息をついて、佐和紀は窓の外を見る。見慣れてきた街並みを過ぎて、病院の駐車場へ入った。病室のあるフロアにあがったところで三井の電話が鳴る。先に行くように促され、フロアロビーで別れた。明るく清潔感のある廊下は静かだ。ひとつひとつの病室が広く、リゾートホテルだと言われても疑わない豪華さがある。

ホテルと違うのは、ベッドを通すため、ドアが引き戸になっているところだ。

「佐和紀さん」

知世の病室のドアを開けようとした佐和紀は、背後から声をかけられて驚く。振り向くと、向かい側の病室の中から直登が手招きしていた。

「こんなところで……」

どうやって入ったのかと驚いたが、ここは病院だ。誰でも自由に出入りができる。

「大事な話があるんだ」

さっと出てきて腕を引く。廊下を振り向いたが、三井が追いつく様子はなかった。

ぐいぐいと引きずられて、まずいと焦った。振りほどこうとしたが、思うよりも力強い。

殴ることができず躊躇《ちゅうちょ》していると、別の男の腕が伸びてきた。

あっという間に引きずり込まれる。患者はいなかった。明かりの下に置かれたベッドは無人だ。佐和紀はとっさに腕を振り払い、男を突き飛ばす。結城紬《ゆうきつむぎ》の袖を揺らして、距離を取る。しかし、追って入ってきた直登がドアを閉じた。

直登に目配せした男は見たことのない顔だ。若く、背が高い。薄いくちびると切れ長の瞳。頭が良さそうだが、どこか投げやりでダークな雰囲気がした。

それが木下だと直感したのと同時に、男が口を開いた。

「はじめまして、新条《しんじょう》佐和紀さん」

旧姓で呼びかけられ、佐和紀は眉根を引き絞った。ぐっと睨み据える。

「木下知之《ともゆき》です。準備ができたので、迎えに来ました」

「なんの話だ」

一歩さがると、横から伸びてきた直登に肩を摑まれた。

「遅くなってごめんね、佐和紀さん。用事が終わらなくて……」

するりと腕が動く。背中から抱きしめられたが、とっさに振り払えなかった。

「一緒に大阪で暮らそう」

幸せそうな声が耳元で吐息に変わる。腕時計を確認した木下が首を傾げた。

「そういうわけだから。なにも準備はいらないよ。着替えも車に積んである」

「バカか」

言い捨てた佐和紀は身をよじった。直登の腕に力が入る。また耳元で声がした。

「俺が助けなかったら、あの子、死んでたよ」

「……おま、え」

胃の中がぐっと熱くなる。直登に肘鉄を食らわせれば逃げられるのに、できない。

「直登の出番はなかった」

腕組みをした木下は、その風景を思い出すように目を細める。

「あんな悲惨なことを実の兄にされるっていうのは、どんな気分なんだろうな。俺にもクソおもしろくない兄貴がいるけど、拷問めいたことをされるところなんて想像したこともない。……あんたがカチコミをかけた、あの田舎の一軒家ね。あそこから、貴和を連れ出したのは俺だよ。由紀子さんに頼まれて」

「由紀子はどこにいるんだ」

直登が言った『用事が終わらなかった』というのも由紀子絡みだろう。

「本郷さんと一緒に雲隠れした。満谷《みつたに》さんが匿ってると思うけど……。佐和紀さん。あんた、直登に貸しがあるだろう？　直登は、まだほんの小さなガキだった。向かいの病室の彼よりも、もっとずっと、小さかった」

木下はさも悲しそうに眉をひそめる。本心は少しも同情していないのがわかる、あからさまな表情だ。

「実の兄が犯されるところを見せられるのは、そりゃあ胸が痛むと思うね。直登はときどき眠れないほど苦しんでるよ。兄貴の夢を見るからじゃない。……逃げ続けているあんたのことが、心配でたまらないからだ」

木下が近づいてくる。直登の拘束もいっそう強くなっていく。

「かわいそうだと思わないか。直登はもうなんともないって言うけど、兄貴が使いものにならなくなったあと……」

佐和紀はびくっと背を揺らした。それ以上を言わず、木下は、手を伸ばした。佐和紀の顔のそばを過ぎて、直登に触れる。

「本当に、かわいそうに。なぁ、佐和紀さん。あんた、あのときはいくつだった？　こいつ……、直登が、いくつだったか、覚えてるか。……責めるわけじゃないよ。悪いのはヤった男だ。間違いない」

そう言いながらも、佐和紀の心をえぐってくる。

「あんたは、由紀子さんの性格を知ってるだろ？　あの人、怒ってるよ。桜河会はもう少しであの人のモノだった……。邪魔したんだもんなぁ。真生会の思惑がなかったら、今頃、あんたが向かい側の病室にいたよ。わかってるんだろう。あのきれいな子は、あんたの身代わりにもてあそばれたんだよ。大昔の直登と同じだ」

手を引いた木下が身を屈《かが》める。睨み返す佐和紀の顔は引きつった。浅い息を繰り返すと、木下は優しげなふりで、にやりと頬を歪める。

「一応、気にしてるんだな。よかった。本当のバカなら、足手まといだ」

「俺は、行かない。直登、俺は……」

繰り返そうとした言葉が、背後に立つ直登の指に封じられる。佐和紀のくちびるを覆った手は、かすかに震えていた。

「心配するな、直登。この人は来てくれるよ。もう二度と、おまえを見捨てるもんか。……そうだろう、佐和紀さん。関西のケンカは、いよいよおもしろくなる。あいつらが、潰し合いをしようが、殺し合いをしようが、どっちが勝ってもいいんだ。花火を見れたら、俺の酒は美味《うま》くなる」

「由紀子の手下じゃないのか」

直登の指を握りずらした佐和紀の問いに、木下はウェーブのかかった髪をかきあげた。

「お金はいただいてるよ。ビジネスだ。……ヤクザの嫁なんて、四年もやれば、もういいだろう。拾ってくれた組長さんへの恩義も果たせたはずだ。次は、直登を助けてやってくれよ。たっぷり暴れさせてやる。……人を殴りたいだろ？」

両手首を握られ、持ちあげられる。直登に背中から抱かれて動けないまま、されるに任せた手がぶらぶらと揺れた。

「でけぇダイヤ。なぁ、直登？」

「佐和紀さんには似合わない」

「……あんたがどうしても来ないって言うなら、仕方ないけどね。でも、直登はどうなると思う？　あんたのことだけを心配して生きてきたのに。……由紀子さんはね、もう自由だろ？　新潟にも鹿児島にも行ける。今回はさぁ、彼のメンタルが強かったから、たいしたことなかったけど。みんながみんな、そうじゃない。由紀子さんは人間の強さを試すのが好きなんだ。どれぐらい叩きつけたらオモチャが壊れるかを試す子どもみたいにね」

　じっとりと見つめられ、佐和紀は浅い息を細く吐く。新潟には、京子の愛人の家族がいる。そして鹿児島には、妙子だ。表舞台から降りた由紀子なら、ふたりに手を出せる。

「おまえらといるからって、それが止められるのか」

　佐和紀の問いを、木下は鼻で笑った。

「さぁ、知らないよ。俺は直登のためにあんたを迎えに来ただけだ」

「じゃあ、なんでそんなことを言うんだ」

「世間話だよ。俺も直登も、新潟や鹿児島に誰がいるのかは知らない。でも、真柴さんのところのおめでたは知ってる」

　木下の目が佐和紀を見据えた。新潟や鹿児島よりもずっと、佐和紀に近い相手だ。出産を控えたすみれの顔が思い出され、佐和紀はぎりぎりと奥歯を噛んだ。

お前らなんかと、行くか。

叫ぶべき言葉は用意されている。しかし、腹に力が入らない。

「考えさせてくれ」

「……どうする、直登」

木下に聞かれ、佐和紀の髪に頬ずりするように直登は首を振る。

「嫌だ。佐和紀さんを、あんな男のところへ置いておけない」

さらにぎゅっと抱きしめられ、佐和紀は今度こそ腕をほどいた。嫌がるのを押しのけて振り向くと、木下よりも背の高い直登は目を潤ませていた。佐和紀が意に染まぬ性行為を強要されていると、信じているのだ。

自分と佐和紀を重ね、守れなかったことを後悔している。周平を愛していると言っても、直登には理解できない。愛したことも、愛されたことも、直登には経験がないからだ。

あとずさった佐和紀の背中を、木下がそっと手のひらで支えた。

「何年も、とは言わない。関西の騒ぎはすぐに収まる」

耳打ちする木下は、人の気持ちを利用している。彼にとって必要なのは、佐和紀の腕っぷしだ。

「今夜八時に、あんたが住んでる屋敷近くの児童公園へ迎えに行く。坂の上にあるだろ」

木下がそう言うと、直登は慌てた。佐和紀の腕を摑み、

「佐和紀さん。戻ることはない。なにをされるかわからないよ。あの男は、ひどいやつだ。もう、男となんてしなくていい……」

涙声を詰まらせる。その指を、木下がほどいた。

「直登。だいじょうぶだ。この人はおまえのつらさを、嫌ってほど知っている。……おまえと兄貴を犠牲にして、生き延びた人だ。わかってる」

一言一言を直登へ言い聞かせ、木下は振り向いた。

「あんたさ、見た目より年がいってんだろう？　これがチンピラ遊びのできる最後じゃないのか。夜の八時だ。明け方までは待ってる」

「……行かない」

「一生後悔するだけだ。セックスで満たせる欲望ばかりじゃないだろ。じゃあ、あとで」

木下はすべてをわかったような言い方をする。細く開けたドアから押し出され、佐和紀はよろめいた。

病室を振り向いたが、ドアはもう閉じている。一方で知世の病室のドアが開き、心配そうな三井が顔を出した。佐和紀を見つけて、眉が吊りあがる。

「おまえ！　なにしてんだよ！」

「タバコ、吸いたくなって……」

思わず嘘をついた。

「そういう問題じゃねぇだろ。誘って！　そういうときは、誘って！」

「わかった、わかった。おまえも相当うるさいな」

笑いがこぼれ、鼻の奥がツンと痛む。日常と非日常が混じり合い、心が傾いていく。

病室に入った佐和紀は、三井の肩を叩いた。

「コーヒー買ってきて。クリームの乗ったヤツ」

「はぁ？　……もう、仕方ねぇな。ユウキ、付き合えよ」

「えぇ……、イヤだな」

誘われたユウキはあからさまにイヤそうな顔をする。

「なんでだよ！　嫌がるなよ！」

憤慨した三井が無理やりに腕を引く。ユウキは激しく振りほどいた。

「頼み方が気に入らないんだよね。偉そうで」

「めんどくせぇな。女みたいなこと言うな」

「たいした男でもないくせに……」

「いいから、付き合えよ。……もー、一緒に来いって。さびしいから」

「バカなの？」

ユウキの視線が佐和紀へ向く。

「うん、バカなんだ」

笑いながらうなずくと、ユウキは肩をすくめた。

「じゃあ、仕方ない。かわいそうだから行ってあげる」

ふたりを見送り、佐和紀はベッドのそばへ寄る。

「来週に退院だってな。……頑張ったな」

声をかけると、頬にガーゼを貼《は》った知世は薄く笑った。

「これからまだ、リハビリが残ってます。痛いから嫌なんですけど。……佐和紀さん、美園さんに返事をしましたか」

「なにの話だ。真幸から頼まれごとでもしてたっけ？」

真剣に考えて首を傾げる。知世はひそやかに笑った。

「違いますよ。関西行きのことです」

静かな口調の中に、詰め寄る押しの強さがある。佐和紀は苦笑した。

「行けるわけ、ないだろ？」

答えると、知世は一瞬だけくちびるを引き結び、臆することなく佐和紀を見た。

「『行けるわけない』なんですよね。気づいてますか。『行かない』とか『行きたくない』とか言っても、佐和紀さんの本音は『行けるわけない』なんですよ。障害があるとしたら、そこだと思いますけど、どうなんですか」

「どうって、なぁ……」

ごまかそうとしてベッドのそばの丸椅子《まるいす》に座る。話題を変えようとしたが、知世は許さなかった。若い勝ち気な目が佐和紀を見据える。

「佐和紀さんにしつこかった、あの男……西本直登。会いましたよ。あの日」

たわいもないことを話す知世の口調に、佐和紀の背中は寒くなる。会ったばかりだとは教えず、見つめ返した。知世はぴりっとした真剣さで言う。

「兄と由紀子と、一緒にいました。興奮する兄をコントロールしてくれて、おかげで死なずに済んだ」

「おまえな……。軽く言うのはやめろよ。自分がどんなとこへ飛び込んだか、自覚しろ」

「でも俺の意思だったじゃないですか。俺の意思だったんです。……いままでは、兄の命令だった。俺は初めて、自分の意思で選んだ。誰と寝るか、誰のために殴られるか。これはもう、ぜんぶ自分で決める。……いいやり方じゃなかったと思います。死にそうにつらかったし、もう二度と嫌だと思ってます」

うつろな目を窓の外へ向けた知世は、怒ることも笑うこともしない。ただ静かにまばたきを繰り返し、話を続ける。

「いままでだって、あんなヤツのために、どうして俺が犠牲にならなきゃいけないのか、ずっと嫌だった。マインドコントロールって、かかってるときはわからないんですね。抜け出すには一回、死ぬしかないって本当にそう信じていて……」

知世はいつになく饒舌《じょうぜつ》だ。あの事件について、こんなに話すのも初めてだった。

嫌な予感がして、佐和紀はドアを振り向く。閉じたドアは開かない。けれど、いままでも、ずっとそうだっただろうか。あのふたりは、知世に接触しなかったのか。

背中に汗が滲み、佐和紀は知世を覗き込んだ。潤んだ瞳はひやりと冷たい。

「俺は死んだってよかった。俺のしたことが佐和紀さんを動かすなら。そう信じてます」

知世の手が伸びて佐和紀の手を摑む。心臓が小さく跳ね、激しく動き始める。若い知世の手は驚くほど冷たく、日陰のひやりとした涼しさに似ていた。

しかし、その皮膚の内側には、脈を打つ血液の流れがある。

「大義名分なら揃《そろ》えました。これでも踏み出したくないなら、佐和紀さんを軽蔑《けいべつ》します」

「知世。……俺は」

「言い訳なんて聞かせないでください。俺の前で、泣いたじゃないですか。あのとき、本当はどう思っていたんですか。俺には、選べない自分を責めているみたいに見えました」

頰にガーゼをあてた知世の目に涙が浮かんだ。いままでうつろに見えたのは、湧《わ》き起こる感情を抑え込んでいたからだ。涙をこらえた知世は、佐和紀をすがるように見る。

兄が死ぬか、自分が死ぬか。そこまでいかなければ知世は自分を取り戻せなかった。

いままではこわくてできなかったことをさせたのは佐和紀だ。それほどの気力を与えてもらったと、知世はただそれを証明するためだけに身を投げ出し、そして、生きて戻った。

「俺は知ってますから。岩下さんの嫁じゃない佐和紀さんを知ってますから……！」

知世は興奮して繰り返す。佐和紀は焦った。そんなに表情を動かしたら、頬の傷が開く。それだけが心配で戸惑う。手を振り払えず、もう片方の手を重ねて押さえた。

「佐和紀さん！」

知世は必死になって叫ぶ。

「岩下さんが、佐和紀さんなしで生きられないって言うなら、そんな男、あんたにふさわしくないんです……っ！」

涙声をかすれさせる知世に、佐和紀の心は乱された。

岩下周平の嫁でなければ、ただのチンピラだ。誰かを動かす力なんてない。そう答えたかった。美園や道元と混じるなんて考えもしない。周平がいるから、周平が望むから、こうやって生きている。それだけの男だ。なのに、知世は真摯《しんし》に佐和紀を信じている。

「佐和紀さんは、自分がいなくなったら、浮気されるって思ってるんですか」

「思ってない。あいつは、そんな男じゃない」

「じゃあ、待たせておけばいいじゃないですか。あっちは十年も長く生きてるんですよ。自分のしたいように生きてきたのに、佐和紀さんにそれを許さないなんて……っ」

「待てよ。周平はそんなこと言ってないだろ。そんなやつじゃない。おまえは、あいつを勘違いしてる。別に、わかってくれとは思わないけど。でも、悪く言うな。……おまえに言われると、こたえるんだ……」

　知世のことを、身内だと思っている。いままで下っ端の年少者だった佐和紀にとって、知世は初めて迎えた弟分だ。だから、自分のパートナーを悪く思われたくない。

　涙をこらえた知世は悲壮感さえ漂わせ、どこが本心なのか、もう見えない。知世自身もわかっていないだろう。ただ、説得するためだけに言葉を重ねる。

「佐和紀さん。兄が死んで、俺はすごく嬉しい。だけど、家族を守れなかったことは、つらい。自分の中にふたつの感情があって、どっちも本音です。もう頭がおかしくなりそうなんです。……それでも、佐和紀さんがいるから、前を見てます。俺の前には、あんたの背中があって、追っていけばいいと信じられるから、兄のことで潰れないように踏ん張ります。俺を見捨てないでください。……自分を生きて、俺に手本を、見せてください」

　すがる目は本気だ。誰に頼まれたのでも、理想を押しつけるのでもない。佐和紀が本当に立派な男かどうか、そこも重要ではなかった。知世はただ佐和紀に正直でいて欲しいだけだ。

　言葉が出ず、佐和紀は呆然《ぼうぜん》とした。それは俺の仕事ではないと突っぱねられない。それがもう答えになっている。

　迷いが生まれて、できない理由を並べ始めたら、答えは決まっているも同然だ。

　必死に打ち消そうとしていることこそが自分の望みだ。間違っていたとしても、そうだ。

やらなければ傷つかない。しかし、やらなかった後悔は永遠に残る。そしてまた、心残りを乗り越えるために苦しむことになる。

気づいた瞬間、胸のつかえがすとんと落ちて、イスに座っている佐和紀はベッドの脇《わき》に肘をついた。両手で顔を支え、深い息を吐き出す。ゆっくり顔を離すと、自分の手のひらが見える。拳を握ると、ジンと痺れて、胸に熱が宿った。自分の望みへ歩み出せば、いまの生活は失われる。けれど、いまのままでいても、自分ではいられなくなる。

それを見ないふりできるほどの幼さはもうない。

「おまえの顔に傷をつけたのは、誰だ」

確かめておきたかった。

「兄です」

知世ははっきりと答えた。目を見れば、真実だとわかる。

「なぁ、知世。おまえ、岡村を俺に任せたいのか、自分のモノにしたいのか、どっちだ。おまえが望んでいるようにしたら、あいつを怒らせるかもしれないとは考えないのか」

初めから、知世は岡村を裏切っている。佐和紀に黙って兄との直接対決をしたいと持ちかけたときから、周平と岡村を欺いたのだ。

「俺は、あの人に惚れてます。でも、尊敬しているのは、佐和紀さんです。岡村さんと佐和紀さんのどちらかを選べと言われたら、俺は佐和紀さんを選びます。好きなのと、好かれたいのは別です。だから、岡村さんに嫌われることもこわくありません」

「おまえも、利口なのか、バカなのか……、わからないな」

でも、若いがゆえの実直さは眩《まぶ》しい。

「やっぱり、行かないんですか」

知世の声がひんやりとして聞こえ、佐和紀は眼鏡のふちを指で押し上げた。

知世が背中を押さなければ、佐和紀はすべてに目を伏せて暮らし続けただろう。それでいいと思えるほど、周平を愛している。しかし、道はもう開いていた。

「答えは出てる。だから、もう聞くな」

知世に話してしまったら、扇動した責任を取らせることになる。

「もう二度と、こんなことをするなよ。これきりだ。今度は許さない」

事情があったとはいえ危険すぎた。どれだけ心配したか、わからない。

「はい。約束します」

潤んだ瞳を伏せた知世が深く頭を下げる。

「……タカシは泣くだろうな」

佐和紀が遠い目をしてぼんやり言うと、知世は笑い声をこぼした。

「あの人は、泣いてすっきりするタイプの人なんです。いちいち傷ついてるわけじゃない。この前なんて、エッチのリハビリしたいなら付き合うって、真剣な顔で言われましたよ。

ちょっと、頭がおかしいな、って思いました」

「あ〜〜、ごめん、なぁ〜〜っ」

思わず頭を抱えて突っ伏してしまう。最低だ。情緒のかけらもない。しかし、それが三井だ。悪びれず、からりとしたところが、湿った心を支えることもある。

「平気です。初めは冗談だと思ったんですけど、好みの女を探してやるって。……出だしは俺で慣れてから、とか言ってましたけど。あの人、俺がゲイだって知らないんですね」

「どっちもイケると思ってんだろ」

「三井さんだと、不安です。誰に頼むのがいいんですか」

「……そういうこと、考えられるのか」

セックスのリハビリを考えるには、まだ早い気がする。

「わかりませんけど、マヒしちゃってるんですよ。元からです。好きな相手としたことないし……。ムラムラくるっていうのも……、あー、うん……」

一瞬だけぼんやりして、知世は首まで真っ赤になる。

「岡村さんだけなんですよね。ムラムラしたの」

じゃあ、と言いかけて、佐和紀は黙った。知世が苦笑しながら首を振った。

「しちゃったら、一緒にいられなくなるから。岡村さんとはリハビリしませんよ。頭の中でだけ。それなら、いいですよね」

「……いいんじゃない……たぶん」

「じゃ、じゃあ、それで……」

あたふたとしてうつむく知世は、真剣に岡村に恋をしている。それも淡い初恋だ。

「おまえは、俺と似てるんだってな」

佐和紀が言うと、知世の笑顔は一段明るくなる。

「背格好だけの話です。顔は足下にも及びません。そもそも俺は身代わり要員ですよ。いざとなったら、着物で歩かせようって思われてたんじゃないですか。全然平気ですけど」

「平気に思うな」

釘《くぎ》を刺したが、知世はのんきに笑う。明るく振る舞うことでバランスを保っている。

知世はこれからも自分自身と戦っていくのだ。兄が死んだらすべてが終わるわけではない。新たに抱えた傷もある。

「実際は、佐和紀さんのほうが強いから、意味ないと思いますけど。でも、それが理由で仲間に入れてもらえたんなら、やっぱりラッキーです。きれいなだけでも、ケンカが強いだけでもダメですもんね。佐和紀さんの世話係は」

「なにを、無邪気に……。おまえはかわいいよ。ほんと……」

そうつぶやいたところでドアが開く。三井とユウキが帰ってきた。

「おー、知世にはフラッペ、買ってきたぞぅ！」

「佐和紀、知世にいやらしいこと言ったでしょ」

頬を赤く染めた知世を見て、ユウキが憤慨する。

「あんたたちは、いつも、そう！　それしかないわけ？」

「トラウマが深くなる前に……したほうがいいんだろ。お清めエッチ？」

佐和紀ののんきな言葉に、ユウキがいっそう眉をつりあげ、三井の背中をバンと叩いた。

「なんで！　俺……っ！」

「そういうことを教えるのは、あんたって決まってる！　もう！」

「……ユウキ、してやってよ」

「は？　そういうことは淫乱な星花《シンファ》にでも頼んで。僕は旦那がいるんだから……。だめ、だめだよ。義孝は貸さないし、三人もダメ」

「能見は目移りしないだろ。ほら、美人のタイプも違うし」

「やー、それは能見さんが役得すぎるんじゃん……」

ユウキと知世を見比べた三井が、へらへら笑う。

「岡村と星花のあいだに入れとけばいいじゃない」

ユウキがイライラした声で言い、佐和紀は首を傾げた。

「あれはなぁ、爛れた感じがする……。全然、清められる気がしない」

「うちの夫婦仲なら、こじらせていいとでも？」

　ユウキはじっとりと目を細めた。

「知世を真ん中にしなくていいよ。なぁ、知世。そっち専門でもないよな？　っていうか、いっそ男として一人前に……」

　佐和紀の言葉を最後まで待たずに、三井が口を挟む。

「そーいや、ユウキ、おまえは挿れるほうもできるじゃん。能見さんには俺から頼んどく。だいじょうぶだって。攻めるおまえも見れる公認３Ｐなら、嫌なふりしても内心ホクホクだから。やっぱ、能見さん役得じゃん。なー」

「三井！　ばか、ばか、ばかっ！」

　ユウキにぽかぽか殴られ、三井が病室中を逃げ回る。

「へー、ユウキって、そうなんだ。へー」

　佐和紀のつぶやきを聞きつけ、ユウキがギロリと目を剝く。

「あんたと周平でしてやれば？　あんただって、男なんだから」

「だめー。俺は永遠の童貞なんだ。周平の口ん中しか知らないで死ぬって決めてる……」

　宙をぼんやり見つめて答える。周平を思い出した佐和紀の表情を目の当たりにして、三人は一斉に啞然《あぜん》となる。それぞれがそれぞれに、なにかを想像して呻き、悶絶《もんぜつ》した。

自分を生きてくれ、と知世は言った。その言葉が頭の中を回る。いつだって、自分は自分だった。思うままに振る舞い、生きてきたつもりだ。

組屋敷の離れに籠《こ》もるふりをした佐和紀は、こっそりと抜け出して町を歩いた。昔、こおろぎ組組長宅があった場所にはもう新しいアパートが建っている。松浦とふたりで暮らした長屋へも足を向けたが、冷たい風が吹き抜ける午後の路地は無人で、将棋をする年寄りもいない。薄い生地のタオルと作業着が干されているだけだ。

引き返して、商店街を抜け、タクシーに乗った。

こおろぎ組の新しい事務所の前を通り、松浦の自宅を過ぎる。両手にスーパーのビニール袋を提げた若い構成員とすれ違う。

今夜はなにを作るのだろう。この季節は、サバの味噌煮《みそに》と焼酎が松浦の好きな晩酌だ。骨を取り除くことが最大の使命だった頃を思い出す。

生まれて初めて『居場所』を感じた。大所帯に家族を感じ、その秩序を崩そうとする男たちの欲望を憎んだ。松浦の亡妻・聡子《さとこ》は「いつかはあんたも独り立ちするの。ずっとここにはいないのよ」と繰り返し、礼儀作法を改めて叩き込まれた。女も何人か紹介されたが、うまくいかずに別れるたび、重いため息をつかれたものだ。

「あんたは、男が好きなの?」と聞かれ、「男は自分だけで間に合ってます」と答えたことを思い出す。足りないなにかを探していたのかもしれない。忘れ去った記憶を、まだ巡り会えない女が持ってきてくれるような、そんな夢を見ていた季節だ。

離れにこっそり戻り、今度は周平の自室へ忍び込んだ。入室禁止ではなく、いつでも好きに出入りできる。その部屋の真ん中に立ち、佐和紀はぐるりと周囲を眺めた。

スーツのかかったオープンクローゼットと着替えの入った洋服ダンス。

棚の上に並んだ高級時計とカフス。

買い置きタバコのタワーに混じった、佐和紀のショートピース。

香水の瓶になぜか並んで置かれている、ラブローション。

閉じて置かれた写真立てには、金だらいに足を突っ込んだ夏の佐和紀と、バリ島で舎弟を含めてみんなで撮った二枚の写真が入っている。

結婚して五年。それまでは別々の人生だった。出会う前、いまの佐和紀と同じ年齢の頃、周平はなにをして、なにを考えていただろうかと思う。若頭補佐就任の話が出た頃だろうか。新しいステージにあがることを、淡々と受け止めた周平が見える気がする。

写真立てから写真を抜いて、本棚に入っているハードカバーを適当に選んで差し込んだ。

別に、ここにいたっていいじゃないかと自分に問う。

直登をもう一度見捨てても、周平がいる。周平がいれば、たいていのことはうまくいく。

新潟も鹿児島も、京都のすみれも、みんな、周平が守ってくれる。

その代わりに、佐和紀は寄り添い続ける。すべてを任せて、すべてを委《ゆだ》ねて、いままで通りに幼く振る舞えばいい。

考えた佐和紀は、くちびるを引き結んだ。

本当に、それでいいのだろうか。そんなことのために、周平は自分をそばに置いたのだろうか。夜毎、肌を重ね、欲をさらし合い、みっともなく汚れたところほど愛しく思えた。

この五年。周平は本当に幸せだったのだろうか。

高級時計の針が進み、やがて夜が来る。部屋住みに呼ばれた佐和紀は、部屋を出て母屋の食堂へ移動した。みんなと一緒に夕食を取る。しばらく雑談をして、ひとり離れへ戻り、もうすっかり暗い景色を渡り廊下から眺めた。常夜灯がチラチラと揺れて焦燥に駆られる。

佐和紀はぎりぎりまで周平を待った。

何度も、離れに置かれた電話の受話器を取り、覚えた番号にかけようとしてやめる。なにを話しても、みっともないだけだ。そう思う。

そして時間は過ぎた。

もう、時間切れだ。木下に言われた八時がやってくる。佐和紀は動かなかった。周平の予定を知らせる連絡が入るのではないかと待ち、周平の顔を見て、声を聞きたいと思う。

八時が九時になり、佐和紀は自室で着物を脱いだ。桐箪笥《きりだんす》にいっぱいのたとう紙の中には、まだしつけさえ取っていない着物がある。それらを選ばず、ゆとりのあるブルージーンズにカットソーを着た。既製品のスカジャンを摑む。袖を通して迷い、脱ぎ捨てた。

結婚五周年におろす予定だった、真新しいオーダーメイドのスカジャンを出す。刺繍《ししゅう》のあるほうを内側に、臙脂色のサテンを表にする。

九時が十時になり、もう帰ってくる、もう帰ってくると、繰り返す気持ちが揺れる。縁側に持ち出したスニーカーの紐をゆっくりと締め直しながら、手紙を残せばよかったといまさら考え、書くことがないと気づく。

周平は引き留めない男だ。いままでもそうだった。たとえ佐和紀が相手でも追うことはない。何度も家出をしたが、迎えに来るのは、気持ちが落ち着いたそのあとだ。必死になっているところなんて、想像もできない。

最後に一発、濃厚なセックスでもしたいのかと、自分に問いかけ、頃合いだと腰をあげた。名残が尾を引くほどに、周平との関係は、セックスが落としどころになる。

抱き合えば、すべての鬱屈は消え去る。だから、このまま一緒にはいられない。

もう何度も、周平を鬱憤《うっぷん》晴らしの相手にした。暴力的な衝動が湧き起こるたびに、愛情とは関係ない発散に付き合わせた。疲れ切って眠る佐和紀は自分の無責任な身勝手さを実感していた。セックスで傷ついた周平を知っている自分が、優しさを搾取している。

許してくれるから、甘えて、奪っている。

手紙はあとでかならず出そうと決めた。白紙でもいい。かならず、送る。

決意を繰り返して、縁側を離れた。好きだった庭をぐるりと眺め、感慨さえうち捨てて背を向ける。

秋には七草が揺れ、冬には椿《つばき》が咲く。春に梅と桜。夏は青葉にテッセンの花。思い出が、ほどけていく。冷たい北風は、もう冬の気配だ。

小道を抜けて母屋の前を通り、通用口から外へ出た。裏の中華料理屋には数人の構成員が溜まっていたが、洋服を着た佐和紀には気づかない。

行き過ぎて、角を曲がった。ゆるやかな坂を登る。一番近い児童公園は、この坂をずっとあがった先だ。道幅が広いから、車も停めていられるだろう。

あたりは高級住宅が並び、どこも塀が高い。地区の高年齢化が進み、子どもは少ないのだが、それでも、公園は大滝組が整備していた。住宅街の清掃やどぶ掃除も定期的におこなっている。通りを挟んだ新興住宅街も同じだ。

前のめりに急ぐ佐和紀は、ふいに背後を振り向いた。自分を追う足音がないかと、耳を澄ます。そんなはずはない。誰も知らないことだと思い直して、視線を戻す。

自分の人生を切り開こうなんてつもりはない。それでも、行くと決めたとき、心は驚くほど軽くなった。直登に対する責任を取ると考えた自分自身に、ホッとしたのだ。

しかし、周平はどう考えるだろう。嫌いになって離れるわけではない。周平より、直登が大事なわけでもない。行かずにいられない自分がいて、許してくれる周平を想像する。

引き止めて欲しいと心のどこかで考え、旦那のものわかりのよさを憎く思う。

すべては言い訳だ。

周平のことを思うふりをしても、自分の生き方は変えられない。

周平と出会って変わった自分を知っていながら、ぬるま湯の中から出られないことも周平のせいにしようとしているのだ。こんなわがままが許されるとは思っていない。だから、周平に連絡を入れることもできず、帰りを待った。運を天に任せたのは、言い争って飛び出したほうが自分に都合がいいからだ。無鉄砲なふりをすれば、ふたりの関係に傷がつかないと思う打算でもある。

うつむいた佐和紀は、ポケットに手を入れたまま、歩調を速める。

街灯の下を通り過ぎ、切れかけた電灯を心寂しく思う。しばらく進んで、足を止めた。振り向くのがこわいと思ったときには、後ろを見ている。ぎゅっと胸の奥が縮んだ。息をするのも苦しくなり、佐和紀は立ち尽くした。

そこに周平がいた。薄暗さにまぎれて佇《たたず》む姿は、ちょっとしたホラーだ。先回りをして待ち伏せしていたのかと驚き、佐和紀は道を戻った。

やはり知っていた、と思う。周平はいつも、なんでも知っている。

知っていて、見ないふりをする。気づかないふりをするのだ。

「どこに行くんだ」

静かな声に憤りが見えたのが意外だった。しかし、表情には出さずにさらりと答える。

「ちょっと、ね……」

言った瞬間、スカジャンの襟を掴まれ、ふたりの位置が逆転した。コンクリートの塀に肩がぶつかり、佐和紀は痛みに顔を歪めた。驚く余裕もない。

そして、周平の力はゆるまらなかった。

「知ってて聞くのは、ずるい」

いつになくストレートな怒りに戸惑い、佐和紀は視線をそらす。

「黙って消えようとすることは、ずるくないのか」

「……だって」

佐和紀はうつむいた。涙が込みあげてきて、そんな自分を弱くなったと思う。

こんなふうではなかった。すべてを自分ひとりで背負って生きていた頃は、傷つけることも傷つくこともこわくなかった。

「俺とおまえの五年は、短い時間じゃないだろう。おまえにとって、俺はそんなに頼りのない旦那か」

憤った声で言われ、心が怯《おび》える。怒られるのは嫌いだ。男の低い声も、叱責《しっせき》する鋭い声も、野太い怒号にも胸が詰まる。直登の兄を怒鳴っていた男の声がよみがえり、ふたりを捨てて逃げた自分の罪に追われる気がした。

「行かなくちゃいけない」

「……俺よりも、そっちを選ぶんだな」

「……ッ！」

カッとしたのと同時に、周平の頬を殴っていた。拳を開いても遅い。衝撃で眼鏡が飛び、周平は切れたくちびるを指先で押さえた。血が出ている。

「俺がおまえを殴れないのを知ってるだろう、佐和紀」

「説明して行かせてもらうんじゃ、意味が違う」

「ルールってものがある。松浦組長が相手でも、同じことをするのか」

「しなきゃいけないときは、する。それがいまだ。なにもかも知ってるんだろ。それなら、黙って行かせてよ」

「無理だ。説明しろ。誰と行くんだ。美園たちに協力するなら、ちゃんと道を作る」

「だから！」

手首を強く摑まれ、力任せにほどく。周平と揉《も》み合いになり、足で両膝のあいだを割り開かれる。顔を押さえられ、身体をよじって逃げる。

「佐和紀っ！」

周平が怒鳴った。瞬間、離れようとした佐和紀の身体は硬直して、そして動けなくなる。

「追いすがる俺が見たいか」

「無駄だから。そんなこと、意味ない。……したら、嫌いになる」

泣きたくなるのを、ぐっとこらえた。いま、そんなことは卑怯《ひきょう》だ。

まばたきもせず、周平を睨む。

「好きだ。おまえが好きだから、この気持ちのまま行かせてくれ」

周平はわかっていたはずだ。毎日のように欲しがる佐和紀の欲望が、甘い愛情を通り越し、身勝手なストレス発散になっていたことを。

気づかないなら、周平は終わっている。恋に溺れて、視界が悪くなっているのだ。あんなやりとりを、愛しているから当然とは言われたくない。

「どこの誰と行くのか。それを言ってくれ」

いつだって冷たすぎるほど落ち着いていた周平から問い詰められ、佐和紀は眉をひそめた。本当に知らないのか。それとも、言わせたいだけなのか。判断がつかない。

「直登だ」

と、佐和紀は素直に答えた。

「西本直登。俺が見殺しにした大志の弟だよ。今度見捨てたら、俺はもう……。ケジメなんだ、周平。一生、この気持ちを引きずって生きるのはイヤだ」

「……その男がやらせろと言ったら、おまえは足を開いてやるのか」

「なんで！」

もう一発、平手でひっぱたく。それでも周平は、佐和紀の肩から指を離さなかった。

「おまえの欲望ぐらい俺がどうにかしてやる。人を殴りたいなら殴らせてやる。ヤリたいなら……」

「言ってること、わかってんの」

「……俺がおまえを好きにさせるのはな、佐和紀。そこにいるからだ。傷ついたら帰ってきて、俺の腕の中に入るからだ。その役を、ほかの男には……」

「わかってよ」

最後まで言わせず、佐和紀は一歩前へ出た。周平に近づく。

「……俺は、誰とも寝ない」

「犯されたら？」

「あきらめてくれ」

言ったのと同時に、パンっと高い音がして、頬が熱くなる。佐和紀を平手で打った周平は、大きく息を吸い込んだ。

するっと手を離し、スーツの内ポケットを探った。折りたたんだ紙を取り出す。

「離婚届だ。俺の分は書いてある」

佐和紀は思わず、あとずさった。暗がりの中でも緑の枠線が透けて見える。

「岩下でなく、新条姓で通すつもりだろう。それなら、別れていけ」

紙をさらに小さく折り、佐和紀のスカジャンを乱暴に摑んで、ポケットへ押し込む。

佐和紀の心は途端に震え、迷いが生まれる。格好をつけたままで行かせてくれない周平を睨んだ。自信を持って出ていき、そして、それを褒めて欲しかった。わかっていると思っていた。だから、直登のことも見逃しているのだと。

「なんで？　なんで、こんなこと、すんの……」

「逃げるような真似をするからだ。突き放されるのが嫌で、俺を突き放したんだろう。いつもいつも俺を置いていって……。それでも、『俺のために』と言うのか」

「……だ、って」

行かないでくれと言われたら、行けなくなる。

逃げるように消えて、格好をつけていないと、こわくて仕方がない。本当はどこにも行きたくないからだ。けれど、いまのままでもいられない。直登をもう一度捨てたら、佐和紀はずっと後悔に引きずられる。それも嫌だ。周平とのあいだに不純な感情を持ち込んで生きるなんてできない。

「佐和紀。俺は、おまえを愛してる。……行かせてやる」

周平の言葉が、胸を刺した。

悲しみの隙間から周平への苛立ちが現れ、佐和紀は片眉をぴくぴくと痙攣させる。

愛しているのは佐和紀も同じだ。だけれど、『行かせてやる』という言い方は、気に入らない。肩で息を繰り返し、佐和紀は宙を睨み据えた。ドラマチックな感傷に酔っていた心が急に冷めて、左手のリングを抜いた。

純白のきらめきが心を慰めた婚約指輪だ。そして、軽いけれど頑丈なチタンの結婚指輪。

絶対にはずさないと決めていた二本を、周平のポケットに返す。

「行きたいから行くんだ。……行かせてもらうわけじゃない」

怒りがふつふつと湧いて、たまらない気分になる。

引き止めてくれと、心のどこかが叫んでいる。離婚届なんて欲しくない。行って、帰ってくるだけだ。しかしそれは、周平の言う通り『ルール違反』だ。

肩で息を繰り返し、少しも動揺していない周平を見た。

目と目が合って、佐和紀だけが相手を睨みつける。

「好きにしろ」

周平が目をそらした。

ふたりを繋ぐなにかがぷつんと切れる。伸ばしかけた指先を拳に折り込み、佐和紀は勢いよく顔を背けた。周平を残して、一歩を踏み出す。

そばを過ぎる身体の半分だけがそこに残りたがり、心が引きちぎられる。

喉が震えても、涙は出なかった。

足早に離れながら、頭の中はもう何度も振り返っていた。駆け戻って飛びついたら、きっと受け止めてくれる。きっと、きっと、きっと。

そう信じる心は、ポケットの中に押し込まれた紙切れを思い出して萎えた。すべての決着はついている。戻っても、もう前と同じじゃない。これがいつものケンカでも家出でもないことはあきらかだ。佐和紀は本気で周平を置いていくつもりだった。

ふたりのあいだに絆《きずな》が残ると思いたくて、決定的な別れを避け、黙って消えようとした。しかし周平は、それをしたら終わりだと決めていたのだ。だから、離婚届は準備されていた。甘えて裏切ったのは佐和紀だ。追いかけて引き止めない周平を責めることはできない。

角を曲がり、前を見た。この先を二軒過ぎて、右に曲がり、坂を登れば児童公園がある。もう、戻れない。それは直登が現れ、記憶が戻ったときからわかっていた。

周平といることが自分らしくないわけではない。ただ、もう器が小さすぎて、自分が窮屈なのだ。涙が出そうになって、最後は走っていこうと思う。そのときだ。

「佐和紀……っ！」

腕が引かれた。驚いた身体が傾いで、ぐっと抱き寄せられる。顔に当たるのは周平の肩だ。スパイシーウッドの香水がしっとりと香り、啞然とした顔が両手に包まれた。

初めて見るかもしれない必死の顔だ。乱れた息が顔にかかり、走ってきたのだと気づいて驚いた。いままで一度だって、逃げ出した佐和紀を呼び止めなかった。離れるものを追うことのない男だ。そんな周平が、息を切らせている。

「佐和紀、忘れるなよ。行かせたくて、行かせるわけじゃない！」

まばたきも忘れた佐和紀は、周平の手首に掴まった。眼鏡を拾わずに、髪を乱して追いかけてきたのだ。やはり、なにもかもを知っていて、佐和紀の気持ちも知っていて、この男はまた自分ひとりを悪者にしようとしている。

「もしも、戸籍も男に戻れることがあれば、そうしろ。それで、おまえと俺のこれまでがなくなるわけじゃない。……愛してるんだ。おまえを」

「……っ」

佐和紀の目から、涙が溢れてこぼれた。周平の手が濡れていく。

ずっと知っていたのだ。直登のことだけではない。もっと本質的なことだ。佐和紀がもういまのままでいられないことも、小さくなった器の中で苦しみ始めることも。

知っていて、育ててくれた。愛情をかけて、いつも見守ってくれた。嫁にもらったくせに、いつだってひとりの人間として扱っていてくれた。

「俺に謝るなよ、佐和紀……」

親指が言葉を制して、くちびるを撫でる。

「俺が悪いんだ。佐和紀。おまえを愛した、俺が悪い」

「……んで、だよ」

「俺が愛さなければ、おまえはもっと自由だった。こんなに泣くこともなかった。俺を、愛していなければ……」

抱き寄せられて、首にしがみつく。涙が溢れて、声は言葉にならない。息もすることができず、佐和紀は周平の襟から指を這いあがらせる。周平を求めて腕の中へもぐり込み、くちびるを押し当てる。自分の眼鏡が邪魔だが構っている余裕もない。

「これは持っていけ」

荒いキスの途中で、周平がダイヤを取り出した。

「正当な価値で換金できなくても、まとまった金にはなる。現金も持ってないだろう」

スカジャンの内側のポケットへ指輪を入れて、今度は自分の胸ポケットを探る。二つ折りの万札からマネークリップをはずし、佐和紀のジーンズの後ろポケットへねじ込んだ。

「行くなら、もう振り向くな。俺のことは考えなくていい。寂しくて、泣いて帰っても、俺は受け入れない」

指がとんと、佐和紀の胸を押す。

「おまえの思う通りに生きて、また惚れさせてくれ」

「……周平」

「なんだ」

無理して微笑もうとする男の強がりから佐和紀は目をそらす。うつむいて言った。

「俺もしないから、周平も、しないで……。誰とも」

「……できない身体におまえがしたんだ」

うつむいたつむじにキスが落ちて、周平が後ろへさがる。髪が乱れ、くちびるの端が切れていても、三つ揃え姿は凜々しい。

「見送るよ。そうさせてくれ」

次にいつ会えるのか。それは、わからない。

再会は、ふたりの人生の、これからの目的にはならないのだ。もう一度出会うために別れるわけではない。約束も、なかった。背を向けた佐和紀は何歩か進んで振り向く。

足は止めないで、軽く手を振る。なにも考えなかった。わずかにでも過去を振り返れば、決断はすぐに揺らいでしまう。感傷にひたることもせず、佐和紀は前を向く。

見送る視線を背中に感じながら、周平に見せた笑顔のまま、夜の住宅街を駆けた。

＊＊＊

流れていく日々の中で、周平は心を閉じた。誰に対しても残酷に振る舞ったが躊躇はない。組屋敷の離れを引き払うため、自分の荷物は使っていないマンションへ運んだ。

佐和紀の荷物は自分で手をつけず、支倉に処分を頼む。手元には、なにも残さない。

去り際の離れは、結婚前に下見したときよりも、いっそうガランとしていた。

佐和紀が好んだ秋草が庭の片隅に揺れている。それを眺めた周平の胸に、ひっそりとした悲哀が募り、ひとつの季節が終わったと実感した。

茶番劇に過ぎない男同士の結婚だ。当初のバカげた思惑を考えれば、ふたりの生活は長すぎた。失った青春を取り戻すように暮らした佐和紀との日々が、風に吹かれて手のひらからこぼれ落ちる。

枯れた撫子《なでしこ》から目をそらし、そのまま黙って離れを去った。

噂はすぐに回り、周囲の知るところになるだろう。岡崎は喚《わめ》き散らしたが、京子になだめられ、すぐに理性を取り戻した。しかし、不機嫌を貫いている。

大滝組長は無関係の立場を取り、松浦組長からは謝罪を受けた。腹の読めない組長だ。佐和紀を跡継ぎに決めた頃から、飛び出すことを望んでいたのかもしれない。謝罪をしたのも、表面上の義理を通しただけのことだ。

松浦には、彼が佐和紀に譲った着物を返した。残した着物は、それ一枚。ほかは、残らず処分しろと支倉へ命じた。未練を残さないやり方に対して岡崎以上に憤ったのは、三井だ。手のつけられないほど荒れたが、周平は取り合わない。

そして、岡村からはしつこく行き先を聞かれた。答えられることはなにもなく、調査をしてもいないと知った瞬間は呆然として、すぐに烈火のごとく吠《ほ》えた。周平に対する態度ではないと腹を立てた支倉が追い返し、それから姿を見ていない。

周平は気にもしなかった。忙しかったからだ。佐和紀がいてもいなくても、仕事は湯水のごとく湧いて出る。北関東の件に絡んだ警察とのやりとりがあり、組関係の渉外活動、それから、新しく手を出した、政治家のフォローだ。

支倉の運転する車が、秘密基地にしている山手のマンションを出ようとしたとき、大型のセダンに道を塞《ふさ》がれた。岡村の車かと思ったが、もっと上品で高級だ。

後部座席の窓が開き、品のいいロマンスグレーの髪が見えた。サングラスをかけているが、貫禄は隠せない。

「牧島ですね」

支倉が静かに言う。周平は仕方なく車を降りて、開いた窓のそばに立った。

「こんなことは困ります」

声をかけると、牧島が降りてくる。形のいい中折帽を目深にかぶり、サングラスを少しずらして周平を見た。

「追い出したのか」

すぐに顔を隠したが、口元には怒りの色が浮かんでいる。あれきり、佐和紀の行方は知れない。誰も連絡を受けていないし、直登の行方も掴めなかった。

「ご忠告通り、カゴから出しました。まだ、ご不満でも？」

無表情に返すと、苛立った牧島にネクタイを掴まれる。

「なんてことをするんだ」

「頼られるとでも思ったんですか？　それはご自身を過信しているのでは……」

「……おまえは」

「あれは根っからのチンピラですから、外へ出せばそのように逃げます。躾《しつけ》が行き届いて、血統がついたとでも思ったんですか。ずいぶんと、甘えた考えだ」

ぐっとネクタイを引かれ、周平はわざとぶつかって肩へ摑まった。

「誰かにとって都合のいい自由なんて、本当の自由ではないんですよ」

ささやきながら、牧島の手をほどく。

「あなたのフォローをすると、御前に伝えました。どうぞ、ドブさらいはこちらにお任せください」

「……岩下。わかってるんだろうな。もしも私が、佐和紀くんを捕まえたら……」

「カゴの中に入れますか。どうぞ……」

するなと言った人間がそれをするのかと、言外に責める。牧島のくちびるは小刻みに震え、磨きあげられた靴がコンクリートを叩いた。周平は冷えた声で慇懃《いんぎん》無礼《ぶれい》に言う。

「出かけるところです。車を動かしてもらえますか」

「こんな方法しか取れない人間だとは……」

「牧島さん。佐和紀はまだ小さい。やっと幼さが取れたばかりだ。過大評価して潰すことだけはご容赦願いたい」

「まだ愛しているのか」

サングラス越しに睨んでいるのだろう。その目元は見えない。周平は、自分が映るレンズを眺めた。鼻先で笑って、ネクタイを直す。

「好きだ嫌いだで動くほど、私も若くはありません。……あぁ、そうだ」

車へ戻りかけて振り向く。もちろん、わざと思い出したふりをしたのだ。

「あなたもかつて、あきらめざるをえなかった人がいますね。御前の……」

どんっと二の腕が胸にぶつかった。周平は表情を変えず、眼鏡を指先で押しあげた。

「いつか詳しく聞かせてください。勉強になりそうだ。俺は、同じ轍《てつ》を踏みませんが……。早く動かさないと、どてっぱらにぶつけますよ」

笑いながら後部座席に乗り込む。牧島を乗せた車が走り去り、周平たちも出発する。

「ケンカを売ったんですか」

「買ってやったんだ。年寄りのくせに色気づきやがって」

「あまりに急だったんですよ」

支倉は平然と言った。佐和紀がいなくなっても変わらない男だ。

「本当に別れるとは思いませんでした」

「引導を渡してやれと言ったのはおまえだろう」

「私が言いたかったのは、生半可ではケガをするということです。あんなふうにドラマチックに別れて……。見ているこちらが恥ずかしくなります」

「見ているのが悪い」

「仕方なくですよ」

あの夜、支倉は身を隠したまま、佐和紀が直登と合流するまでを確認していた。

「御新造さん……この呼び名も、もう、どうなんでしょうね。向こうはすっかり騙されていたようですが、私からすれば、男の未練がみっともないほど溢れてましたよ」

「いいじゃないか……」

声のトーンが落ちる。周平は自分の口元を指で覆った。油断すると、悲しみが込みあげてくる。しかし、一緒にいてダメになるのも我慢がならない。なにより大事なのは、佐和紀の生き方だ。

「もっと、すっぱりきれいに行かせてやるべきだったんです。嫌われたと思うぐらいが、よかったんですよ」

「殺すぞ、おまえ」

本音がトゲになったが、支倉は気にせず、つんと澄ました。

知世の件が起こってから、支倉は佐和紀と距離を置いていた。余計な相談を持ちかけられまいとしたのだろう。

「なぁ、支倉」

「帰ってくるのかなんて、聞かないでくださいよ。関西の組を背負った彼と再会しても、私には関係のないことです。あなたもその頃には、大滝組なんて名乗ってはいないでしょうからね」

「もういい、黙れ」

自分から声をかけたことは棚にあげて、運転席のシートを蹴りつける。

周平が大滝組を去るのは遠くない未来だが、まだ先の話だ。それまで会えないなら、すべてを投げ出したくなる。

きれいさっぱり縁を切って送り出すことができず、中途半端に情を残したのは周平の弱さだ。自分以外の男と縁づくかもしれない可能性は捨てきれず、気持ちは鬱々《うつうつ》と沈む。牧島のような外野は気楽なものだ。佐和紀の外面に騙され、チヤホヤしているだけでいい。

不機嫌な周平を乗せた車は走り続け、岡村が働くデートクラブの地下駐車場で停まった。エレベーターで高層階へあがる。

開いたドアの向こうに、支配人の北見《きたみ》が待っていた。

「岡村は」

「社長室におられますが」

アポ取りはしていない。支倉から北見へ電話したのも、駐車場からだ。

「なにがあったんですか。俺たちに当たる男じゃないだけに、見ていられません」

周平が無視して進むと、北見に腕を引かれた。

「岩下……っ」

元は友人のひとりだ。プライベートの顔になり、詰め寄ってくる。

「問題があるなら、話してくれないと困る」

「それを察して働くのも、仕事のうちだろう。なんでもかんでも、俺に聞くな」

「知ってる人間に聞くのが早い」

睨むように見据えられ、周平は軽い口調で答えた。

「嫁と別れた。離婚届を渡して追い出したんだ。……わかったか」

「なんだ、それ！　余計に混乱するだけだろ！　待て、待てよ！」

支倉がさっとあいだに入り、騒ぐ北見を押し留める。

周平は社長室のドアを叩き、しばらく待って中へ入った。書類を繰っていた岡村が視線をあげる。周平を見ると、盛大に顔を歪めた。

「アポがない。出ていってくれ」

書類をめくり、判を押す。周平は気にせずに応接セットのイスに腰かけた。

「コーヒーはいい。気にするな」

タバコを取り出して火をつける。岡村がどんとテーブルを叩いた。

「出ていけ……っ！」

怒鳴って立ちあがるのを、静かに見つめた。少しずつ圧力を加えて最後にぐっと見据えると、岡村の目元が引きつった。それでも視線をそらさないのは成長だ。

周平は息を吐いた。ひとり、笑みを浮かべる。

「悠護と連絡を取った。鳩が豆鉄砲を食らったような顔をしてたな。佐和紀の邪魔になるのは困るから、釘を刺しておいたぞ」

「……俺にどうしろと言いたいんですか」

「さっきの威勢はどうした」

テーブルへ近づく。くわえタバコで、スーツのジャケットを跳ねあげ、スラックスのポケットへ手を突っ込んだ。

「逃げられたのはおまえじゃない。声をかけられなかったのが、そんなにショックか」

指に挟んだタバコの灰を、わざと書類の上に撒いて言う。

「おまえには失望した。佐和紀もそう思うだろうな」

「俺には、ここの仕事が……」

最後まで言わせずに睨みつけた。岡村は苦しげにうつむく。周平は口を閉ざし、そこで会話を終わらせた。動けないならそれまでだ。佐和紀も長くは期待しないだろう。

部屋を出ると、支倉が待っていた。隣に控える北見は複雑な表情だ。吸いかけのタバコを渡し、周平はその場を去る。

「完全にふぬけてるな。なにを言う気も、失せた」

いきなり姿を消した佐和紀も悪いが、向こう見ずは元からだ。考えに考えても、瞬発力で駆けていく。周平は追いかけてやれないから、岡村の横恋慕を許してきたのだ。

それなのに、一人前に落ち込むなんて、失恋でもした気でいるのかと憤りを覚える。

「その程度、ということですね」

支倉は辛辣《しんらつ》だ。

「俺も、あと十年若ければな」

追っていけたかもしれない。

「そもそも、その頃のあなたに惚れる男じゃ、ないでしょう」

周平の弱音を鼻で笑い飛ばし、支倉は振り向きもしない。

「それなら、身体で繋いでいられた。もっと俺なしでいられないようにして……」

「むなしい妄想じゃないですか。いまのあなたでなければ、あれはチンピラのまま、ヤリ殺されて死んでるタイプだ」

「言葉を選べよ。言葉を」

「……知りませんよ。もう、あれには関わらないでください」

到着したエレベーターの扉を押さえた支倉に先を譲られる。周平は冷ややかな視線を向けながら中へ入った。

7

狭い路地に面した部屋は四階だが日当たりが悪い。手をぐんと伸ばせば、隣に建っている雑居ビルの外壁に指が触れる。

窓辺に座った男の髪は、傷むほどに脱色した金髪だ。前髪が眼鏡の上にかかるのをそのままにして、ぼんやりと見ているのは、路地の向こうに広げられたブルーシートの即席露店だった。片方だけの靴や爪切りが並び、ときどき、ふらっとやってきた客に買われる。

どこかで酔っぱらいの叫ぶ声がした。なにを言っているのかわからない。怒鳴り散らしたかと思うと、陽気な歌声を響かせて遠ざかる。

「寒くないの、サーシャ」

毛布を引きずった青年が、金髪の男の足元へ近づいた。温めるように覆いかぶさって、黒いジャージズボンの膝にぺったりと顔をつける。性的な感じがまるでしない仕草だ。

うっとりと目を閉じる青年の黒い髪を、サーシャと呼ばれた男がくすぐった。ジャージズボンの上着は幾何学模様が奇妙に崩れたセーターだ。くすんだ赤色がいかにも安っぽい。

木下に髪色を変えられた佐和紀は、四畳一間のワンルームに直登と暮らしていた。もう三ヶ月だ。ほぼ監禁状態で、自由はない。

周平から渡された離婚届はせせら笑いで破り捨てられ、ダイヤの指輪も現金も取りあげられた。スカジャンが難を逃れたのは、新しい防寒着を買い与えるのが惜しかったからだろう。ＧＰＳを警戒した木下にコインランドリーで繰り返し洗われ、一気にくたびれた。

逃げ出そうと思えばできたが、土地勘がない。そもそも、直登をひとりにできなかった。

木下は二日に一度のペースでやってきて、食料や雑誌を置いていく。

「おーい。ナオ！　サーシャ！　仕事だ、仕事」

鍵を開ける音がして、木下が土足のままで入ってくる。佐和紀のタバコをむしり取って投げ捨てると、ふたりを窓際から追い立てる。

「早くしろよ。車を待たせてるんだから」

佐和紀はスカジャンを着て、直登はブルゾンを着た。

建物の前にはワンボックスカーが停まっていた。それもいつものことだ。

一ヶ月に一度か二度、佐和紀と直登は仕事に連れ出される。現場はいろいろだ。雑居ビルのこともあれば、廃屋や倉庫跡のこともあった。

仕事の内容は単純で、ただ人を殴るだけ。実行するのは直登で、佐和紀は制止する役だった。転がされているのは闇《やみ》金融の債権者や裏社会のルールを破った男たちで、女はひとりもいない。女を痛めつける役には立候補者が多いのだと木下はつまらなさそうに話した。

今日の現場は、繁華街の裏路地にある雑居ビルで、外に看板はないがオフィスのドアにローン会社らしき名前が貼ってあった。それも、手書きの紙がガムテープ貼りにされているだけだ。オフィスフロアを抜けて奥の部屋に入ると、応接室の隅に男がひとりいた。全裸で正座させられている。

周りを取り囲むスーツ姿の男たちは、髪をオールバックに撫でつけ、関西の言葉で相手を罵っていた。木下が到着するのを見ると、ふたりがその場を離れる。残りは監視役だ。木下が喫茶店に誘われ、佐和紀はオフィスで待機していろと命じられた。応接室には、直登が残る。

「あれ〜。『サーシャ』やんか」

オフィスへ出ると、声をかけられた。見覚えはないが、相手は一方的に知っているらしい。仲間をちょいちょいと手招いた。

「前に言ったやろ。花牡丹のサーシャ。こいつ、めちゃめちゃ強いんやで」

二十代の若いチンピラたちが四人、わらわらと寄ってきた。佐和紀はデスクへ追い詰められ、ついにはそこへ座る体勢になる。

花牡丹は、佐和紀のスカジャンの柄だ。紺のビロード地の肩と背中に、周平の入れ墨と似た絵柄を横振り刺繍で配置してある。まったく同じではないが、彫り物師である財前《ざいぜん》が佐和紀のために描き下ろした絵だ。

これを形見のように着て歩くことになるとは思わなかったが、作っておいてよかったと思う。日々の暮らしが陰鬱《いんうつ》でも、かつてを思い出すためのよすがになる。

「離れて欲しいんだけど」

「聞いたかぁ？　めっちゃ、関東弁やん」

からかった男が佐和紀の眼鏡を奪った。後ろへポーンと投げて、あごを掴んでくる。

乱闘騒ぎを起こすなと言いつけられている佐和紀は、男たちの行動にも耐えた。しかし、このあとの展開は身に覚えがありすぎる。

顔を覗いた男たちは、目を伏せた佐和紀の表情に色めき立った。

「ほら、めっちゃエロいやろ」

「あんた、歳《とし》、いくつ」

「二十五ぐらいやろ」

「ホモ？　ホモなん？」

「触るな！」

伸びてくる手を振り払い、男たちを押しのける。逃げた腰が掴まれ、げらげら笑いながら股間《こかん》を押しつけられた。

「うわー、めっちゃええケツしてるぅ！」

カクカクと腰を振った男が叫び、残りの男たちが佐和紀の腕を押さえた。

「見てみようや」

「失礼しますぅー」

「東京もんのエロケツやでぇ！」

ぎゃはぎゃはと笑い、ジャージのズボンに手をかける。佐和紀はとっさに、後ろに回っている男のむこうずねを蹴った。

叫び声をあげて飛びすさったかと思うと、勝手にデスクにぶつかって、また悲鳴をあげる。仲間がやられたと思った男たちが激昂《げっこう》して、佐和紀に摑みかかった。

こうなってしまっては、相手が疲れるまでやり合うしかない。殴りかかってくるのを避《よ》けて腹に打ち込み、ついでに隣の男を拳で薙《な》ぎ払う。

ゴキッと骨の鳴る音がして、しまったと思った。ケガをさせたら一大事だと身を屈めた瞬間、隣からにゅっと出てきた足が男を蹴りつけた。容赦のない力で飛ばされて、ごろごろ転がっていく。蹴ったのは、仕事を終えた直登だ。

「ナオ！　やめろ！　いいから。なにもされてないから」

そう言っても、もう無駄だ。佐和紀へ手を出す男には容赦がない。

「あー、思った通りだなぁ」

いつのまにやら戻っていた木下に、佐和紀だけが引き剝がされる。

「こいつらも調子に乗ってるらしいから、いいよ。ほっといて。ナオ！　殺すなよ！」

わざわざ叫んだのは、男たちをこわがらせるためだ。逃げようとしたひとりが、興奮状態の直登に引きずり戻される。

「とめろよ。直登の拳が……」

「しばらく仕事ないからいいよ」

気楽なことを言った木下は、スーツの男たちに目配せしてビルの外へ出た。佐和紀にタバコを勧めて、自分も火をつける。

「そろそろ生活も落ち着いたし、引っ越しでもするか」

「ずっと、あそこだと思ってた」

佐和紀が言うと、鼻で笑った。

「べつにそれでもいいけど。いや、俺が嫌だ。きったねーもん。あのあたり」

見た目だけは涼しげな男だが、世慣れしすぎた泥臭さがある。ヤクザの手下のようなことをやりながらも、あいつらの金で飲み歩いてやってるんだと笑う軽妙さがあった。

「ナオと俺はルームシェアしてるんだ。あんたはナオと同じ部屋でも問題ないだろ？　直登もそろそろバイトに戻す。……聞いてない？　普段は居酒屋とか飲み屋で働いてんの」

「知らない。……俺を信用したってこと？」

木下はこの数ヶ月間、佐和紀を試していたのだ。外と連絡を取らないか、直登をうまく制御することができるのか。

「まー、合格だね。あんたを探し回るヤツも出なかったし、関東でもたいして噂にならなかったみたいだ。そもそも、男同士の結婚なんてお笑い種だもんな」

タバコの煙を盛大に吐き出し、古い雑居ビルの壁に靴の裏を押しつける。

「身体が疼いたりしねぇの？　どうしてた？　まさか、ナオの隣でやんねぇよな」

「……そんな暇、ない」

「あるだろ。時間なら山ほどあった」

「時間だけはな」

自由はひとつもなかった。いつも直登が寄り添っていて、トイレも長くなるとドアを叩かれる。夜中に身体が疼いても、自慰のひとつもできない生活だ。

「俺が慰めてやってもいいけど……」

ふっと視線を向けてきた直後には、おどけて飛びすさる。

「ナオがこわいからな〜。あ、眼鏡は？」

「捨てられた」

「またか！　今度は美形がわかる眼鏡にしてやる。あんたも捨てないように言って」

「知らないよ、俺は……」

「まぁ、仕方ないとは思うけど」

ずうずうしく手を伸ばしてきて、佐和紀の前髪をかきあげる。

「俺もあんたのこと、オカズにしたからな。なんだろうな。エロいんだよな」

「ほっとけ」

手首を掴んで、ぽいっと捨てる。

「だからさ、あんたの相手は探してきてやるよ」

「身体を売ってこいって話？」

「できそう？　なんてねー、そんなことさせたら、俺がナオに殺される。うまく切り抜けられるかは、あんた次第って案件」

「なにそれ」

「ハニトラってやつ？　うまく転がして、懐に入ってきて欲しい。うまくやれば、素股《すまた》ぐらいで逃げられるだろ」

「……いやだ」

「あははー。笑わせんな。べつに、あんたを縛りつけて、あの部屋でどんどん男を取らせてもいいんだよ？　あんたがナオに言わなければいいだけだ。でも、できないでショ」

吸い殻をポイっと捨てて、木下は自分の前髪を両手でかきあげた。

「阪奈会って知ってる？　高山組の二大勢力のひとつ。そこの情報が欲しい」

木下の目的はいつも金だ。ヤクザに使われているが、彼らの勢力図や政治には興味がなく、佐和紀のことも表面的なことしか知らない。

だから、持たされた離婚届が効力を持つとは知らなかったし、阪奈会の美園や桜河会の道元と繋がっていることも気づいていなかった。

「阪奈会の葛城組《かつらぎぐみ》に身を寄せてるヤクザがいてさ。関東から流れてきたんだって。かなり金回りがいいらしいから」

「……生活費、引っ張ってこいって？」

「自分の食費ぐらいはなぁ……、頼むよ。あとは、適当に仲良くなっておいてくれ」

「いやだな」

佐和紀は繰り返した。関東から流れてきたというのがもう不穏だ。本郷の顔が浮かんだが、それはない。木下が手下になっている真生会側の人間だ。

「男しかダメな上に、美形が好きらしい。……断る立場にないからな。サーシャ」

肩をポンと叩かれて、佐和紀はため息をついた。

断る立場にはなく、このままの暮らしも限界だ。この数ヶ月は耐えに耐えた。風呂《ふろ》もなければガスも使えない部屋で、週に二回のコインシャワー生活。食べるものも毎日似たようなコンビニ飯かカップラーメンで、熱湯は卓上のガスコンロで沸かしていた。

「そろそろかな」

ビルを見上げて、木下が言う。

「ナオを回収するか。あいつもここんとこ、あんたとべったりだったからな。今日あたり、ソープに連れていかないと」

「俺も風呂に入りたい」

「……ソープ？」

「銭湯でいい」

「銭湯に迷惑だろ。あんたみたいなエロいのが入ったら……。もうあの部屋には帰らなくていいから、うちで風呂に入って。それから、直登に付き合ってやってよ。まぁ、そこで一緒に入ってきてもいいけど」

「は……？」

「女相手にブチ切れたら、出入り禁止になるから、付き添いがいないと入れねぇんだよ」

「おまえ、見てたの？」

「仕方がないだろ。参加したらややこしいから、見学」

そんなことを聞きたいわけではないが、木下はいつも適当だ。

「……ナオは、それなりに学力もある。常識もな。ただ、心が壊れてるよな」

一瞬だけ冷静な表情を浮かべたが、すぐに軽薄さを取り戻してビルの中へ入っていく。

「なぁ、俺のダイヤは」

背中に問いかけると、振り向きもせずに答えが返る。

「質に流した。あれ、すごいんだな。向こうが大慌てで現金積んできた」

「……へぇ」

その金の使い道については聞かなかった。俺のものだとも言わない。ただ、持たせてくれた周平の思惑を考えただけだ。

歯の浮きそうなセリフが自然と似合う伊達《だて》男の、凜々しい顔が脳裏に浮かぶ。佐和紀は真顔になった。思い出せば身体が疼く。後悔よりも先に、寂しさが募る。

だから、考えるのをやめた。

＊＊＊

木下と直登の住むマンションは、大阪・ミナミに近い堀江《ほりえ》という町にあった。繁華街からはほどよく離れている。男が三人で暮らすと狭い２ＤＫは、荷物もなく簡素だ。ラブホテル代を使いたくない木下が女を連れ込むための部屋でもある。

直登がバイトに出ているあいだ、佐和紀は女を口説く手伝いをさせられる。

ひとりかふたりを連れて帰り、佐和紀が余ったひとりの話し相手をするのだ。

そして、バイトから帰ってきた直登も、用意された食事をたいらげるように女を抱いた。佐和紀を自分の寝室へ押し込み、木下の部屋に乱入するか、リビング代わりのダイニングで済ませる。

ふたりが寝入ったあとで、佐和紀は女たちの世話をした。明け方に起こして、始発電車で帰らせる。木下はかならず一枚か二枚、財布から金を抜いたが、またどこかで会うからと、それ以上のことはしなかった。

二月が終わり、三月が来て、佐和紀は京都にいるすみれのことを考えた。もうとっくに赤ん坊は生まれている。真柴の友人である木下は、何食わぬ顔で祝いを届けに行ったが、写真の一枚も撮ってこず、赤ん坊の名前も覚えていなかった。佐和紀が名づけ親になる約束はついに果たせなかった。それでも、母子ともに健康であることを知れて安心する。

ベランダでネオンを眺めながらタバコを吸っていた佐和紀は、吸い殻を始末してリビングへ戻った。そのまま直登の部屋に入ると、薄闇の中で座り込む影が揺れる。

佐和紀がいないことを察して起きていたのだろう。近づくと、ぼんやりとした目で見上げてくる。一九〇センチはありそうな長身のくせに、子どもみたいな顔をして、片膝を抱いたまま、ゆらゆらと揺れていた。

「悪い。ヤニ切れ」

寝るように促すと、隣に転がった佐和紀へ寄り添って丸くなる。まるで猫だ。髪を撫でると、静かな呼吸が聞こえた。ふたりが使う部屋には、衣装ケースが一個と布団が一組あるだけで、あとは佐和紀のスカジャンと直登のブルゾンが壁にかかっている。

カーテンの隙間から廊下の明かりが差し込み、部屋は真っ暗にならない。それが、精神的に安定しない直登にはちょうどいいのだ。直登の心を壊したのはサーシャだと、木下からいつも言われる。恨まれていないだけましだなと笑う顔は、意地が悪かった。

「サーシャ。欲しいもの、ある？」

眠っていない直登に問われ、佐和紀の脳裏には周平の顔が浮かぶ。

「ないよ」

答えた声はうまく感情を隠している。性欲なんか微塵もない顔をするのにも慣れた。溜まった精液はたまに抜いたが、なにも考えず想像もしない。単なる排泄《はいせつ》と同じだ。

そう思っていても、周平を思えば心が震える。

なぜ、別れてしまったのか。

動けないままの現状が、胸に重たくのしかかる。自分らしく生きるのだと息巻いた結果がこれでは、泣いて帰ることも恥ずかしくてできない。偉そうにしていられたのは岩下の嫁だったからだと、初めから知っていたのに虚しくなる。

「直登はなにが欲しい。いつまでも、こんな暮らしじゃないだろう」

「俺は、サーシャがいればいい」

「そうだな」

否定はせずに、髪を撫でる。いまはそうだろう。しかし、こんな暮らしはやはり続かない。佐和紀は思い悩みながら歌をくちずさむ。『異国の丘』のメロディがうまく取れず、今日に限って歌いにくい。

離れの縁側がうっすらと思い出された。事後のタバコを吸う周平の腰へ横からしがみつき、逞《たくま》しい膝を枕《まくら》に歌った夜がよみがえる。脱ぐことのできない入れ墨を背負い、それでもインテリの色気を涼やかに身につけた男は、変わらず佐和紀の中にいる。

「サーシャ」

直登ががばっと起きあがった。

「ほかのことを考えたら嫌だ。俺と兄ちゃんのことだけ考えて」

「……考えてる」

答える胸がチクチクと痛む。横浜にいるときに想像した生活と、ふたりとの生活は、まるで違っている。佐和紀はぜいたく慣れすぎて、生活のレベルに違いがあることをすっかり忘れていたのだ。しかし、いまはまだ、ふたりに合わせた貧乏な暮らしもつらくない。長屋暮らしを思い出したりして、松浦のことを懐かしく感じたりする程度だ。

だからこそ、ずっと続けるのは無理だと思う。

周平との生活は佐和紀の身についていて、簡単に消えるものではなかった。生活レベルを合わせることができても、仮の暮らしだ。

そう思うのに、馴染《なじ》んでいく自分もいる。性行為でなだめなければ収まらなかった暴力衝動も落ち着き、当初の目的や目標が日々の中に埋もれていく。危機感を覚えるべきだと佐和紀は苦々しく考えた。このままでは共倒れになる。

牧島と話した階層の話がうっすらと思い出され、そして遠くかすむ。

低い階層の者を救うために、権力を捨てて活動してはいけないと牧島は言った。そうすることで相手を理解できると思うことは間違いだ。その階層の視点を想像することと、視点を同じくすることは違う。

相手を想像する中で、いかに上下のレベルを合わせ、差を埋めていくか。それを考え実行するためには、生活のゆとりと物事を動かす権力が不可欠だ。

ならば、佐和紀はふたりをこの暮らしから引き上げるために考えなければならない。ここには周平はおらず、牧島を頼ることもできない。しかし、ふたりを連れて行動できるのだろうか。考えが行き詰まり、心が重苦しくなる。

閉塞していた。なにもかもが閉じて、開かない。

佐和紀は細く息を吐く。いつのまにか直登は寝息を立て、安心した顔で眠っている。部屋のドアが静かに開き、木下が顔を出す。

「サーシャ。芋焼酎、もらってきたけど、飲まない？」

「飲む。お湯割りで」

答えながら、直登を枕に寝かせて布団をかける。

壁にかけたスカジャンの、花牡丹が目に入った。同じ絵図を肌に持つ、あの男に恥じる行動はできない。それを思い出すことだけで、いまは精いっぱいだ。

ぐっと奥歯を噛んで、佐和紀は部屋を出た。

＊＊＊

朝、ひんやりと冷たい空気の中で目を覚ます。

三月とは思えない寒さに布団から出られず、隣で寝ている直登とのあいだに吹き込む風が冷たくて身体を近づける。

見ていた夢は、軽井沢の木漏れ日の中だ。モノクロなのに、天祐荘《てんゆうそう》の草花だけは淡い色がついていた。ユウキを身請けした樺山が、養子になった彼のために買った別荘だ。

親族からの反対を強引に押し切っての養子縁組だった。自分にもしものことがあっても、そこだけは残したいと考えたのだろう。

知世のために礼を言わなければいけなかったといまさらに思い、そんなことはもう自分の考えるべきことではないのだとあきらめる。夢の中には、周平ではなく石垣がいた。

アメリカへ留学する前にテレビ電話のやり方を教えていったが、結局はメールを何回かやりとりしただけだ。佐和紀は文字を打ち込むのに慣れなくて、いつも知世が返事を書いた。佐和紀が面倒に思っていると感じたのか、向こうが忙しくなったのか、メールのやりとりもいつしか遠のいて、便りがないことが元気な証拠だと思うようになった。

そんな石垣の夢だった。天祐荘へ一緒に行ったときはまだ金髪だったが、夢の中の石垣は地髪の色をしていて、反対に金髪になった佐和紀を笑っていた。木下の自己流だから、佐和紀の髪は脱色しただけの薄汚い金茶色だ。

長い夢だったのに、目が覚めた瞬間に弾《はじ》けて消えた。まぶたを閉じても、もう戻ってこない。そんなものだと思う佐和紀の背中に、直登がぴったりと寄り添う。

自分が捨ててきた多くのものが幻になっていくのがわかる。現実の軸足はもう完全に移っていて、過去なんて思い出さなければよかったと悲しくなってしまう。

弱さに蝕《むしば》まれるようで、佐和紀は布団を這い出した。直登の手が佐和紀を探し、まぶたをうっすら開ける。

「起きる。家にいるから」

髪を撫でると、明け方に帰ってきた直登はすうっと眠りに落ちていく。バイトの金はすべて木下に回収されている。それでも直登は養ってもらっていると思い込んでいた。

オレンジとグリーンのスウェットセットを着た佐和紀は眼鏡をかけ、肩にスカジャンを羽織って部屋を出る。マンションの中はいつも寒い。ダイニングに置かれたローテーブルの上からタバコを取り、ライターで火をつける。

木下の部屋のドアが開いて、寝乱れた女が出てきた。

「ここ、どこ？」

関西のイントネーションだ。木下のパジャマの前を押さえ、崩れた化粧のままで髪をかきあげる。剝き出しの素足だ。

「イヤや。こんな美形がおったなんて……」

「始発はとっくに出てるから」

帰れと言うと、眉をひそめた。見た目は派手だが、実年齢は幼く見える。

「感じ悪ぅ……。ねぇ、タクシー呼んでぇや」

「自分でやれよ」

ベランダへ出ようとすると、突然、声をあげて駆け寄ってきた。

「あんたが『花牡丹のサーシャ』？　うち、コレもんの人と付き合っててん」

女は自分の頰に線を描く。ヤクザの合図だ。

「今日にはヨリを戻すんだろ」

「もうイヤやわ。なんや言うたら、付き合いや義理やって。あほらしいねん。ほんま、きれいな顔してるなぁ。東京の人なん？　東京ってどんなとこ？」

「たこ焼きがマズイ」

「最悪やな！　……顔、腫《は》れてるやん。ケガしんときぃや」

佐和紀の前髪を手でよけて、若い女は明るく笑う。頰のアザは二日前のケンカの名残だ。

「ケンカ、強いんやろ？　それでも殴られるんやな」

「噂になってんの？」

「前に、うちの店の子、助けてたやん」

覚えはなかったがそうなのだろう。直登や木下に付き合って出かけ、そのついでに街角のケンカの仲裁をすることもある。もちろん、どちらの陣営も区別なく殴るだけだ。

「うちの人がな。『あぁいうのが無頼や』って言うてたで。どこの組にも出入りしてへんのやろ」

「……結婚してるのか」

口調でそれとわかる。女は口元に手を当て、またケラケラと笑った。

「内縁ってやつ。籍は入れてくれへん。うちみたいな風俗嬢はイヤなんやろな」

「そんな男は捨てろよ」

「……ほっといてよ。なぁ、『無頼』ってなんのこと？」

口調だけは無邪気な女がベランダのカーテンを開いた。外は薄暗い。冬空の雲が重く垂れ込め、雨か雪が降りそうだ。

「誰にも頼らないこと」

佐和紀はそう答えた。女はローテーブルの上に置いた自分の携帯電話を手にして、画面に並んだ表示に顔を歪めた。それから、指をせわしなく動かす。

「定職をもたないで、ナホウをすること、やって」

女が読みあげた文章の意味がわからずに携帯電話を覗き込むと、『無法を行う』と表示されていた。読み間違いを正す気はない。タバコの煙を吐き出しながら離れて、ベランダのドアを開けた。

「さむっ！」

女は悲鳴をあげ、木下の部屋に駆け戻っていく。寒さに強い佐和紀は外へ出た。

石垣に誘われて銀座のバーへ行ったことを思い出す。無頼派の作家が集まっていたバーだと言って、石垣は飴色《あめいろ》に磨き込まれた止まり木を撫でた。さまになりすぎるからと、その日は着物を禁止にされて、それぞれ二杯飲んで帰ったはずだ。

あの頃は単なる暇つぶしの遊びだと思い、たいした感慨も持たなかった。

石垣には特別な考えがあったのかもしれない。そう思う自分は、ものごとを難しく考えようとしている。佐和紀は気づいてタバコをふかした。

意味もなく過ぎていく毎日と、たまの暴力。

女たちの匂いが残った部屋と、好きでもない男の体温。

直登のことは嫌いじゃない。しかし、償い以上の意味も持てなかった。どこかで道を間違えてしまった気がして、佐和紀は両手のひらを開く。この道に夢と希望なんて初めからなかったのだ。しかし、未来を摑んでみたいと、確かにそう感じていた。

自分だけの人生、自分だけの生き方、自分だけの責任。

なのに、毎日は平凡な繰り返しだ。生活の中に沈んで、怠惰と堕落が身につき始めている。タバコを吸い終えて部屋に戻ると、身づくろいを済ませた女が出ていくところだった。

ドアが開いて、バタンと大きな音で閉じる。

「帰った？　あー、ほんと、朝までいる女って最低」

部屋から顔を出した木下が、上半身裸でふらふらとシャワーを浴びに行き、髪を濡らした全裸で戻ってくる。使い込まれた下半身を隠しもしない。

「あいつね、ソープ嬢。ヤクザに貢いでんだよ。まだ十八ぐらいらしいけど、三十前に見えるよな」

笑いながら部屋に戻り、服を着て出てくる。

「その前はホストが相手でさ、あっという間に泡に落ちたって。で、結局はヤクザがかっさらった。金づるの奪い合いだよ。……ほら、そういう顔をするだろ。サーシャがまっとうに働いてる女はやめろって言うから、路線を変えたのに」

「ひとりに決めたらいいだろ」

「めんどくせぇ。金がかかるし、機嫌は取らなきゃならないし」

佐和紀がインスタントコーヒーを出すと、木下はローソファにのびのびと座り込んだ。

「直登の面倒を見てきて、ほんとによかった。あんたみたいなのが釣れるんだもんな」

ダイヤを質に流した金は、借金の返済に充ててもまだ残っているらしい。直登を働きに出している木下はほぼ毎日飲み歩き、女を口説いて帰ってくる。

たまにヤクザと会うと泥酔して戻り、翌日いっぱいは機嫌が悪い。相当、いびられてくるのだろう。相手の憂さ晴らしのサンドバッグをやりながら、次の仕事を待っているのだ。

「サーシャ。今日、服を買いに行くから。おまえの。あのセーターはやばい。そろそろ春だし、買ってやるよ。……その服も意味がわかんないぐらいダサいよ」

「ほっとけよ。好きで着てるんだ」

「あっちにいるときは、いい感じだったのにな」

「人の髪の色を変えておいて、勝手なこと、言うな」

「似合ってんじゃん。サーシャなんだから、外人っぽくしとかないと」

「顔が日本人だろ」

「……無駄にきれいだけどな」

佐和紀をじっと見て、木下はへらへらと笑った。

「だからさ！　なんで、それなんだよ！」

おしゃれなカフェの片隅で、木下は不満たっぷりに顔を歪める。佐和紀が選んだのはボーダー柄のトレーナーだ。赤と緑と青と黒と黄が繰り返され、どれも原色だった。

店の前で大ゲンカになった挙げ句、木下はしぶしぶ金を払った。

「無駄金……」

ぐったりとして落ち込み、重いため息をつく。しかし、五百円していない。

「どれか、ひとつの色でいいだろ。いや、あの色の中じゃ、黒しかダメだ。俺が買い直してくる」

「いいだろ、別に。着るものなんか。好みの問題だ」

「それが悪すぎるって言ってんだよ。俺もなんだってこんな服に金出してんだ……。やっと繋ぎが取れたのに。相手が萎えたらどうするんだよ」

阪奈会葛城組に身を寄せている男の話だ。年末年始が近づいて話が止まり、年が明けて二ヶ月、ようやく動いた。予定は今夜だ。

「俺の服を貸すから、それ着ていって」

「いやだ」

「さっきのは絶対に、ダメ！」

「じゃあ、なんで買ったんだよ」

「わ、かんねぇ……」

木下は頭を抱えた。佐和紀の勢いに負けただけの話だ。

「……今夜、ナオは、カジノのウェイターだ」

言葉の響きで裏カジノだとわかった。直登はまだマンションで寝ている。夕方頃に起きて準備をするはずだ。

「あんた、行ったことあるだろ。高級マンションでやる大きなやつ。あれでナオはおまえを見つけたんだ。さっといなくなったから、幻かもしれないとか言ってたな。それから、真柴の結婚式であんたを見つけた。……そういや、真柴のとこの赤ん坊は男だ」

木下は、佐和紀の反応をうかがっている。

「今夜の出来次第で写真を見せてやるから」

じっとりとした陰湿な表情で、意地悪そうにくちびるを歪めた。

「男の名前は、横澤政明《よこざわまさあき》。物静かで、仕切りが抜群にうまいらしい。ちょっと見たけど、三十代の細マッチョな感じ。セックスもうまいって。……二回三回で相手を変えてるけど、本人は決まった愛人を欲しがってる。俺と違ってさ、とっかえひっかえは好みじゃないらしい。……落としてきて」

「軽く言うなよ。……桜河会の道元みたいな感じ？」

「そこまでスタイリッシュじゃなかったな。道元さん、いいよな。あぁいうヤクザに憧《あこが》れる。やっぱ、京都だから、だよな」

「関係ないだろ」

コーヒーに口をつける。花牡丹のスカジャンを着た佐和紀は、苦さに眉をひそめた。砂糖をさらに溶かす。

「気に入るかどうかは、相手次第だろ。好みのタイプもわかんないんじゃ……」

喫茶店でも佐和紀に注文の自由はない。一番安いコーヒーを木下が勝手に頼むのだ。

「そこはあんた、プロだろ」

「……ちげぇよ」

ギッと睨んだが、つまらなくなって視線をそらした。断る権利はないが、うまくやれる自信もない。寸前で半殺しにしてしまうかもしれないことに、木下は気づいていなかった。

「久しぶりに『男』を愉《たの》しんできたらいいだろ？　変わった趣味はないらしいし、相手をしたやつはみんなメロメロになってるって」

「……嘘くせぇ」

頬杖をついて、女子大生らしいグループを眺めた。離れた席にいるが、明るい笑い声がここまで聞こえてくる。

相手をメロメロにするセックスなんて、そう簡単にあってたまるかと思う。

頭の芯《しん》が痺れて、身体中が快楽に支配されて、喘がされて果てるときの、空白の甘さ。

それを現実に引き戻す指先と、濡れた肌の熱。

目を閉じた佐和紀は、ゆっくりとまぶたを押し開いた。

「その顔してれば、誰でも勃起する」

木下はうっとうしげな息をつき、無責任なことを言う。

「あんたが冷凍マグロでも、エロいから心配ない。だから、愛人契約ができそうなら、即答してきて。条件はあとでなんとかできるし。でも、帰ってこいよ」

「わかってる」

直登を残して、どこへも行けない。

「木下。おまえはヤクザになりたいの？　道元みたいな？」

「なりたかねぇよ。あんなにめんどくさい仕事もないだろ。サラリーマンよりもキツイ。ブラックもブラックだ」

「この先もこんなことで食っていくつもりなのか」

「急に三十オヤジの説教かよ。うっとうしい。……オンナ転がしてれば金になるし、ナオもまだ使える。この暮らしに飽きたら、適当なのを選んでヒモにでもなる」

木下はまだ、この暮らしが楽しいのだ。そこに疑問もなく、向上心のかけらもない。関西のヤクザが本格的に揉め始めれば身を引くだろう。自分から破滅するタイプではない。使い捨てられないように距離を取るバランス感覚だけは人並みはずれている。

「なぁ、あの女子大生、イケると思わねぇ？」

木下の声が弾む。

「いいとこのお嬢さんだ。無視してやれよ」

「あぁいうのがさ、危ない男遊びをしたがってるって、いつも言ってんだろ？　どれが処女だと思う」

佐和紀は心底から苛立った。木下を軽く睨んで席を立つ。そのまま、女の子たちの席に行って、ぐるりとテーブルを見回した。

「ねぇ、カノジョたち」

佐和紀はわざと甘く微笑んで、顔をさらすように髪をかきあげた。迷惑そうに振り向いた四人が、いっせいに頬を染める。佐和紀は静かに息を吸い込み、くちびるを開いた。

「誰が、処女？　男、知りたくない？」

佐和紀の後ろをへらへらとついてきていた木下が、頭を抱えて悶絶した。

8

カジノパーティーのウェイターをするために、直登は夜の八時頃に出かけた。明け方までは帰らない。

佐和紀は買ったばかりのトレーナーを取りあげられ、木下のカットソーを押しつけられた。コインランドリーから持って帰ってきたまま、部屋の隅に積みあげられていた一枚だ。くしゃくしゃになっていたが、匂い消しの芳香剤をかけて渡された。バタバタ振っていると、少しだけシワがましになる。

「上着はいつものやつでいいよ。『花牡丹のサーシャ』ってのに期待してるらしいから」

「悪趣味そう……」

木下に言われ、顔をしかめながら、ビロード側を表にして袖を通す。

なんだって、周平と同じ牡丹柄を背負って、男を悦ばせに行かなければならないのか。

しかし、今夜のことをいつか知られたとしても別にこわくない。貞操を守る約束はしたが、口先だけのものだとお互いが知っている。そんなに甘い世界ではない。

それでも、素直に身体を明け渡すのはバカだ。どうやって最後までしないで済ませるかを考えた。考えに考えすぎて、胃がキリキリと痛む。

木下にも胃痛を訴えてみたが、無視されてタクシーの中へ追い立てられた。

「それはおまえ、身体が喜んでるんだろ。ひっさしぶりに、ガチガチのチ○ポ、しゃぶるんだからな。ごっくんしてやれば？」

木下はまだ昼間のことを怒っている。花牡丹の刺繍が街で噂になるからだ。自分の印象まで悪くなると、散々になじられた。

「ほんと、信じられねぇ。……あーぁ、女子大生と遊びたかったなぁ」

「相手にされると思ってることが信じられない」

「おまえがニコニコして『今度、飲みに行こー』とか言えば、連絡先もらえただろ」

「へー、知らなかった」

「知ってるだろ！」

佐和紀が声をかけて気を引き、あとは木下がうまく立ち回るのだ。

「もう黙ってろ……」

佐和紀はタクシーの外を見た。そこへ、にゅっと、木下の手が出てくる。栄養ドリンクを握っていた。

「その気で行けば、緊張なんてしないんだよ。とにかく、媚《こび》を売りすぎず、サーシャっぽく。なんか、高貴な感じで？」

「なんだよ、それ」

鼻で笑いながらフタをあけた栄養ドリンクは、よくよく見れば精力剤だ。

「ちょっとそこらにはいない、ミステリアスな美形っていうのがいいだろ。金のために仕方なく舐めてます、みたいなノリでいけよ」

タクシーの運転手が聞いていることを気にもせず、木下はしきりとドリンクを勧めてくる。危ない薬でも入っていないかと怪しんだが、キャップの封は切れていなかった。未開封に違いない。薬で意識が飛んだ佐和紀が、あれこれ話してしまって困るのは木下だ。

タクシーはやがて高級ホテルの車寄せに着く。ふたりで降りた。

広い吹き抜けのロビーは、ほどよく静かで、人の出入りもまだ頻繁な時間だ。スーツ姿の男がひとり寄ってきて、薄手のコートを着たままの木下が挨拶を交わした。

顔を見せるように言われ、佐和紀は眼鏡を取る。長く伸びた前髪を耳にかけて相手に視線を向けた。加減したつもりだったが、相手はわずかに動揺してあとずさる。

「いいでしょ？」

木下が自信満々に言うと、三十代半ばの男は取り繕って表情を厳しくした。

「病気は持ってないだろうな」

「半年以上も男日照りだよ。その前はまともな相手がいた。……そんなこと言うなら検査費用払えよ。こっちは専業じゃないんだから」

眼鏡をかけ直した佐和紀の腕を引き、帰るそぶりを見せる。男は慌てて木下を呼び止めた。こんな美形はめったにないと思っているのだ。

男の組にとって、よほど大事にしたい客人の接待なのだろう。

「悪かった。噂には聞いてたけど、見るのは初めてで驚いたんだ。それで……」

「俺は手を出してない。これ、狂犬だから」

「……大事な客だ。暴れることがあったら、わかってるだろうな」

「よく言い聞かせてあるし、迷惑かけることがあったら、好きにしていいよ」

「よし、わかった。送ってくるから、待っててくれ」

男に促された佐和紀の肩を、木下はいつもの気楽さでポンと叩いた。陽気さに内心は苛立ったが、あきらめる。

エレベーターに乗ると、男は特別フロアへ入るカードをスキャンした。

「粗相のないようにしろよ。逆らうな、いうことや。まぁ、淫売を気づかっても、なぁ」

ふたりきりのエレベーターの中で腰を抱き寄せられ、耳のそばに鼻先がぶつかってくる。

「ほんまに木下とは、違うんか……」

ジーンズの上から尻を揉まれ、身をよじった。

「こんなん隠してるなんて、あいつもやるなぁ。なぁ、今度、俺もどうや」

「……木下に言えよ」

なおも近づいてくるのを押しのける。しかし、相手は離れなかった。客に引き合わせる前に味見をしようとしている気配があり、別の階のボタンを押そうとする手を押さえた。

「客への食事に、手をつけるつもりか」

相手の動きがぴたりと止まる。

「毒味やないか」

舌打ちしながらも、人目がないのをいいことに尻を揉み続ける。ゾッとしたが、このあとのことを考えるといっそう気が沈む。一度でも顔を見ていれば、作戦も立てられるのに、ぶっつけ本番はキツい。しかし、うまく手懐けることができれば、突破口になるだろう。

ほんのわずかでも木下や直登から離れ、自由時間を持てたらいい。外へも連絡ができる。急《せ》いてはダメだと自分に言い聞かせて、好きに尻を揉ませたままエレベーターが止まるのを待った。

ハイクラスのフロアらしく、廊下の途中にはさらに扉がある。

「これって、あんたの組が金を持ってやってんの？」

「まさか。客が勝手に、ここに住んでるんだよ」

高級ホテルの特別フロアに住んでいるなんて普通ではない。

「どういう人？」

先を歩く男の腕を引く。スーツの生地感は悪くない。仕立てもそこそこだ。おそらく有名ブランドの既製品だろう。男の組の規模がうっすらと見える。

「東京の、人……？　いつから、こっちに？」

不安げな声を出すと、男は足を止めた。

「来たんは年の暮れか……。あっちから来たことは確かやけど。ヤクザかどうかも、よくわからん。仲間が下手を打って、しばらくはこっちで稼ぐって話だけ聞いてる。まぁヤクザちゃうやろ。通知も回ってへんしな。気取ってる分、そのあたりのチンピラとは違う。おまえ、ほんまに男を知ってんのか。だいじょうぶなんやろうな」

「なにが……？」

「顔色が悪くないか？　調子悪いのをあてがったら、俺が怒られる。……今日は、キャンセルさせたろか？」

その代わり、自分が味見をするつもりなのだろう。

優しさに隠した下心がねっとりと絡みついてくる。こちらのほうが危険そうだと察して、佐和紀は静かに首を振った。小者に用はない。

「久しぶりだし、慣らしてくる時間がなかったから、不安なだけ」

「あぁ……。そやったら、俺が……」

男はなかなか動こうとしない。佐和紀がうんざりし始めた頃、近くのドアが細く開いた。

若い男が顔を出す。見るからに安いジャケットを着た下っ端だ。

「あ、もう来てはったんですか」

確認に出てきたのだろう。佐和紀を口説きにかかっていた男が背を向けて舌打ちする。

「悪いな。この男がゴネるもんやから……。中には大概のもんが揃ってるから、時間もらって準備したらええ」

そっけなく言って、佐和紀の背中を押した。若い下っ端は無遠慮な視線で、足元から頭のてっぺんまでを見てくる。何人もの男が、この部屋を訪れたのだろう。今度は気に入られるか、仲間内で賭《か》けでもしているのかもしれない。

佐和紀を連れてきた男が中へ入り、挨拶をしてすぐに出てきた。

「『先生』とお呼びしろや。余計なことは聞かんとな。……中で待ってはるから、自分で名乗って挨拶しぃや。こいつは外で立ってる。終わったら声をかけてくれ」

そう言い残し、男と下っ端が消える。ドアが閉まり、オートロックが音を立てた。

佐和紀は静かに振り返る。室内は久しぶりに見る高級感だ。両脇に扉があり、正面は行き止まりで蘭《らん》のフラワーアレンジメントが置かれている。壁には小さな絵が飾られていた。

その手前に空間があり、リビングスペースへ続く。スィートルームだ。覗き込むと、グレートーンでまとめられた室内が見えた。

木下たちのマンションのダイニングが、ふたつは入りそうな広い部屋だ。

入り口から見て正面の壁には大きな薄型テレビがかけられ、左手に大きなガラス窓とスタイリッシュなソファセット。右側のスペースは簡易キッチン兼バースペース。

肝心な男の姿がなく、佐和紀はさらに奥へ進んだ。ガラス窓に向かって右側に、ベッドルームがあり、ダブルベッドがどんっと置いてある。男はその奥にいた。

仕事から戻ったまま着替えていないのか、仕立てのいいスーツは後ろ姿だ。

カーテンを少しだけ開いて、外を眺めていた。近づくと、タバコを消す手元が見える。

シンプルな文字盤の時計が目に入り、一瞬だけ知っている男が脳裏をよぎった。

雑誌で見て、似合うからと勧めた時計に似ていたが、まさかここにいるはずがない。

周平のデートクラブを任されている岡村は多忙だ。それに、佐和紀はなにも言わず右腕を自負していた岡村を置き去りにした。どんな気持ちになったのか。想像すると心苦しい。

裏切りだと思われることは覚悟の上だ。

「……先に、シャワーを浴びても、いいですか」

ベッドの隣にドアがある。男は無言でジャケットを脱ぎ、カフスボタンをはずした。

「そのままでいい」

ガラスのトレイの上に置かれたカフスボタンが乾いた音を立てた。佐和紀はぎくりとして足を止める。そこから動けなくなった。

「ずいぶんと積極的だ。……まるで、男に飢えているみたいに」

顔をあげた男が、表情を歪めた。怒っている。しかも全身で。

佐和紀はふらふらとあとずさったが、男は柔らかな絨毯《じゅうたん》の上を大股《おおまた》で近づいてきた。逃げる隙もなく腕を掴まれ、背中が寝室の壁にぶち当たる。

痛みに顔を歪めたが、佐和紀を追い込んだ相手は、怒りに震える息づかいをふーふーと獣のように繰り返す。とにかく、怒っている。

「こんな髪の色をして、チンピラに見えると……。バカか」

責め立てられて、言い返すこともできない。そっぽを向いていると、男の手が佐和紀のあごを掴んだ。顔を正面で固定される。そこにいるのは、髪をきっちりと固めた岡村だ。間違いなく、岡村慎一郎《しんいちろう》だった。横澤でも、政明でもない。

「俺を……、抱きにきたのか」

「殴りますよ」

岡村の声がぐっと低くなる。スラックスの膝が、佐和紀の足のあいだを割った。胸で迫られ、わずかに沈み込んだ佐和紀は岡村を見上げた。

「正直に答えてください。誰かと寝ましたか」

「寝てない……。そんなことをするために……んっ」

膝がごりっと股間に当たる。

「バカ。これは、まむしドリンクを飲まされたからで……。溜まってるんだよ」

目を伏せて打ち明ける。壁に手を当て、佐和紀にぴったりと寄り添った岡村は、乱れる息をこらえて舌打ちした。

「男の部屋に入って、いきなりシャワーを浴びるな」

「知らねぇよ。間が持たないから言ったんだろ」

「本当に、あの日から」

「しつこいし、当たってる！」

佐和紀以上にゴリゴリと硬いものを感じて、岡村を押しのけた。

「おまえ、俺が誰かと寝てたら、自分とも……とか、考えてんだろ！」

「ダメなんですか！　俺がどれだけ心配して、どれだけ必死になったと……」

「悪かったよ！　……でもな！　遅せぇんだよ！」

古ぼけたスニーカーで絨毯を踏みにじる。

「遅い遅い遅い！　あれから何ヶ月かかってんだ！　くそボケが！」

怒鳴り散らすと、岡村は唖然とした顔になった。自分のほうが、怒るべき立場だと思っていたのだろう。勢いを削《そ》がれてふらふらっと後ろへさがる。佐和紀は、前へ歩み出た。

「俺はここに来るまで、どうやって切り抜けようかと考えてきた。口でするのはもう仕方ない。服を脱がされて、舐め回されるのも我慢しよう。でも、最後をどうするかだ。素股しかないよな、って。……なぁ、おい！」

ネクタイを摑んで、岡村を引き寄せる。

「するか、素股。させてやろうか」

ぎりぎりと睨みつけた。もう見捨てられたと思っていたのは、佐和紀のほうだ。勝手に置いてきたのに、探している気配も感じないことに落胆して、その程度の関係だったかとショックを受けた。

「勝手すぎますよ」

岡村が佐和紀の両腕を掴んだ。体勢が逆転して、今度は佐和紀が追い込まれる。強がってみても身体は怯え、佐和紀はさらにあとずさった。

周平以外は嫌だと思う以上に、メンテナンスされていない欲望だらけの肉体が不安だった。誰に触れられても、いまはもう、反応してしまう。

快感が少しでもあれば、そこにすがってよがり泣くはずだ。快感の裏にはいつも周平がいる。気持ちよければ、あの男を思い出せる。

「待て。嘘、だか、ら……」

「素股でいいです。やらせてください。しゃぶらなくてもいいし、俺も触りません。疑似セックスなら平気なんでしょう。やりましょう。……気持ちよくさせますから」

背中が壁に当たる。いつのまにか、隣のリビングに入っていた。薄型のテレビが真横に見える。佐和紀はそこにドアを見つけて飛びついた。まだ部屋があったらしく、ドアノブは動いた。とっさに逃げ込もうとしたが佐和紀は足を止める。

そこにはもうひとつ、ドアがついていた。二重扉だ。コネクトルームのドアには鍵がかかっていた。

「佐和紀さん。……あきらめて」

「いや、だ……っ」

叫んで髪を振り乱した。

背中から腕が回り、スカジャンの内側へと、岡村の手が忍び込む。服がたくしあげられた。肌を直《じか》に撫でられ、うわずった声が出そうになる。後ろに男がいる気配を感じるだけで、周平との日々が荒波になって押し寄せてきた。

「悪かった……から」

「もう、しませんか。俺を置いて、行かないですか」

湿った岡村の声が耳をくすぐる。佐和紀は、息が当たるごとに、びくっ、びくっ、と身体を揺らした。

「し、な……ぃ」

「本当ですね。せめて、一声かけてから……」

「わかった。わかった、から……っ」

「じゃあ、ご褒美に、いいこと、してあげます」

指が腹部をたどり、へそのふちを撫でられる。

「あっ……、しゅう、へ……」

思わず、一番求めている男の名前が口をつく。数ヶ月ぶりに呼んだ名前に、身体はもう止まらなかった。佐和紀は自分の額をドアへぶつける。

ジーンズの中で大きく膨らんだ下半身が苦しい。もう解放して欲しかった。周平を思い出しながら気持ちよくなりたくて、後ろの穴まで疼いてくる。

「あなたは、やっぱり俺をみくびってる」

岡村の声は甘く響いた。愛をささやくように、ねっとりと絡みつく。

「あなたの右腕なのに。あなたのためだけに生きているのに……。俺を信用していない」

「……ちがっ」

髪を激しく振って否定する。

「待ってた。おまえが、来るのを……っ。シン……！」

くるりと身体を反転させて、ネクタイを掴んだ。すがりつく。互いの昂ぶりが押し当たる。どうしようもなく溢れ返る欲情につき動かされ、佐和紀は息をしゃくりあげた。

「周平に……、会いたい。会いたい、会いたい……っ」

大きな声は出せない。外にいる下っ端に聞こえるかもしれない。だから、涙をこらえて、抑えた声を振り絞る。

岡村の腕が佐和紀を抱き寄せた。優しく、かばうように、そっと身体全体を抱かれる。

「遅くなって、すみません。たっぷり気持ちよくなってください」

ふっと、熱い息が耳元へかかる。岡村がドアをノックした。鍵のかかった、コネクトルームのドアだ。

佐和紀の後ろで、カチャリと鍵のはずれる音がして、ドアは静かに向こう側へ開いた。

「俺はあなたの右腕ですよ。佐和紀さん。あなたがどこへ逃げてもかならず探し出して、あなたの望むものを用意します」

佐和紀を抱きくるむ岡村の手を、別の男の手がそっとはずした。

柔らかな仕草で受け渡され、佐和紀は香水の匂いを嗅《か》ぎ取る。柔らかなカシミアのセーターに染みついた、いつもの匂い。スパイシーウッドの濃厚な深さ。

二重扉は両方閉じて、佐和紀は抱きあげられる。ベッドの近くへ連れていかれ、明かりが消えた。ベッドサイドのルームライトをつけなくても、リビングの光が差し込んでいる。薄闇の中で、ぴっしりとベッドメイクされた布団が剝がれる。

その場へ下ろされ、倒れ込みそうになりながら浅い息を繰り返す。佐和紀は自分のベルトに指をかけた。しかし、興奮しすぎて、ベルトの金具がはずせない。

代わりにスカジャンを脱ぎ捨て、カットソーをまくりあげた。手早く裸になった周平の入れ墨が目に飛び込んできて、たまらず手を伸ばす。生身の肌の感触がして、感情はいっそう昂ぶった。

しがみつこうとした腕を引き剝がされ、追い込まれるようにベッドへあがる。佐和紀のベルトを手早くはずす周平の手は、色っぽく動いた。

確かに周平だと、佐和紀は心に繰り返す。

青い地紋のどぎつい入れ墨は、大輪の牡丹が咲き乱れ、二匹の神獣が戯れている。唐獅子牡丹だ。眼鏡をかけていない目元は、いっそう艶気を帯びて鋭い。

佐和紀を見る視線には燃える欲情があり、挑まれた心が燃えていく。何度、応えたか、わからない。愛され、求められ、愛して求め返した。

興奮しすぎて震え出した身体でベッドへ伏すと、周平に靴を脱がされる。ジーンズは下着ごと剝がれた。

どこもかしこも検分したがるまなざしが舐めるように肌を這う。誰にも許していないと訴えたかったが、素足にキスされて言葉を失う。

くすぐったいとか、汚いとか、言うべきことはあったかもしれない。

しかし、佐和紀は黙った。足の親指をしゃぶられ、全身をよじらせながらベッドの上を逃げる。心臓がバクバクと跳ね、息もままならない。

「佐和紀……」

ささやき声は、ねっとりと濃厚な男の息づかいになり、内側のくるぶしをなぞる。腰に疼きが生まれ、佐和紀は浅い息を繰り返した。解放された足を抱き寄せると、ひねった腰に周平の手が伸びる。

息が足首に当たり、もう片方の手が、膝をそっと押した。促されて伸ばしていくと、周平の頬がゆっくりと肌をなぞりあがった。

「あ、あっ」

佐和紀は声を弾ませた。身体がびくんびくんと波打ち、全裸に剝かれた肌が一気に汗ばんでいく。横向きになった身体の側面を、周平の頬が、胸が、腹部が、じわじわとなぞる。どんなときも忘れることのなかった周平の息づかいに、全身を覆っていた『サーシャ』の膜が溶けていく。『佐和紀』に戻る喜びに打ち震えた。

「あ、あっ……ん」

「まだ抱きしめてもいないのに。……淫乱だ。誰に仕込まれた？」

「あぁっ……、おま、え……っ」

のしかかっている周平に全身で拘束され、顔を覗き込まれる。精力のかたまりのように淫靡《いんび》な男の視線に射抜かれ、佐和紀は身体を開いた。自分からキスをして、胸を押し返す。身体を起こすと背中に腕が回った。周平の舌がくちびるを這ったが、応えずに身をよじった。

そのまま沈み込んで、ボクサーパンツの上から昂ぶりを探る。くちびるに挟んだ。

すでに逞しい形になっていたモノはむくむくとさらに大きくなり、腰のゴムを引くと勢いよく飛び出した。佐和紀の頬を打ち、透明の液体がねばついて糸を引く。

手で捕まえ、くちびるいっぱいに頬張った。

「んっ、んっ……」

じんわりとした懐かしさが胸を焼き、硬さを根元から舐めあげる。

周平の指が髪の中にもぐり、やがて頬を撫でてあご先に触れた。キスをしたがっているとわかったが、佐和紀は手にした昂ぶりを離せなかった。丸々と太い先端が口の中の粘膜に当たるたび、まだ触れられてもいない後ろの穴が熱くなる。

「もう……っ」

挿れられたくて仕方がなくて、フェラチオもそこそこに周平を押し倒した。腰へ乗りあげ、反り返った昂ぶりに尻をあてがう。ヒクヒクとうごめいて止まらないすぼまりは、張り詰めた肉にこすられるだけで感じている。

「あ、あっ……」

腰を前後に振ると、周平の手が伸びた。

「かわいそうに、こんなに腫らして」

そう言いながら掴まれたのは昂ぶりだけではない。その下の袋も手のひらに包まれた。キュンキュンとせりあがる。

たまに自慰で発散しても、周平のセックスとは別物だ。精液はたっぷりと溜まっている。

「おまえはオナニーが得意じゃないからな」

なにを言っても卑猥に聞こえる周平は、痛みをこらえるように佐和紀を見つめた。

「中から突き出してやる」

眼鏡をはずされて、体勢が変わる。周平は、四つ這いになった佐和紀の腰を高くあげさせた。ベッドサイドに置いてあったローションを引き寄せる。

「こんなに硬く閉じて……。いじる暇もなかったか」

「あっ……あっ」

尻の割れ目にローションが垂れた。両方の尻を揉みしだかれる。周平の仕草はねっとりとしていやらしく、両尻の質量を確かめるように指が食い込む。

割れ目の間でローションが揉まれ、すぼまりも濡れた。

「あっ、あっ……」

ぐいっと左右に押し広げられる。親指がそこを押す。

「あぁっ、あぁんっ……」

ふちをなぞられ、爪先で掻かれ、佐和紀はぶるぶると震える。大きく張り詰めた性器がひとこすりされて、恥ずかしげもなく先走りがしずくを落とす。

「漏らしたみたいになってる……。佐和紀」

低い声に名前を呼ばれ、ぐっと身を屈めた。

「あぁ、いく、いっちゃ……」

ドライの快感がもう身体中を満たして、足先がぎゅっと丸くなる。

「これだけでか。早すぎる」

「だ、って……。だ、て……ッ」

「まだ先があるだろう。ここに俺をずっぽり入れて……どうする」

「お、おくまで……。ちょう、だ……」

「エロいな……。チンピラになって、下品になったか。それも俺の好みだ」

「んんっ……！　は、ぁっ……！」

ローションのボトルの先端が突っ込まれ、浅い場所に直接注がれる。

「あぁ、あぁ……あ、あっ」

指がぬるりと入ってくる。浅い場所をこすられ、佐和紀は腰をよじった。はぁはぁと乱れる息づかいの中で、周平の存在を強く感じ取る。

「奥、おくっ……」

「もっとエロく誘えるだろ。早く慣らして、ひとつになりたくないか？　俺はなりたい」

周平の声も欲情で爛れ、記憶している以上にいやらしい。

心臓がバクバクと鳴り響いて、佐和紀は自分の尻肉を摑み分けた。穴を見せつける。

「エ、エロ穴に、指……っ。入れて。入れて、ほじって……気持ちよくなるから……っ。

して……っ。あっ、んんっ！」

太い男の指が、セックスを忘れた場所に這う。ずるっと根元まで入れられ、内側をくいくいとかき回される。

「う、ぁ……は……あぁっ」

「……空っぽにしてきたのか。させられたんだな」

触ればわかる話だ。久しぶりのセックスになるからと、木下に浣腸を渡された。それからシャワーを浴びて、腹の具合が収まってからマンションを出てきたのだ。

「あっ、あっ……あぁ……っ」

指の感触に、身体は打ち震えた。忘れかけていたものが怒濤《どとう》のようによみがえって、自分のすべてがこの男のものだったことを思い出す。

「いい……きもち、いっ……あぁ、あぁっ。ゆび、こすれて……あぁっ」

ぬるぬると動かされて、身体中に汗が滲んでいく。肌の内側も外側も濡らされ、佐和紀の秘部は周平の指に吸いついた。キュウキュウと締めあげる。

ずぶずぶとほじられ、引き抜かれるとスポンと音がしそうなほど、中はうねうねとうごめいた。

「おまえのここが名器だってこと、忘れかけてたな」

「んっ……はぅ……っ」

「いつまでもこうやって、こすってやりたい。朝までじっくり……。それから、だらしなく開いたここを、俺で塞いでいっぱいにして……」

「あぁっ……やだ……っ。んなの、……やっ……ぁ」

身体をひねった佐和紀は、仰向けに転がった。足を開いて、周平の昂ぶりを手で摑む。

「待てな……ぃ……」

甘い声でねだりながら引き寄せる。先端がぬめった割れ目に添い、先端の圧でぐっと押された。しかし、周平は動かない。

「はや、く……っ」

指が抜けてしまった分、物足りなくて腰を揺らすと、先端がはずれてずるっと動く。棒のような周平の硬さが、佐和紀の穴からふぐりのあいだまでを掻いた。

「ひ、んっ……」

思わぬ快楽が走って声が裏返る。

「敏感だな。……いやらしい」

のしかかってきた周平に腕を押さえつけられた。

先端は奥のすぼまりではなく、佐和紀の性器とのあいだへぐりぐりと押し当たった。それは何度となく滑り、いやらしくえぐる動きを繰り返す。

それと同時に周平は顔を伏せた。

「あぁっ！」

快感でぷっくりと膨れた乳首が食《は》まれて、くちびるに引っ張られる。

「や……っ、んっ、んんっ。あ、あぁん、んっ、んっ」

舌がぬめって動き回り、胸元でくるくると円を描く。かと思うと、もう片方の乳首は、指先の淡い動きに焦《じ》らされた。指先でカリカリとソフトタッチに揺らされ、腰が浮くほど気持ちよくなる。

「約束通り、俺は誰も抱いてない。でも、おまえを思い出さない夜はなかった。いつもおまえでシゴいた。このからだのどこにも、俺の舌が這ってない場所はない。俺の身体もだ……。それはこれからも変わらない」

そうだなと問われ、佐和紀は半分正気を失ってうなずいた。

「あいし、てる……」

言いながら腕を持ちあげて、眼鏡をかけていない周平の頬に触れる。精悍な顔だちには孤独が染みて、いっそう男らしくなった。せつなく見つめ、襟足を引き寄せる。

くちびるが重なり、そして離れた。佐和紀はもう一度、片腕で身体を支えて、周平のくちびるを優しく噛んだ。

「俺の、旦那さん……。抱いて、ください」

胸の奥が震えて、蓄積していた悲しみがパチンと弾ける。しかし、それは涙にならなかった。微笑んでしがみつき、大好きな入れ墨に頬をこすりつける。

「あぁ……周平……俺の、周平……」

合わせた胸はしっとりと濡れて、背中に回った周平の手が佐和紀の肌を強く掴む。それだけで佐和紀は何度ものけぞった。

「周平。……抱いててあげるから、……入って」

入れる側と受け入れる側。どちらが主導権を持つということもない。心の中で抱いて抱かれて、愛して愛される。それがふたりのセックスだった。

ローションを自身に塗りつけ、周平は佐和紀をしがみつかせたまま、足をさらに大きく開かせる。片膝を肘ですくうようにしてベッドにつき、持ちあがった佐和紀の腰に先端をあてがった。

「……んっ！」

久しぶりの快感を期待しすぎている佐和紀のそこは、ぎゅっと閉じてしまう。周平が片手で強引に広げた。指がかき分けた隙間へとねじ込まれる。

「……んっ、はっ……ぁっ！」

薄く張り詰めた膜が突き破られるのに似た、淡い衝撃があった。

「ひ……っん……っ！」

ずにゅっと先端が沈み、強い腰の動きに押しあげられる。しがみついている腕の力を抜いて、佐和紀はふたりのあいだを覗いた。萎えた自分の性器の陰で怒張が突き立てられる。

どぎついほど淫《みだ》らな景色に、佐和紀は喘ぎ、息を吐き出し、短く吸いあげて、また深く吐き出す。

「あぁ、すご……っ」

丸々とした尖《とが》りが肉をかき分けて這うように動く。ここまで大きかった記憶がない。佐和紀は驚きと感心の両方をしみじみと噛みしめる。それから、手を伸ばしてそこに触れた。

「おっきい……」

あどけなく言うと、周平はまたビキビキと音を立てるように膨らんで、佐和紀を内側から苦しめる。しかし、動き始めれば快感になるのだ。

ゆっくりと差し込まれる動きに佐和紀は喘いだ。背中をそらしてのけぞり、喉をさらす。

「あ、は……ぁ……」

「欲しかっただろ。根元まで入れてやる」

そう言って、周平は佐和紀の両腰を摑んだ。引き寄せつつ腰を突き出す動きで、先端はさらに奥へ入り込む。

「あっ、あっ……ひ、んっ……」

チカッと目の前で火花が散った。足先がぎゅんっと伸びて、腰の奥がよじれる。

「佐和紀……。ちぎるなよ」

よほど強い力で締めあげられているのか、周平は痛みをこらえる厳しい顔つきでくちびるを歪めた。佐和紀は身悶える。

「は……ぁ、ひっ、……んっ、んっ」

周平の後ろに見える天井がぐるぐる回り、一度、二度と大きくのけぞった。半勃ちだった性器が震え、先端から白濁した精液がこぼれ落ちる。

「ところてんが、こぼれてるぞ……。こんなに濃い精液が出せたんだな」

妙なところで感心した周平が液体を拭《ぬぐ》った。そのまま口へ含み、味わうように指を吸う。

「いやらしい味だ。青臭くて、どろっとしてて……。男の味だな」

「あ、あぅ……っ」

ぐんっと奥を突かれ、くちびるに指を差し込まれる。周平の唾液《だえき》に濡れたそれを、佐和紀も舐めた。するとまた、周平の腰が動く。

指を舐めしゃぶる音が大きくなるほどに、周平はピストンを速める。舌の動きをゆるめると腰もゆるやかになり、佐和紀は顔を振って指を拒んだ。

「たまらない？」

周平に聞かれ、震える息でしゃくりあげながらうなずく。

「も……だめ……。ズコズコ、して……欲し……」

「今日は泣いても、俺のペースだ。覚悟しろよ」

言葉とともに両膝の裏を摑まれ、胸へと押しつけられる。腰が浮き周平が体重を傾ける。

「あっ、あっ……。あぁっ！」

大きなストロークで揺すられ、油断した瞬間に先端が奥を貫く。衝撃で息が止まったが、それ以上の快感が弾け出す。もう、どこが気持ちいいのかもわからなかった。

激しい上に振り幅の大きな動きで、休む暇もなくこすられる。大きな昂ぶりは、ぬめった佐和紀の肉をぎっちりと押し広げて動いた。

淫らな水音が、ぐちゃぐちゃと響き、ぬるんだ空気に支配された部屋を満たしていく。

「あ、あっ……、はや、いのっ……や、ぅ……う、う、っ。あぁ、あぁ！」

肉と肉がぶつかる音がパンパンと響き、頑丈なはずのベッドはギシギシ揺れる。

「あ、あ、あっ。やぁ、だっ……も、や……あ、あっ」

佐和紀は叫んだ。息をしようとすれば声が絞り出され、激しい動きに混じる空気音のいやらしさにも気づけない。

「う、んっ……は、ぁ、あっ……あんっ！」

不意打ちに角度を変えられ、リズムが乱れる。

「あ、やっ……あ、あっ、あっ……、い、くっ、いく、いくっ……い、くっ……ッ！」

太もも裏を押さえつけられた佐和紀はベッドの端にすがった。海老反りになり、すぐに身を屈める。

「……だっ……あ、あぅ……」

ほんのわずかに息継ぎの猶予が与えられ、喉をさらして、はぁはぁと息を吸い込む。激しい収縮のあとの緩和に肌が痺れ、快感を貪った身体が深い満足感に沈んでいく。

「まだ、だろ」

周平が言った。優しい響きの中に、快感を貪る男の猛《たけ》りがある。

「……あぁッ！」

ほどけ切って脱力した場所へ、周平はまた激しく腰を振り立てた。

「い、った……から……っ」

休ませて欲しいと、ベッドを叩いても、周平には無視される。

「あ、あっ……ま、たっ……あぁっ！」

身体がびくっと弾む。佐和紀はシーツをかき乱し、涙で滲んだ瞳をさまよわせる。闇に沈んだどぎつい入れ墨が、汗を帯びて光っているように見えた。

「あぁ、んっ！」

また腰の奥が熱くなって、手足の先まで快感が走る。周平の弾ませる息が、佐和紀のくるぶしをかすめた。のけぞった身体に周平が覆いかぶさる。

「だめ、だめっ……いま、だめっ……」

ズコズコと腰を振られ、佐和紀は泣きながら訴えた。

「いって、る……イッて、るっ……のっ！　あ、あっ、あぅ……うう、ん、んっ！」

「知ってる……」

佐和紀のこめかみを両手で押さえた周平が、頬をねっとりと舐めてくる。

「持っていかれそうだ」

苦笑を浮かべ、また容赦なく腰を使い出す。今度はもっと奥のほうだ。コツコツとノックされ、佐和紀は泣きじゃくった。

痛いのでもこわいのでもない。ただひたすらに気持ち良くて、泣くしかもう方法がない。ひんひんと喉が鳴り、唾液が溢れる。周平は涙も唾液も気にせずに頬をすり寄せ、佐和紀の身体を押しつぶす。両腕が肩の上に当たり、頭部を抱えられて身動きが取れない。

激しく腰をぶつける周平が、佐和紀の耳元で息を乱す。

「奥に、ぶっかけてやろうか。熱いのを、出して欲しいだろ？」

卑猥《ひわい》な声で呼びかけられ、佐和紀は泣き声を引きつらせて必死にうなずいた。しかし、周平は甘い声で意地悪く言う。

「もっと悶えてからだ……」

佐和紀の身体は、その声だけでも絶頂を感じた。足先がガクガクと震え出す。

「あ……ぁ……」

「もう少し、がんばろうな……」

「……やっ……出して……っ」

叫びながら、腰がよじれる。

「出して、よ……っん、あ、あぁーっ！　あっ、あっ！　も、やだ、も……もち、い、のっ、……や、だぁっ……ッ」

周平の下腹で揉み転がされる性器が、だらだらと射精を繰り返す。佐和紀は叫んだ。意識が遠のいては引き戻され、『気持ちいい』だけが、言葉にもならずに溢れ返る。

「ひ……はっ……ぁ。あ、あ、……んんっ……」

周平のくちびるが押し当たり、泣いて口を開いた。舌が吸われ、凛々しいまなざしに見つめられる。

「あぁ……っ」

次はいつとも知れない。だから、周平は貪り続ける。短い時間で、たっぷりと佐和紀の芯まで、しゃぶり尽くしていく。

「佐和紀、佐和紀……」

ふたりだけにしか聞こえない声で、周平は繰り返した。

とはいえ……と、佐和紀は思った。

事後のいちゃつきをする暇もなく、風呂へ連れていかれ、髪と身体を洗いながら手早く精液をかき出された。余韻にヒクつく身体は慌ただしくバスローブに包まれ、ベッドの上へ戻される。揃いのローブを着た周平は、自分の服を集めて回った。

仕草は堂々としているが、まるで間男だ。どこか滑稽《こっけい》で、現実感がない。着替えと靴を手にリビングへ出ていき、戻ってきたかと思うと、もう一度、放心したままの佐和紀にキスをした。にやっと悪びれて笑い、そして消える。

次に姿を現したのは、岡村だった。バスローブ姿で髪も濡れている。

「……あぁ。……えっと……」

周平と入れ替わり、着替えをあたりに撒き散らしていく。事後を偽装しているのだ。

「水でも、飲みますか……」

ひとりごとのように言い、ミネラルウォーターのボトルにストローを差して戻ってくる。ベッドの端でヘッドボードにもたれた佐和紀は、乱れたシーツの惨状をぼんやりと眺めた。まるで現実感がなく、なにが起こったのか、理解が追いつかない。

シーツは、どちらのものとも知れない精液で汚れまくっている。岡村にはわからないだろうが、ほとんど佐和紀のそれだ。周平は佐和紀の中でしか出さなかった。

「……片づけは、外の下っ端がやります」

「腰が……」

声がまともに出せず、佐和紀は顔を歪めた。

「髪を乾かしましょうか。時間はまだ平気です。いつもはもっと短時間で済ませるんですが、気に入らないから追い返すって感じを出すためで……。まぁ、あの声を聞いてれば、察しますよ」

そう言った岡村はドライヤーを取ってきた。部屋に充満している匂いにも頓着《とんちゃく》しない男だ。佐和紀の髪を乾かし始めたが、安い脱色剤の色が気に食わないと腹を立てる。

「こんなに髪を傷めて……。俺は、あなたとの繋ぎをつけるために、次から次へと男を要求して、黙々と抱いてきました。あの人は今夜だけですから。本当、俺の苦労をなんだと思っているのか……」

そう言ってドライヤーを止め、ベッドの端に腰かけた佐和紀の足元へしゃがんだ。

「『花牡丹のサーシャ』ですか……。あなた好みの名前ですね」

「……いじわる」

睨んだが、力が入らない。

「また、あいつに騙された」

ふっと吐き出した息は艶めかしく響くだけだ。

「あなたに、責める資格はないですよ。……俺は、横澤としてサーシャを愛人にします。……形だけ」

バスローブ姿の岡村は落ち着きなく視線をさまよわせ、佐和紀の足元でうずくまるように顔を伏せた。

「今夜、この部屋で寝る俺の気持ちって考えてもらえます？　あれだけ激しいことをされたら、口直しの女も呼べませんよ。どれだけ性欲があるんだって話で。あぁ、もう……」

「ごめん」

思わず笑ってしまい、指で髪を引っ張る。岡村が顔をあげた。

「そこで、笑うか……」

あきれた口調で、またうなだれる。ここに至るまでの苦労が垣間《かいま》見えるようだ。

「……デートクラブは、田辺を代行にしました」

ぼそりと言われ、佐和紀は驚いた。投資詐欺をしていた田辺は、カタギになろうと準備を進めていたのだ。組織対策部の刑事のためだ。まとまった金を周平に納め、『休む』という名目で離脱できるはずだった。

「逃がしませんよ、当たり前じゃないですか」

かなりの言い争いになったことは想像がつく。

「脅したのか……」

田辺の不運を想いながら、やはり笑ってしまう。佐和紀と田辺のあいだには因縁がある。いろいろとあった仲だ。してやったりという気持ちは否定できない。

刑事なんかに惚れてしまったのがいけないのだ。田辺が断れば、彼が犠牲になる。容赦なく脅されて従ったのだろう。

「三井も、だいじょうぶです。知世は、ユウキがどうしてもと言うので、樺山さんのところで預かってもらっています。大学は卒業を目指すと……」

「俺は……、まだ、なにもできてない」

「できるわけがない」

岡村の声のトーンが、急に冷たくなる。

「利き腕を落としていって、なにができるんですか。マスターベーションも、ろくにできなかったくせに」

すくりと立ちあがり、落ち着きのない動きで部屋中を歩き回った。怒りがまた込みあげてきたのだろう。

「シン……。なぁ、シン」

声が嗄《か》れていて、小さな声しか出てこない。何度も呼びかけると、ようやく振り向いた。

「横澤です。『横澤さん』。いいですか」

そばまで戻ってきて、声をひそめた。

「サーシャ。俺にして欲しいことは？」

この数ヶ月、岡村も苦労をしたのだ。きっと、佐和紀の何倍も気苦労を重ね、見えない闇を突き進んできた。

　佐和紀は、ゆっくりとまばたきをして答える。

「美園と道元に連絡を取りたい。すみれはどうしてる」

「すみれさんは心配ありません。ふたりとは、横澤として繋ぎを取ります。場を整えるので、もうしばらく待ってください」

「大きく動いたことは？　木下たちは使いっ走りだ。役に立たない」

「俺に相談しないからです。……死にそうでした」

　ふっと視線をそらし、また離れていこうとする。バスローブの裾を掴むと、ぱっと取りあげられた。

「パンツ、穿《は》いてません」

「見るぐらい、いいけど……」

「どれだけ俺を変態だと思ってるんですか。いりません！」

「怒るなよ～。こわいだろ～。あ、ちぃは元気か」

　怒り方が似ていて思い出す。

「知るか！」

　岡村はまた怒って、うろうろと動き回った。

「横澤さん、横澤さぁん……」

佐和紀は甘えた声で呼んだ。岡村は硬い表情のまま、戻ってくる。

「由紀子の潜伏先は不明です。おそらく名古屋でしょう。警察が薬物関連で捜査しています。最優先事項は道元たちとの繋ぎですか？」

「真柴とすみれの安全だ」

「了解しました。そろそろ下っ端にここの始末をさせます。リビングへ移動できますか」

佐和紀の手からペットボトルを抜いて、サイドテーブルへ置く。

「……無理、かな」

「肩を貸しましょうか」

「いっそ、抱いて欲しいんだけど」

なにげなく頼んだ言葉に、岡村は過剰に反応した。

「……す、みません……っ」

泡をくったように飛びすさったのは、違うことを想像してしまったからだろう。その場に膝をついたかと思うと、脱力して両手をついた。土下座の格好だ。

佐和紀は目を細め、そんな岡村を眺める。苦労をかけたが、後悔はない。

「おまえと俺がしたことになってんだから、そんなに慌てんなよ。……すみませんが、横澤さん。向こうまで、抱いていって欲しいんですが」

「あー、……はい」

「横澤のキャラはそれか？」

佐和紀が見据えると、岡村は小さく息を吸い込んだ。

「わかった。……おいで」

両手を伸ばし、決して軽くはない佐和紀を抱きあげる。表情を曇らせたのは、痩《や》せたと感じたからだろう。

きっと、周平も気がついた。それどころではないふりをしていたが、見逃すはずはない。

「今度は、好きなものを食べさせてあげるよ。いっそ、ここで暮らさないか」

甘い声で口説かれ、佐和紀は『横澤』の肩にもたれた。

「……俺の帰りを待ってる弟がいるので」

答えているあいだに運ばれて、ソファの上に下ろされる。

「とりあえずは、ルームサービスを頼むといい。まだいられるだろう？」

メニューを渡され、眼鏡がないことに気づいた。岡村が着替えと一緒に持ってくる。佐和紀は眼鏡をかけてからメニューを見た。

「オムライス」

そう答えて、動きを止める。岡村がそこにいる。ただそれだけのことで、心が安らぐ。

「……シン」

バスローブの袖をぐっと握りしめ、もう片方の手で襟を引き寄せた。

「直登は放っておけない。だけど、俺は、おまえたちのほうが……、よっぽどかわいい」

ソファの背に腕をついた岡村の身体が小刻みに震え出す。笑っていると思って顔を覗き込んだ佐和紀は驚いた。

「……着替えるから、あっち向いてて」

かける言葉が見つからず、パンツを引き寄せる。濡れた瞳を隠す岡村に背を向けた。

＊＊＊

エンジンを止めた高級セダンの中に、コーヒーの香りが満ちる。

運転席に座った岡村と、真後ろの後部座席に座った周平は、斜め向かいに建つマンションを眺めていた。三月の暖かい日差しが街を包み、空気自体が春めいている。

目的のベランダにふらふらっと男が現れた。金茶色の髪をした佐和紀だ。遠目から見ても笑ってしまうほどにどぎつい蛍光緑と蛍光オレンジの服を着ている。

「どこで買うんだ……」

周平が思わずつぶやくと、苦笑いの岡村が答えた。

「大阪ですから」

佐和紀に置いていかれ、デートクラブの仕事があることを言い訳に腐っていたのが嘘のように落ち着いている。周平に発破をかけられてからの動きは速く、情報屋の星花を使って佐和紀を探す一方、デートクラブの代理に、足抜け寸前の田辺を据えた。『岡村慎一郎』は若頭補佐の使いで地方を飛び回ることとなり、関西での行動は『横澤政明』という男の名を借りている。

佐和紀を見つけ出すにあたって周平が協力したのは、ダイヤが持ち込まれた質屋の情報を流したことだけだ。登録番号が刻まれているので、手放せばわかる。

その他は岡村のやり方に任せ、口出ししなかった。

葛城組への潜入も岡村独自のルートを使わせたので、美園たちでさえ横澤の正体に気づいていない。先週になってようやく、噂を聞きつけた美園から連絡が入った。横浜のヤクザ崩れなのかと身元を照会してきたのだ。

名刺交換しただけの男だと答えてある。これから引き合わせる予定だった。

ベランダへ出た佐和紀はタバコを吸っているのだろう。口元に指が近づき、離れてはまた戻る。背の高い男が現れ、背後から抱きつく。直登だ。

佐和紀が腕をあげて髪を撫でると、そのまま肩へと顔を伏せる。

「アニキの度量を恨んでます」

同じ風景を眺めている岡村が、イライラした声で言った。まだまだ修行の足りない男だ。

「俺の嫁を愛人にしておいて、文句を言うな」

「籍を抜いたんでしょう」

岡村から意地悪く返される。

「届けは出されていない」

戸籍を戻せることがあれば、と言ったのは本心だ。それも含めて、佐和紀自身が選ぶべきだと思った。しかし、離婚届は出されておらず、周平の籍にはまだ佐和紀の名前がある。

「別れてくれと、面と向かって言われないだけ、おまえは幸せな立場だ」

運転席の岡村へ、静かに言った。

もう二度と、あんなやりとりはしたくない。この一度だけ、と思ったからこそ、こらえることができたことだ。

心の中では引き止めていた。それはもう、ずっとだ。変わっていく佐和紀を眺めながら、出会ったままの幼さでいてくれと、そう願ったこともある。

喜びとさびしさは表裏一体になって、周平の人生を常に揺らし続けている。

「おまえに、なにも言わなかったのは、佐和紀の優しさだ。おまえは甘やかされてる」

「正直、キツいです」

「そういう男に惚れたのは、おまえの勝手だろう」

周平も同じだ。愛してしまったから、狭い器の中で溺れていく姿を見逃せなかった。それを強いる自分にも耐えられない。あの頃の生活に戻れると信じて待つことが愛情だとしたら、この想いは真逆で残酷だ。しかし、戦う男に惚れたのだから、ゴネても意味がない。

「この数ヶ月は長かったな……。おまえも」

「一番つらかったのは、佐和紀さんでしょう。よく耐えてくれたと思います」

岡村は、十二月のうちに潜伏を始めて、葛城組に基盤を作った。

佐和紀とは接触せず、顔を見にいくことさえしなかったのだ。横澤政明とサーシャ。大阪で初めて出会った、まったくの他人。その設定を確実に守らなければいけなかった。

美園や道元と足並みを揃えるのなら、これが今後の動きやすさを左右する。

佐和紀がどう動くのかは、周平にも想像がつかない。木下を使って真正会へ食い込むのか。それとも横澤と組んで阪奈会へ手を貸すのか。このまま二重スパイを続けるのも手だ。

その相談は、佐和紀に代わって岡村がすることになる。

「……途中で嫌になってくれたら、よかったのにな」

本音を漏らした周平は笑った。ＳＯＳが出たなら速やかに回収して元の鞘《さや》に戻れたのだ。組屋敷の離れはきれいにしてしまったし、離婚の噂も回っているから、手元でべったりと囲っておけた。

しかし、そんなことはありえない。知っているからこその妄想は自由だ。どんな現実離れしたことも考えられる。

「俺は、病院送りの人間が増えるんじゃないかと、心配しただけですよ」

岡村に言われ、周平は投げやりなため息をつく。

「俺は違う。手元に取り戻したかった。……あー、昨日はエロかった。まぁ、外に出してみるもんだよなぁ。あんなガン責めは、一緒に暮らしてたら、できねーよなー」

やさぐれた声を出し、窓の外へ視線を向ける。

快楽に泣く身体を容赦なく責めれば機嫌を損ねてしまう。だから、いつも手加減して、必要以上に欲望をぶつけないできた。

昨日はそんな余裕もなく、久しぶりの佐和紀にネジが飛んだ。肌が合いすぎて、寄り添うだけで気持ちがいい。そんな相手だ。よく手放せたと、自分でも思う。

「補佐……。ダダ漏れてます」

「おまえ、昨日聞いてただろ。聞いてただけか？　覗いたんじゃないのか？」

「どっちでもいいでしょう。おかげさまで、横澤は超絶テクニシャンの上に、絶倫だって言われてますよ。昨日のあれは、遅漏が過ぎるんじゃないかと思いますけどねぇ」

「あれでも抜かずの三発だ」

「はい。早漏、早漏……」

いままでの上下関係だったなら、絶対に口にしない返しだ。馬鹿にするように言われ、周平は笑いながら運転席を蹴った。

「佐和紀の右腕でいるうちだけだ。おまえが、そんな軽口を叩いていられるのは。捨てられるなよ」

「金輪際、置いていかれるミスはしません。今回で懲りました。……行きますか」

佐和紀がベランダから消えて、岡村がエンジンをかける。

「佐和紀さんはもうチンピラに戻れないんですね」

大通りへと進路を取る岡村から寂しげに言われ、周平は指先で眼鏡を押しあげた。

「完全にチンピラだろう。三下に向かないだけで、金髪もスカジャンも似合ってたじゃないか。……かわいかったよなぁ。嫁にもらった頃を思い出した」

惚れ直したと、心の中でだけ思う。

「……すぐに、脱がしたくせに」

「当たり前だろ。……痩せてたな。よく食わせておいてくれ」

「もちろんです」

「おまえは、脱がすなよ」

「さぁ、それは……」

岡村がひっそりと笑う。あてつけもそれぐらいならと、周平は聞き流した。

「桜が咲いてますね」

岡村に言われ、視線が走る車の外へ向く。

早咲きの桜はもう淡い紅色の花を咲かせていた。去年と同じように見えても、きっとすべてが違っている。それでも、桜は桜だ。

なにも考えずに暮らすことが、佐和紀にはもうできない。そういう意味なら、佐和紀はもう、その日暮らしのチンピラには戻れない。見た目は崩せても、中身は別だ。

物事には、終わりと始まりがある。その循環の中で、変わり続けることを恐れない人間だけが、真実の正体を見極め、夢と未来を手にできる。

「あまり時間を空けずに来てください」

岡村に言われ、周平は口元に指をやった。佐和紀に触れたくちびるだ。

「毎回、あれでは、佐和紀さんが壊れます」

「……次は、手加減する」

「なんだか、支倉さんがカリカリする気持ちもわかります」

「立派な右腕になれた、ってことだ」

笑いながらうそぶいて、周平はテイクアウトのコーヒーを口にした。

ふたりが離れても、愛が終わるわけではない。信頼して、信用して、そして、相手に恥じない自分でいるために、いまは進むだけだ。

「佐和紀を花見に連れていってやってくれ」

周平は目を閉じた。満開の桜を思い出す。振り向いた笑顔は、寄り添って過ごした日々の佐和紀ではなかった。昨日の夜に更新した、最新の佐和紀がそこにいた。

旦《だん》那《な》の追憶

指先が、まだ肌の熱さを覚えている。それはなにも、閨《ねや》のことばかりではない。桜の色を移したように見える佐和紀の爪《つめ》の先を捕まえ、組屋敷の敷地内に作られた日本庭園をよく散歩した。拗《す》ねたり笑ったり、愚痴をこぼしたり怒ったり、ありとあらゆることを初めて見聞きしたように話して、またけろりとした笑顔になる佐和紀が肩を揺らす。

周平はほとんど口を挟むことができず、すべての話を薄笑みで聞き、胸にしまい込んだ。藤棚の匂《にお》いに誘われ、足を止めて、逃げるように離れていく佐和紀の後ろ姿に目を惹《ひ》かれる。ほっそりしているわけではないが、線の細く感じられる腰に巻いた兵児帯《へこおび》の端が揺れて、胸の奥がざわざわと落ち着かなくなる気分だった。

引き寄せてキスがしたいと近づければ、色事の気配を機敏に察知して離れていく。袖がつれなく揺れて周平の衣服を払い、佐和紀は雪駄の裏を鳴らしてツツジや山吹の咲きこぼれる石畳を跳ねた。

優美に花房を垂らしていた藤棚も、いまはひっそりと秋風に枯れている。枝がうねるように棚を這《は》い、薄曇りの午後の日にくろぐろと陰だけが濃く見えた。

どこにどんな花が植わっているのかを、周平はこの数年で覚え、かたわらにはいつも佐和紀の姿があった。着物が単衣《ひとえ》になる頃に、牡丹《ぼたん》や石楠花《しゃくなげ》の花が咲き、日陰を指差して

「あれはシャガ」と教えられる。アヤメに似た淡い色の花弁が大きく開いて群生している。眺めた佐和紀はしばらく息をひそめ、やがて横顔に浮かんだ憂いを微笑《ほほえ》みが打ち消す。

不安は数えきれないほどあっただろう。しかし、それを数えるすべも知らず、そもそも不安だということさえ理解していなかった。驚くほどつたなく幼い新妻だ。首筋を見れば男だとわかるのに、和服に身を包んだ全身に雰囲気がある。きれいな顔は楚々《そそ》として、まつ毛の影が揺れたときにはチンピラ暮らしを微塵《みじん》も想像させない。できれば猫かわいがりにしてとろけさせて、なにも考えないままに閉じ込めたいと、幾度となく夢想した。

そのたびにいかがわしさが滲《にじ》みでて、鉄線の花を眺めていた佐和紀に腕を叩《たた》かれる。言い訳をして抱き寄せようとしても逃げられて、何度も苦笑を噛《か》み殺した。

佐和紀が好んで眺めた鉄線は、離れに続く小道の竹垣にも植えた夏花《なつばな》だ。寝間着の浴衣《ゆかた》を膝《ひざ》の裏に折り込んでしゃがみ、堅いつぼみを数えて開花を待つ。その肌に朝日が差して、昨晩の酔いを残した周平の目にはただただ眩《まぶ》しかった。呼び寄せても、つんと不機嫌で、下履きをつっかけて近づくとさりげなくもたれかかってくる。身を屈《かが》めて髪を撫《な》でれば、さらさらと心地よい感触が周平の指に絡む。

日本庭園には紫陽花《あじさい》が咲き、雨あがりの夕暮れを歩いたこともある。佐和紀の足元が心配で手を伸ばすと、強がりに眉《まゆ》を跳ね、肩をそびやかした。そんなところもかわいいところだ。そして、木綿の浴衣の裾《すそ》が濡《ぬ》れるのを嫌がり、尻《しり》っ端《ぱしょ》折りにするようなときは目のやり場に困った。すらりと引き締まった足は健康美を感じさせるが、周平にはあり余るほど性的な魅力だ。

　ぶつけるには爛《ただ》れすぎている欲情を持て余し、自分から歩調をゆるめて離れる。朝咲いて夕にしおれる木槿《むくげ》が宵闇《よいやみ》にまっすぐ伸びて、白い花はぼんやりと浮かびあがって見えた。周平はなるべく花に目を向けようとした。しかし、努力はむなしく、結局は恋女房の脛《すね》を眺めることになる。

　佐和紀は気づいていたのか。それとも、うぶに気づかないいままだったのか。

　夏日に満開の百日紅《さるすべり》が咲きこぼれ、凌霄花《のうぜんかずら》がぬるんだ風に吹かれる。縁側で涼む佐和紀を見られる季節だ。わざと小道を通り抜けて帰宅すると、金だらいの水に足を浸し、周平にねだった奈良団扇《うちわ》をあおぐ姿がある。浴衣の襟は暑さにしどけなくゆるまり、首筋や鎖骨にじっとりと浮かぶ汗さえ感じ取れた。

　何度か、日の高いうちに帰り、そのまま抱いてやろうとしたのだが、徹底的に拒まれて叶《かな》わなかった。だから、やはり周平は頭の中でだけ夢を見る。

　日向《ひなた》と日陰の、まばゆいコントラストの中で、帯を解いて浴衣を開き、麻のスーツを佐和紀の体液で汚しながら抱く。か細い喘《あえ》ぎがこらえきれず低い呻《うめ》きに変わり、汗ばんだ肘《ひじ》が周平を拒む。そこまできて、いつも、気がつく。妄想の中でも嫌がられているのだ。

　仕方がなくあきらめて、陰の濃い和室へ誘い込んだ。夏障子とガラス戸を閉めて、佐和紀の言う通りにクーラーを効かせながら、大きな一枚板の座卓に浴衣を広げて睦《むつ》み合う。背中から覆いかぶさる周平に、佐和紀は何度も首を左右に振った。こんなつもりはなかったと繰り返す言葉の意味を、離れて初めて考える。どう受け取っても答えはない。

そんな佐和紀はいつも、和室の床の間へ庭の野花を飾っていた。一輪挿しが置かれているときと、置かれていないとき、そして、いままさに置こうとされているとき。そのすべての瞬間が思い起こされる。

愛用の花鋏《はなばさみ》を恋しく思い、暮らした日々の名残を、周平はすべての空間に対して感じ取った。ふたりの荷物はもう運び出されたあとだ。一輪挿しのない床の間は静謐《せいひつ》な無に戻って、この結婚生活さえなかったかのようにがらんとしている。

周平は縁側に立ち、目を細めた。生い茂る萩《はぎ》のそばに立っていた佐和紀の甘い微笑みが胸をよぎり、まぼろしの金木犀《きんもくせい》に目を伏せる。歯が痛くなりそうな甘い香りは、日本庭園の奥にある銀木犀だ。どこにあるのか、絶対に探すと息巻いた佐和紀の声が遠くにかすれ、庭に揃《そろ》えた秋の七草が揺れる。

季節は巡り巡って、どの記憶がいつのものなのか、周平にさえわからない。五年は短いようで長かった。積んでいく日々の重さは、かかえきれないほどだ。しかし、ひとつとして手放すつもりはない。

離れの玄関の鍵《かぎ》をジャケットのポケットから取り出し、佐和紀を抱いた座卓の上に置く。

不思議と夏の気配に包まれたが、すぐにいまは秋だと気がつく。

ねぇ、周平。

なぁ、周平。

どちらの呼びかけも、佐和紀のものだ。胸の奥が掻《か》きむしられるほどに苦しくなり、浅くなりそうな息をあえて深く吐き出す。わずかに感じられる白檀《びゃくだん》の香に背を向けた。離れの玄関を出て、鍵をかけずに車寄せへ向かう。

その途中で、咲き初めの山茶花《さざんか》を見た。堅いつぼみばかりの垣根に、ひとつふたつだけ、一重の白い花びらが可憐《かれん》に開いている。周平は足を止めて、じっと目を閉じた。

そうしなければやり過ごせないほどの感情が起こり、胸の中に小さな嵐《あらし》が吹き荒れる。こんなふうに人を愛したことがなかった。どんなことでも許し、どんなことでも我慢して、いつか戻ると信じていることだけで証明しようとする愛だ。

佐和紀を好きにならなければ、こんな想いはしないで済んだのに、苦みの中にある恋の蜜《みつ》が周平を狂わせる。愛し続けていたいし、信じ続けていたい。ただ、自分のすべてを傾けて、佐和紀だけを見つめていたい。

目を開いて、眼鏡《めがね》を指先で押しあげた。山茶花の純白に、あの日の雪を思い出す。

逃げた佐和紀が立っていたのは、雪をかぶった椿《つばき》のそばだ。裸足《はだし》で駆け出して、寒さに震えるくちびるで花陰にしゃがんでいた。

連れ戻すために抱きあげたときの、ずっしりとした重みが腕によみがえる。筋肉質な男の重量だ。周平はくちびるの端を曲げて、自分の心の内側を観察した。

そこには傷がついている。佐和紀と恋に落ち、ふたりで育んだ愛にえぐられた傷だ。じくじくと疼《うず》いて痛み、考えるほどに生々しく凄惨《せいさん》だ。しかし、傷から溢《あふ》れるものは痺《しび》れるほどに甘い。

離れへと取って返し、艶《つや》めいて輝く座卓から鍵をつまみあげた。なに食わぬ顔でポケットに入れて、もう一度、部屋を見渡す。

『花を置かないのも、いいものなんだよ。だって、そこにあったときを思い出すだろ』

耳のそばで空気が揺れて、木造の隅々に染みこんだ佐和紀の気配が周平を包んだ。

「おまえは、勝手な男だ」

だから、愛した。そう心の中で告げて、周平はうつむく。くちびるに微笑みが浮かぶ。

自分を置いていける佐和紀が憎らしい。絶対に許されると信じられる強さが、周平の与えたものであるほどに、淡い憤りと嫉妬《しっと》を感じる。周平が愛したから強くなった男ではない。元から強く、しなやかだ。そこに惹かれて恋に落ちて、愛されて、いまは愛を盾に我慢を強いられている。しかし、これは男の痩《や》せ我慢ではない。佐和紀に対する愛の証明だ。

なにげなく視線を向けた床の間に、赤い椿の一輪を見た。まぼろしは、いつか現実になる。佐和紀は決して周平の期待を裏切らない男だった。

あとがき

こんにちは、高月紅葉です。仁義なき嫁シリーズ第二部第十二弾『群青編』をお届けします。シリーズ通算十八冊。そして第二部の終了です（この次に岡村の番外編『愛執《あいしゅう》番外地』があるのですが）。

今回、知世を中心として大きな事件が起こり、渦を巻くように佐和紀は運命にさらわれていきました。電子書籍で発表したときも阿鼻叫喚《あびきょうかん》だったわけですが……えっと、大丈夫でしょうか？

プロットを作っている段階では、さよならのシーンで切りよく終わらせるつもりだったのですが、それはあまりにも酷なのではないかと大阪&再会シーンを足しました。これからしばらく別居婚となります。佐和紀が男として極道として、大きく成長するための大切なターンとなりますので、読者のみなさんにおかれましては、あまり別居に悲しまず、行く末を温かく見守っていただければ嬉しいです。ふたりが本当に別れたり、間男と付き合ったりはしませんので。でも、ちょっとしたケンカぐらいはします。

すでに電子書籍では巻数が進み、周平は別居婚をそれなりに楽しんでいます。そして佐和紀も大きく成長し、自分の考えで、自分の居るべき場所を定めます。もちろん、それはひとつしかないのですが……。

群青編は、読むたびに苦しくて閉塞感があって、ほかに書き方があったのではないかと思います。けれど、美しく語ることばかりが真実ではないような気がして、佐和紀の鬱屈はこの形とこの色なのだろうと思います。佐和紀の人生は彼だけのもので、周平は理解者の顔でいなければ、そばにいられない。それが佐和紀と周平の作る、夫婦の形なんでしょうね。佐和紀が大きく成長することで、周平はますます幸せになりますので、どうぞ引き続き第三部もお付き合いください。

末尾となりましたが、この本の出版に関わってくださった皆様に心からの謝意を表します。そして、仁嫁を支えてくださる皆さんにも心からの感謝を。

今年で商業誌デビュー十周年となりました。これからもどうぞよろしくお願いします。

高月紅葉

ラルーナ文庫

この本を読んでのご意見・ご感想・ファンレターなどお待ちしております。**〒110−0015 東京都台東区東上野3−30−1 東上野ビル7階 株式会社シーラボ「ラルーナ文庫編集部」**気付でお送りください。

＊仁義なき嫁　群青編：電子書籍
「続・仁義なき嫁14　～群青編～」に加筆修正

＊旦那の追憶：書き下ろし

仁《じん》義《ぎ》なき嫁《よめ》　群青編《ぐんじょうへん》

2023年6月7日　第1刷発行

著　　者｜高月《こうづき》 紅葉《もみじ》

装丁・DTP｜萩原 七唱

発 行 人｜曺 仁警

発 行 所｜株式会社 シーラボ
〒110-0015　東京都台東区東上野3-30-1　東上野ビル7階
電話　03-5830-3474／FAX　03-5830-3574
http://lalunabunko.com

発 売 元｜株式会社 三交社（共同出版社・流通責任出版社）
〒110-0015　東京都台東区東上野1-7-15
ヒューリック東上野一丁目ビル3階
電話　03-5826-4424／FAX　03-5826-4425

印刷・製本｜中央精版印刷株式会社

ISBN978-4-8155-3282-6